H.G. SCHULZ

HINTER MALLORCAS FASSADEN

Kriminalroman

Verlag: BoD · Books on Demand GmbH,
Überseering 33, 22297 Hamburg, bod@bod.de

Druck: Libri Plureos GmbH, Friedensallee 273,
22763 Hamburg

Bibliografische Information der Deutschen Nationalbibliothek: Die Deutsche Nationalbibliothek verzeichnet diese Publikation in der Deutschen Nationalbibliografie; detaillierte bibliografische Daten sind im Internet über dnb.dnb.de abrufbar.

Die automatisierte Analyse des Werkes, um daraus Informationen insbesondere über Muster, Trends und Korrelationen gemäß §44b UrhG („Text und Data Mining") zu gewinnen, ist untersagt.

HANDELNDE PERSONEN

Nele, Steuerfahnderin aus Leipzig

Doreen/Bianca, ihre verstorbene Schwester

Werner, Doreens verstorbener Ehemann

Ben, Telearzt

Cleo, seine Freundin

Sam, Chirurg aus USA

Lisa, Ärztin und Serienwitwe

„Eitelfritz", adliger Mediziner und Lebenskünstler

Carlos, Comandante Wirtschaftsdelikte

„Der Hagere", Miguel López, Comandante Mordkommission

Igor, reicher Malteser

„Der Baske", Liebling der baskischen Gesellschaft

Javier Martín, Bauunternehmer

Nuria, seine Ehefrau

Der Banker, Marqués und Filialleiter einer Großbank

Notar, Angeber

Brit, Künstlerin und Nachbarin von Nele

Weißrusse, Schnüffelhund

Jorge, Berufsverbrecher

KAPITEL 1

Der Impuls

Die Blonde trat das Pedal durch und der schwarze Mini heulte durch die Nacht. Seine Vorderräder fraßen sich in den edlen Untergrund und schleuderten Grassoden nach hinten. Die Fahrerin schaltete das Fernlicht ein, hupte dreimal lang und drehte ihre Runden. Als Lichter in den angrenzenden Villen angingen, beendete sie das Spektakel und hinterließ schwarze Furchen im satten Grün des Fairways, einem langen Par 4. Über einen unbefestigten Versorgungsweg rumpelte der Mini in Richtung der Schuppen für die Aufsitzmäher. Dort verließ die Blonde den Golfplatz Son Vida und jagte zur Autobahn, wo sie nach Südwesten auf die menschenleere Schnellstraße einbog.

Nach der Ausfahrt Magaluf beschleunigte sie, obwohl nur Einhundert erlaubt waren. Der grelle Radarblitz aus der Messanlage erfasste den Mini.

Bei der nächsten Ausfahrt verließ sie die Autobahn und schlängelte sich durch Santa Ponsa nach El Toro. An einer einsamen Stelle hinter dem Ort verlief die Straße oberhalb der Steilküste wenige Meter vom Abhang entfernt. Weit vor der Morgendämmerung parkte sie dort den Wagen. Die Anzeige neben dem Tacho wies fünfundzwanzig Grad aus, selbst für eine Julinacht ein stattlicher Wert.

KAPITEL 2
Kein leichter Tag

Es war einer dieser leichten Tage, an denen du schwebst und die dir viel zu selten begegnen. Neles Blick glitt über die akkurat gestapelten Akten ihrer »Klienten« im geöffneten Rollladenschrank. So betitelte sie die Steuerhinterzieher, denen sie gnadenlos hinterherjagte. Fast alle hatte die Steuerfahnderin zu Fall gebracht. Selten war ihr einer entkommen. Wie ein Bluthund nahm sie die Spur auf und hetzte ihre Klienten, bis sie überführt worden waren.

Momentan war Nele einem Umsatzsteuerbetrug über die Grenze, Karussellgeschäft genannt, auf der Spur. Einer der Händler in einer Lieferkette führte die Umsatzsteuer nicht an das Finanzamt ab oder meldete sie erst gar nicht an. Der Empfänger der Lieferung ließ sich die von ihm gezahlte Steuer trotzdem vom hiesigen Steueramt erstatten. Im Mittelpunkt von Neles Ermittlungen stand eine schillernde Figur der sächsischen Schickeria. Zahnpastalächeln, großzügiger Kultursponsor, Liebling der Regenbogenpresse. Doch hinter der Fassade wurde es neblig, unappetitlich und schmierig. Lichtscheue Gestalten tummelten sich in diesem Milieu. Dort verbarg sich ein Geflecht von Scheinfirmen und Briefkästen auf Malta und in Andorra, das Nele aufgedeckt hatte.

Doch heute hatte das Böse keinen Platz. Wenn in diesem Moment einer ihrer Klienten angerufen, die Steuerhinterziehung tränenreich gestanden und um Milde gebeten hätte, wäre Nele ganz gegen ihre Grundsätze eingeknickt.

Denn gestern hatte sie die Ernennungsurkunde zur Steueroberamtsrätin erhalten und die Kollegen, wie es im Finanzamt bei Beförderungen üblich war, zum Umtrunk in eine bodenständige Kneipe der Leipziger Altstadt eingeladen. Aus Neles überschaubarem Freundeskreis war lediglich ihre Nachbarin dabei gewesen. Ein Lebensgefährte existierte seit langem nicht mehr. Nele hatte sich mit einer Beziehung zu einem verheirateten Kunstlehrer arrangiert.

Die fröhliche, ausschweifende Feier hatte sich hingezogen. Auch wegen der Nachwirkungen hatte Nele beschlossen, am ersten Tag in der neuen Besoldungsgruppe nur oberflächlichen Bürokram zu erledigen. Ernsthaftes hätte sie ohnehin nicht bewältigen können, denn ihr Telefon klingelte am laufenden Band. Zigmal nahm sie Glückwünsche von ehemaligen Weggefährten und Arbeitskollegen entgegen. »Gratulation!« »Du hast es verdient.« »Wenn eine, dann du!«

Seit einigen Stunden prangte ihr neuer Titel in schwarzen Buchstaben auf dem Plastikschild neben ihrer Bürotür. Die Kollegen hatten sich den ganzen Tag einen Spaß daraus gemacht, Nele bewusst mit ihrem neuen Titel anzusprechen.

Nele war stolz und beschwingt. Sie war mit 46 Jahren eine der jüngsten Steueroberamtsrätinnen Sachsens, noch dazu eine lupenreine Ostdeutsche. Der nächste Schritt auf der Karriereleiter würde bald folgen. Die Versetzung in das sächsische Finanzministerium war ihr bereits avisiert worden.

Ihr Smartphone vibrierte. Die spanische Vorwahl kam Nele bekannt vor. *Wahrscheinlich meine Schwester von Mallorca. Hat wieder mal ihr Handy verlegt und ruft nach dem Lunch aus einer megageilen Location am Meer an. Will mir gratulieren.*

»Guten Tag. Mein Name ist Maria Gonzalez und ich arbeite bei der Kriminalpolizei in Palma.« Das Moll der Telefonstimme verhieß eine schmerzhafte Botschaft. Nele erschauerte. Die

Anruferin fragte die Personalien von Nele und ihrer Schwester ab, erkundigte sich nach weiteren Verwandten und machte sich Notizen.

Nach einigen Momenten der Stille vernahm Nele das tiefe Durchatmen ihrer Gesprächspartnerin, als ob die Polizistin Anlauf benötigte. »Leider habe ich Ihnen eine schreckliche Nachricht zu überbringen.« Aus dem Nichts war das Böse aufgetaucht. »Gestern Morgen haben wir die Leiche ihrer Schwester unterhalb der Steilküste in El Toro gefunden. Zum Verlust ihrer Schwester spreche ich Ihnen meine herzliche Anteilnahme aus. Alles deutet auf Selbstmord hin.«

Nele war unfähig, Fragen zu stellen. Der Schmerz packte sie. Nele wollte ihn herausschreien, doch sie schaffte es nicht. Von einer Sekunde auf die andere war ihr bewusst geworden, dass sie künftig allein auf der Welt war, denn die Eltern waren verstorben und weitere Geschwister oder nahe Verwandte existierten nicht.

Ihr Bleistift brach ab, als sie mit zittriger Hand die Telefonnummer der Polizistin auf einen Zettel kratzte. Nele versprach wegen der Formalitäten umgehend nach Mallorca zu fliegen. Grußlos legte sie auf. Sie war nicht in der Lage aufzustehen. Ihr leerer Blick suchte die Schwester. Kalter Schweiß, den sie nicht bemerkte, stand ihr auf der Stirn. Die von ihr koordinierte Razzia in der nächsten Woche, die Bestellung des neuen Minis, den sie sich zur Beförderung versprochen hatte, und der Kurztrip nach Berlin zur Schulfreundin waren mit einem Schlag unwichtig geworden.

KAPITEL 3
Telearzt

Am nächsten Morgen.

Die Flaschengärung ihres Lieblingsgetränks hatte die Arbeit in Cleos Kopf noch nicht beendet. Mit einem Eisbeutel an der Schläfe hockte sie in einem seiner T-Shirts am Esstisch und starrte durch die Fensterfront ins blaue Nichts. Die zerlaufene Schminke klebte ihr im Gesicht.

Vor einem Vierteljahr war sie Ben wie ein Hündchen zugelaufen. Damals fand er sie sturzbetrunken nachts auf einer Parkbank. Zwei scheue Augen flehten ihn an. Er las Cleo auf und nahm sie mit in die Villa im Nobelviertel Son Vida, von ihr gern als Pfeffersackparadeacker betitelt. Außer nach ihrem Namen hatte er Cleo bisher kaum etwas gefragt, denn Ben wollte es nicht wissen, auch nicht ihr Alter. Wenn Cleo ihre üppigen Brüste unter einem weiten Shirt kaschierte und ungeschminkt ihren kindlichen, naiven Blick wirken ließ, ging sie an jedem Fahrkartenschalter als Kind durch. Und so titulierte Ben sie hin und wieder auch.

Der gestrige Abend wurde von ihnen harmlos in einer winzigen Stehkneipe nahe der Markthalle von Santa Catalina eingeläutet, steigerte sich dort zu einer ausschweifenden Tapas-Fete unter Gleichgesinnten und endete als Gelage auf einer Geburtstagsfeier eines angesagten Galeristen über den Dächern Palmas.

»Du bist getorkelt und mit viel Karacho und noch mehr Cava im Blut gegen den Türpfosten geballert«, bemerkte Ben beiläufig.

Cleo kniff die Augen zusammen. Bloß nicht bewegen, lautete ihre Devise.

»Du hattest zu viel getrunken.«

»Nicht mehr als sonst.«

Derweil posierte Ben in seiner Arbeitskleidung vor dem runden Spiegel, der oberhalb einer Anrichte hing. Ihm gefiel, was er sah. Ein perfekt sitzender Arztkittel mit Silberknöpfen und Stehkragen, bis oben zugeknöpft. Die kurzen, schwarzen Haare vorn modisch hochgeföhnt. Die Grübchen betonten sein Lächeln.

Da kommt kein Doktor einer Arztserie mit, schon gar nicht die von Grey's Anatomy. Höchstens der eitle Professor Boerne aus dem Münsteraner Tatort. Der trägt sogar einen Schlips darunter. Dafür ist es mir heute zu warm.

Ohne Cleo zu würdigen, stolzierte Ben in der Sommeruniform, wie er seine Kreation nannte, in Richtung Arbeitsplatz. Er hatte den Arztkittel auf die Länge eines Unterhemds abgeschnitten und trug dazu einen Minislip im Tigermuster. Gelbe Flip Flops rundeten das skurrile Bild ab. Obenrum der perfekte, Seriosität ausstrahlende Mediziner. Untenrum fast blank. So trat er seinen Dienst an.

Zufrieden schritt er die wenigen Meter zum penibel eingerichteten Arztzimmer. An der Rückwand hingen Bilder von Gandhi und Mutter Theresa. Fein säuberlich waren auf einem Regal darunter ärztliche Gerätschaften wie Ausstellungsstücke drapiert.

Ben ließ sich in den opulenten Ledersessel davor fallen und fuhr das System hoch. Während die drei Bildschirme vor ihm nacheinander aufleuchteten, reckte er die Arme nach hinten, atmete tief durch und genoss den eindrucksvollen Ausblick auf den Hafen und die Bucht von Palma. Dann steckte er sich einen In-Ear-Kopfhörer ins Ohr und befestigte ein dezentes, weißes Mikrofon mit einem Clip an der Brusttasche seines Arztkittels.

Ein Headset wäre für ihn nie infrage gekommen. *Ich will nicht aussehen wie ein Telefonverkäufer im Callcenter.* Dass ihn die Patienten dadurch manchmal nur mühsam verstanden, nahm er in Kauf. Ausstrahlung und Habitus hatten Vorrang.

Zuletzt überprüfte er auf einem der Bildschirme das Kamerabild mit den beiden Bildern im Hintergrund. Arztkittel, Frisur und Lächeln waren perfekt. Der Tigerslip war vom Schreibtisch verdeckt und nicht im Bild. Nur einmal war Ben vor einigen Tagen impulsiv aufgesprungen, als er eine Stechmücke jagte, die soeben ihre Arbeit an seiner Wade vollbracht hatte. Das Ergebnis war ein totes Insekt und eine angesichts des Tigerslips sprachlose Patientin.

Schnell drückte er eine Tablette, wie sie nicht im Handel erhältlich war, durch die Silberfolie und schluckte sie mit Wasser hinunter. *Gegen die Kopfschmerzen, zugleich mit anregenden Nebenwirkungen.*

Danach wählte er sich bei der Eidgenössischen Krankenkasse ein und nahm seinen Dienst als Telearzt in Angriff. Auf diesen Job war er vor drei Jahren durch eine halbseitige Anzeige in der Mallorca Zeitung aufmerksam geworden. Dort hatten die Schweizer Ärzte gesucht, die als Teleärzte ihre deutschsprechenden Mitglieder versorgen sollten. Ben hatte sofort zugegriffen, denn das entsprach genau seinen Wünschen. Gute Bezahlung und geregelte Arbeitszeiten an einem genialen Ort, wo es sich auch im Winter vortrefflich aushalten ließ.

Ein Gong wie aus einem buddhistischen Tempel kündigte den ersten Patienten an. Automatisch erschien auf dem linken Bildschirm dessen Krankenakte und auf dem rechten ein leeres Formblatt, worauf Ben das Beratungsgespräch protokollierte. Auf dem mittleren Monitor starrte ihn ein vom Wetter gegerbtes Ledergesicht an.

»Guten Morgen Herr Jäggi«, begrüßte Ben den Patienten, während er dessen Krankenakte überflog. Ihm wurde schnell klar, dass er es mit einem seiner Stammkunden zu tun hatte. »Wie geht es Ihnen?«

»Mies«

»Haben Sie Ihren Blutdruck gemessen?«

»Nein«

»Das hatte ich Ihnen doch ans Herz gelegt. Messen Sie bitte regelmäßig. Sonst kann ich nicht helfen.« Sein Patient war ein mürrischer Siebzigjähriger von einem abgelegenen Bauernhof aus dem hintersten Engadin, der im Zweiwochenrhythmus anrief.

Höflich stellte Ben die üblichen Fragen, die von seinem Patienten ausschweifend und anschaulich beantwortet wurden. Mehrmals tauchten auf dem mittleren Bildschirm die verschiedensten Körperteile des über eintausend Kilometer entfernten Landwirts im Großformat auf. Letztlich ergaben sich keine neuen Erkenntnisse und Ben verschrieb die bewährte Hautsalbe.

Bevor sich der Patient verabschieden konnte, nahm das Gespräch eine unerwartete Wendung. »Ist es bei Ihnen auch so heiß?«, wollte Ben wissen.

»Ja, ja. Wir erwarten heute neunzehn Grad.«

»Das ist keine Hitze. Sie wirken auf mich müde und niedergeschlagen.«

»So fühle ich mich.«

»Dagegen können Sie etwas tun!«

»Was?«

»Es gibt ein neues Präparat aus den USA, das dort zu phänomenalen Ergebnissen geführt hat. In der Schweiz kann man es seit kurzem als Nahrungsergänzungsmittel kaufen. Sie sollten mit einer Monatspackung starten. Es ist genau das Richtige für Ihre Beschwerden. Sie werden es nicht mehr missen wollen. Es ist nicht billig, aber Ihre Gesundheit sollte es Ihnen wert sein. Ich würde ein entsprechendes Privatrezept mailen.«

Listiger, als jeder Marktschreier, der seine Neuerfindung des Gemüsehobels unter die Leute bringen will, wickelte Ben den Patienten ein. Nach kurzem Widerstand willigte der Landwirt ein.

Ben schloss das Protokoll über das Patientengespräch ab. Seine Empfehlung für das neue Wundermittel erwähnte er darin nicht.

Derartige Empfehlungen häuften sich, wenn die Überweisung der üppigen Miete für die Villa von der Bank wegen Überschreitung des Überziehungslimits nicht ausgeführt wurde oder sich Bens Geldprobleme auf andere Art bemerkbar machten. Vom Einkommen als Telearzt konnte er seinen aufwendigen Lebensstil einschließlich Sportwagen nicht finanzieren. Da sich dies wie ein roter Faden durch sein Leben zog, machte ihn eine temporäre Ebbe in der Kasse nicht nervös. Irgendetwas war ihm dazu immer eingefallen.

Diesmal hatte er sich den lukrativen Nebenjob zugelegt, den Patienten Produkte seines Lieblingspillendrehers ans Herz zu legen. Bens Überredungskünste waren dabei so fintenreich wie die Ermittlungsmethoden von Horst Schimanski. Der Pharmakonzern honorierte diese Treue mit großzügigen Zahlungen.

Ist ja für einen guten Zweck, die Miete. Seine damaligen Ideale als Medizinstudent hatte Ben schon lange zu Grabe getragen.

KAPITEL 4
Der Patriarch

Mit Fußpilz, Übelkeit, Ausschlägen, Blähungen und Schlafstörungen der Patienten quälte sich Bens Vormittag dahin. Es waren die Freuden der letzten Nacht, die bei ihm nachwirkten.

Zwischendurch schlenderte er in seinem skurrilen Outfit in die Küche und sog ein großes Glas Mineralwasser in einem Zug in sich hinein. Dann schaute er nach dem Kind. Es lag windgeschützt im Schatten auf der Terrasse und röchelte leise vor sich hin. Nirgendwo störten Motorsensen oder Rasenmäher die friedliche Stille, denn es war einer der lokalen Feiertage, von denen es auf Mallorca etliche gab, teilweise sogar in einzelnen Gemeinden.

Die Insel ächzte unter der Hitzeperiode, die seit Tagen das Thermometer über die 35-Grad-Marke trieb. Die Bewohner suchten Abkühlung. Die Strände waren voll. Jeder vermied, in der Mittagshitze draußen zu sein. Man aß später und das Leben verlagerte sich in den Abend und die Nacht. Trotzdem war Ben verpflichtet, den Dienst pünktlich anzutreten, denn in der Schweiz warteten seine Patienten bei mäßigen Temperaturen. Zur Abkühlung hatte Ben die Klimaanlage im Arbeitszimmer auf die höchste Stufe eingestellt.

Kurz vor Mittag machte sich während eines Patientengesprächs Bens Smartphone bemerkbar. Die Rufnummer überraschte ihn, doch er ignorierte den Anruf. *Der ruft nochmal an.*

Und richtig, nicht lange, nachdem sich Ben bei der Krankenkasse zum Mittag abgemeldet hatte, klingelte es erneut. Diesmal wich Ben seinem Vater nicht aus.

»Hallo Ben, wie geht es dir?«

»Gut, nur die Pollen kitzeln meine allergische Nase.«

»Auf einer Insel sollte sich die Allergie doch verbessert haben. Möglicherweise ist es ja nicht nur der Blütenstaub, der deine Schleimhaut anschwellen lässt, sondern das Marschierpulver.«

Peng, das saß. *Der erste Vorwurf, gut verpackt, schon im dritten Satz. Rekordverdächtig. Dad ist im Angriffsmodus.*

Ben grübelte und alles war sofort wieder präsent. Bens Vater war - wie schon der Großvater - ein erfolgreicher Chirurg. Sogar ein bahnbrechendes Operationsverfahren war nach ihm benannt worden. Mutig hatte der Vater mit Dreißig in Westdeutschland eine vor dem Kollaps stehende Klinik gekauft und sie in etlichen Jahren harter Arbeit zu einem Juwel geschliffen. Dieses Königreich hatte der Patriarch dem Sohn vor die Füße gelegt. Doch der hatte keinen Bock darauf gehabt. Ben war bereits damals dem leichten Leben verfallen, zumindest seiner persönlichen Art zu leben. Und nun Telearzt. Tiefer konnte der Fall nicht sein. Vom designierten Starchirurgen zum Telearzt war für den Vater wie vom Fabrikanten zum Laufburschen. Die Idee, einer seiner drei Töchter das Imperium zu übergeben, hatte der Patriarch nie ernsthaft in Erwägung gezogen.

»Gibst du immer noch den Telearzt?«, riss es Ben in die Gegenwart zurück.

»Das ist die Zukunft.«

»Das Leben in deiner wohltemperierten Komfortzone ist behaglicher als das unseres Golden Retrievers.«

»Ich muss mein Geld verdienen und genieße die Gespräche mit meinen Patienten.«

»Praktizieren deine Freunde auch?«

»Selbstverständlich«

15

»Und, gibt es Überlebende unter den Patienten?«

»Inmitten von Gleichgesinnten fühle ich mich wohl. Die Strömung hat uns nach Mallorca gespült. Gebrochene Schicksale, starke Typen, irre Vögel, aber erstklassige Ärzte.«

»Im weißen Kittel?«

»Nur wenn es sein muss, tragen wir den weißen Kittel. Darunter herrscht unendliche Freiheit, im Kopf und in der Seele. Das ist der Klebstoff, der uns zusammenhält.«

»Eine von euch ist vor ihren Schulden geflohen, einer vor der Verantwortung. Deserteure des Lebens.«

»Wir sind nicht getürmt, wir sind angekommen.«

»Mit MASH schwelgt ihr in der Vergangenheit, nehmt das Leben auf die Schippe und feiert, bis alle unterm Tisch liegen.«

»Genau. Endlich hast du verstanden.«

»Den mit Plateauschuhen, grellen Schlaghosen und Zopf habe ich bei meinem letzten Besuch auf Mallorca kennengelernt.«

»Er mag dich trotzdem.«

»Seine Tattoos und Ohrringe gab's als Zugabe vom nicht vollständig durchtherapierten Narzissten. Welcher Fachrichtung gehört der denn an?«

»Fritz heilt mit seinen Händen.«

»Dann muss er Proktologe sein«, kicherte der Vater.

»Die Araber lassen ihn bei hoffnungslosen Fällen einfliegen.«

»Also Schamane.«

»Was Fritz, die coole Socke, dafür in einer Woche kassiert, schaffst du mit Glück vielleicht in einem Jahr.«

Bens maßlose Übertreibung hatte die Wirkung eines Espressos, in dem der Löffel stehen bleibt. Sein Vater wurde kurzatmig. Nach einer Pause änderte er seinen Tonfall.»Ben, du wirst bald vierzig. Noch ist es nicht zu spät. Komme nach Hause und übernimm die Klinik.«

»Ich schätze dein Angebot. Doch meine Antwort bleibt dieselbe. Ich habe anderes mit mir vor.«

»Jammerschade. Es wäre eine tolle Perspektive für die Familie.«

»Ich fahre auf Sicht, das reicht mir. Tief drinnen lodert noch das Feuer für Fremdes und Unvertrautes und findet kein Verzicht auf Neugier statt.« Ben schnaufte durch.»Aber ich hätte genau den Richtigen für dich. Sam, der Oberst, kann dir und Opa das Wasser reichen.«

»Keinen passionierten Kiffer aus deiner Zirkustruppe.«

»Alles brillante Mediziner.«

»Eine Kommune von Versagern«, schüttete der Vater seinen Ekel aus.»Ihr seid Ärzte mit Grenzen.«

»Genau getroffen. Wir haben immer nach einem Namen gesucht. Jetzt haben wir ihn.«

Nun war alles gesagt, ohne dass sie direkt erwähnt worden war. Bens Lebensart. Für seinen Vater Verschwendung von Talent, für Ben grenzenlose Freiheit. Sämtliche Wunden waren wieder aufgerissen und das Telefonat wäre normalerweise beendet gewesen. Doch der Patriarch setzte nochmal an:»Deine Mutter hat mich gebeten anzurufen. Nächsten Samstag wird sie sechzig. Es wird ein großes Fest. Alle haben zugesagt. Deine Schwestern werden mit ihren Familien da sein. Sogar Opa wird aus dem Pflegeheim geholt. Bitte komme auch. Deiner Mutter zuliebe.«

»Ich schwanke noch.«

»Waffenstillstand für einen Tag. Du musst keine Kleiderordnung beachten. Meinetwegen kannst du in Strapsen kommen.«

»Ich überlege es mir. Bitte richte Mama liebe Grüße von mir aus.« Ben legte auf.

Seine Entscheidung war längst gefallen und die Flüge waren gebucht. Der Mutter zuliebe. Doch er wollte den Patriarchen zappeln lassen. Außerdem schrie der Sarkasmus seines Vaters nach Erwiderung. Ben wusste schon wie. Das Kind würde die Hauptrolle spielen.

Ben ging auf die Terrasse, wo Cleo zusammengekauert auf den Swimmingpool blickte. »Na, ausgeschlafen?«

Sie nickte. »Mit wem hast du so laut gesprochen?«

»Meinem Vater. Er ist überzeugt, als einzigen Sohn einen Versager gezeugt zu haben.« Ben schluckte. »Ich bin keiner für vorneweg, mehr für die Begleitmusik. Ich kann damit leben, der Patriarch nicht.«

»Ich dachte, ihr schweigt euch nur an.«

»Am Wochenende fliegen wir nach Düsseldorf. Vorher kaufen wir dir ein knallenges, schwarzes Kleid. Das runden wir vor Ort mit kirschroten Lippen, Zöpfen, High Heels und deinem unschuldigen Schulmädchenlächeln ab.«

»Cool, geht's in nen Puff?«

»Nee, zur exklusiven Familienfeier.«

»Das kann ich aus dem Effefff.« Dafür hatte ihn Cleo ins Herz geschlossen. Ben war ein tadelloser Alltagsbegleiter, wobei mit ihm selten Alltag war.

KAPITEL 5

Oberst Sam

Am nächsten Abend stand Shoppen in Palma auf dem Programm. Normalerweise nicht Bens Paradedisziplin. Doch stachelte ihn die Aussicht auf das fassungslose Gesicht seines Vaters so gewaltig an, dass Ben von einer Boutique zum nächsten Modeladen peste, bis Cleo zwischendurch auf einer Weißweinpause in einer ihrer Lieblingskneipen bestand.

Wie an jedem frühen Sommerabend häutete sich Palma zu dieser Tageszeit. Während tagsüber die Passagiere der Kreuzfahrtriesen die Gassen überschwemmten und die Urlauber aus Mallorcas Hinterland die Altstadt in Sandalen und Socken okkupierten, betraten in der Dämmerung illustre Akteure die Bühne. Zwar fielen dann noch mehr Besucher im Lonja-Viertel ein als während der glutheißen Sonne, doch waren sie nicht Betrachter und Zaungäste, sondern die Darsteller des Spektakels.

Die Achtzylinder-SUVs aus Andratx luden dann ihre faltenlose Fracht am Eingang zur Altstadt aus. Ab und zu mischte sich diese in exklusive Couture gehüllte Klientel unter das gemeine Volk in Palma, und sei es zur Vernissage von quadratmetergroßen Ölbildern, die in Saigons Hinterzimmern für ein Ei und Butterbrot am Fließband produziert worden waren und in Palmas Galerien auf vermögende Kundschaft warteten.

Die einheimischen Großmütter mit eisgrauen Haarsprayfrisuren palaverten in Gruppen unter den Platanen auf dem Passeig del Born, während ihre Ehemänner in der Bar Bosch bei einem Roten die Weltpolitik taxierten. Feuerschlucker und andere Gaukler stellten ihre Künste zur Schau und Gitarrenklang hallte durch enge, proppenvolle Gassen. Die Stadtjugend strömte auf der Plaça de la Llotja zum Vorglühen zusammen.

Wenn sich Bekannte aus den Immobilien des Speckgürtels von Palma zufällig über den Weg liefen, wurde dies mit einer imposanten Begrüßungszeremonie einschließlich etlicher Luftküsschen und für alle anderen sichtbar zelebriert. Zu guter Letzt erschienen die noblen Gäste der wie Pilze aus dem Boden geschossenen Designhotels der Altstadt auf der Bühne und reihten sich in die Parade der Feierhungrigen ein. Mondäne Geschäfte, trendige Bars und angesagte Restaurants boten dafür die pittoreske Kulisse.

Nach der Erfrischungspause für Cleo stürzten die beiden sich wieder in den Einkaufstrubel, wobei sie sich immer weiter vom Zentrum entfernten. Bens Ziel kamen sie dabei näher, denn die Boutiquen wurden schräger. Er hatte klare Vorstellungen.

In einer abgewohnten Gegend Palmas wurden sie fündig. Dort verhinderte Cleo gerade noch, dass sich Ben für einen ultrakurzen Lackfummel entschied. »Du überschätzt meine Zeigefreudigkeit. Da kann ich mir ja gleich nur Glitzersterne auf die Nippel kleben.« Stattdessen fiel die gemeinsame Wahl auf ein kurzes, schwarzes, enges, schulterfreies Cocktailkleid. Die passenden High Heels wanderten ebenfalls in die Einkaufstüte. Und wie bei einem Kind, das die Mutter brav beim langweiligen Einkauf begleitete und dafür ein Eis erhielt, sprang für Cleo ein angesagtes T-Shirt heraus.

Froh gelaunt ob der üppigen Beute ging es mit dem Taxi wieder ins Zentrum. Dort steuerten sie einen ihrer Lieblingstreffs an. In einer verwaisten Nebengasse verbarg sich hinter einer unscheinbaren Holztür ein Kleinod. Der Blick durch das winzige Fenster daneben ließ nichts vom Charisma der Bar erahnen. Drinnen erwarteten den Gast reichlich dunkles Holz, täglich wechselnde Tapas-Kreationen, Wohnzimmeratmosphäre und Stammgäste.

So auch an diesem Abend. Kaum waren Cleo und Ben eingetreten, schallte ihnen ein lautes »Hola« entgegen. Der Oberst hatte einen Vorzugsplatz unter dem Schinkenhimmel am Tresen ergattert. Die beiden quetschten sich dazu und der Abend war gerettet.

Einige Tapas später streckte der Oberst seinen Kopf dicht an Ben, während Cleo daneben lauthals mit drei Frauen debattierte. »Hast du das mit Bianca schon gehört?«

»Welche Bianca?«

»Oh boy, schon vergessen? Na gut, sie hätte Cleos Großmutter sein können.«

»Witzig«

»Vor zwei Wochen waren wir doch auf der Vernissage von Brit, der Künstlerin mit ihren verrückten Skulpturen im Garten.«

»Du hast uns doch dorthin geschleppt.«

»In der anderen Doppelhaushälfte wohnt ihre Freundin Bianca.«

»Ach ja die Blonde. Mit ihr habe ich mich einige Zeit unterhalten. Bisschen schräg, aber nett. Sie hat mir preisgegeben, dass sie aufgrund ihrer Schlafstörungen im Sommer meistens draußen schläft. Oft auf der Terrasse, manchmal in ihrem Garten hinter einer Bougainvillea-Hecke. Ich vermute, sie wollte einen ärztlichen Rat.«

»Vorhin hat mich Brit angerufen. Ihre Freundin ist tot.«

»Einfach so?«

»Nein. In der Nacht von Sonntag auf Montag hat sie mit ihrem Mini eine Golfbahn in der Nachbarschaft verwüstet. Von da ist sie über die Autobahn gebrettert und um 2:30 Uhr von der Radarfalle vor Santa Ponsa geblitzt worden.« Als Relikt seiner Militärvergangenheit sprach Sam die Uhrzeit mit »null zweihundertdreißig Uhr« aus.

»Da habe ich auch schon geblecht.«

»Ich habe neue Ware in der Auslage. Wie immer Topqualität, die ihr nirgendwo auf der Insel erhalten könnt«, unterbrach Luis ungefragt von der Seite.

»Heute nicht.« Der Oberst schob Luis mit dem Ellenbogen weg.

»Saldi!«

»Deinen Ausverkaufsmüll kannst du behalten. Heute nicht«, zischte der Oberst ungehalten. Luis drehte sich um und suchte andere Abnehmer.

»Morgens haben Paddler ihre Leiche im Wasser treibend unterhalb der Steilküste in El Toro entdeckt. Sie muss auf einen Felsvorsprung geknallt und sofort tot gewesen sein«, fuhr der Oberst fort.

»Wahrscheinlich kein schöner Anblick.«

»Todeszeitpunkt so gegen null dreihundert Uhr. Ihr Auto parkte oberhalb der Fundstelle.«

»Woher weißt du das?«

»Von Brit. Und die hat das von den Ermittlern, weil sie als Nachbarin und Freundin befragt wurde. Selbstmord. Für die Polizei ist die Sache klar. In ihrem Blut fand man ordentlich Morphin.«

»Weiß man, weshalb sie sich umgebracht hat?«

»Nur Vermutungen. Sie soll labil gewesen sein.«

»Selbstmorde treffen uns Ärzte immer. Wenn sie ohne Vorankündigung passieren, stehst du fassungslos davor.«

»Zumal, wenn du diejenige zwei Wochen vorher getroffen hast.«

Als sich Cleo zu ihnen umdrehte, wechselten sie das Thema.

Gegen Mitternacht verabschiedeten sie sich vor der Bar herzlich. In der Gasse rief der Oberst den beiden hinterher: »Denkt dran, bald tagt das Festkomitee.«

Dann verschwand er in der Dunkelheit. Der Oberst parkte seinen Wagen stets außerhalb des Zentrums. Die halbe Stunde im strammen Marschtempo nutzte er, um sich zu fokussieren. Wie ein Betrachter von außen bewertete er seinen Tag im Zeitraffer und ging den Zeitplan des folgenden durch. Selbstdisziplin war ihm schon in die Wiege gelegt worden, denn Vater und Opa waren Berufssoldaten gewesen. Hochdekorierte Offiziere im United States Marine Corps, der Elitetruppe der amerikanischen Streitkräfte.

Als Sam bei seinem Geländewagen eintraf, verweilte er einige Zeit in einem Hauseingang und musterte die Umgebung. Die Renovierungswelle hatte diesen Stadtteil Palmas noch nicht erreicht. Eingerissene Müllsäcke, in denen streunende Hunde nach Nahrung gesucht hatten, übersäten den Boden. Ein säuerlicher Geruch hing in der Luft. Eine Weile lauschte er den Geräuschen der Nacht. Dann erst näherte er sich seinem Wagen, stieg ein und drückte den Startknopf. Augenblicklich feuerte und hämmerte es aus den Lautsprechern. Gimme All Your Lovin'. ZZ Top. Er streichelte den Schal seiner Lieblingsband, der am Rückspiegel hing, und fuhr zur Finca bei Bunyola.

Sein Leben war vorbestimmt gewesen, als er vor 48 Jahren auf der abgelegenen Familienfarm im American Heartland als Samuel Franklin Jaden Johnson geboren worden war. Während die gebildeten Eliten der Ostküste oder die Nerds aus dem Silicon Valley es als Flyover Country bezeichneten, auf das man beim Flug von Küste zu Küste buchstäblich herabsieht, war Sam bodenständig und stolz auf seine Herkunft.

Sein Vater war einige Jahre auf dem Militärstützpunkt in Ramstein bei Kaiserslautern eingesetzt gewesen. In dieser Zeit hatte er seine deutsche Frau kennengelernt und geheiratet. Durch die Mutter sprach Sam akzentfrei deutsch.

Seine Laufbahn in der Navy war glanzvoll verlaufen. Ausbildung bei den Marines, Militärakademie, mit dreiundzwanzig erster Kampfeinsatz im Ausland. Ein Jahr später hatte die Navy jungen Offizieren ein Medizinstudium angeboten. An der Front hatte er hautnah Erfahrungen mit Blut, Schmerzen und Verstümmelungen machen müssen. Es hatte ihn nicht geschreckt, vielmehr hatte ihn die Medizin in ihren Bann gezogen und er fing mit der Ausbildung an.

Als fertiger Chirurg war er zur kämpfenden Truppe zurückgekehrt. Oft war er in gefährlichen Einsätzen bei der ersten Welle dabei gewesen, um seine verletzten Kameraden vor Ort zu versorgen. Ein Leben mit Maschinengewehr und Skalpell. Ein gefährlicher Job, denn Sam war dort eingesetzt worden, wo andere wegrannten.

In Afghanistan hatte ihm ein Metallsplitter die Wange zerfetzt, als auf einem Verbandsplatz nahe der Kampflinie eine Granate eingeschlagen war. Die Narbe trug er wie eine Auszeichnung.

Als mehr und mehr Orden und Dienstgrade seine Uniformjacke geschmückt hatten, war er kurz ins Pentagon und dann als leitender Chirurg ins größte Militärkrankenhaus der USA versetzt worden. Die wenigsten hatten in ihm den knallharten Einzelkämpfer an vorderster Front gesehen, für den er sich hielt. Die meisten hatten ihn als einen der besten Chirurgen eingestuft. Sein Ruf hatte dazu geführt, dass auch Zivilärzte Schlange standen, um sich bei ihm fortzubilden. Wenn einer hoffnungslose Fälle zusammenflicken konnte, dann war es Sam.

Doch die Bilder seiner in Kampfeinsätzen malträtierten Patienten war Sam nicht mehr losgeworden. Als er in dieser Zeit angefangen hatte, die Sinnhaftigkeit der amerikanischen Kriegseinsätze zu hinterfragen, war in ihm etwas in Gang gesetzt worden, das er nicht mehr stoppen konnte. Als Resultat war er vor vier Jahren aus der Navy ausgeschieden.

Danach hatte Sam in Europa Abstand gesucht. Der Zufall wollte es, dass ihm vor drei Jahren in einer Privatklinik auf Mallorca eine Urlaubsvertretung angeboten worden war, in der er seitdem als Chirurg tätig war.

Bei seinem ersten Besuch auf Mallorca war Sam nach siebzehnstündiger Flugreise mit zweimaligem Umsteigen ausgelaugt an der Rezeption eines traditionellen Hotels in Palmas Altstadt gelandet.

Am nächsten Morgen war er der Empfehlung der hilfsbereiten Mallorquinerin am Hotelempfang gefolgt und hatte an der Plaça Espanya den ersten Zug der elektrischen Schmalspurbahn nach Sóller bestiegen, um etwas Typisches der Insel kennenzulernen. Während der Rote Blitz langsam durch die Landschaft und Tunnel Richtung Gebirge gezuckelt war und die Sommerbrise voller Düfte durch die geöffneten Waggonfenster die Passagiere umspielt hatte, hatte Sam den weiten Blick auf Olivenhaine, Mandelplantagen sowie grasende

Schafe genossen und spontan Nähe gespürt.

Nach einem Rundgang durch Sóller war er mit der Straßenbahn den kurzen Weg ans Meer gefahren. Doch in Port de Sóller hatten ihn die allgegenwärtigen Touristen abgeschreckt, die das Straßenbild beherrscht hatten. Kurzentschlossen hatte Sam die Rückreise angetreten.

Als der Zug in Bunyola gehalten hatte, war sein Blick auf den alten Bahnhof gefallen, der schon auf der Hinfahrt seine Aufmerksamkeit auf sich gezogen hatte. Das winzige Bahnhofsgebäude mit dem von rotem Oleander eingefassten Gärtchen hätte mit den grünen Fensterläden als Miniatur exzellent zu jeder Spielzeugeisenbahn gepasst.

Nachdem sich der Rote Blitz wieder in Bewegung gesetzt hatte, war Sam vom Sitz hochgefahren und vom rollenden Zug abgesprungen. Ein Reflex, den er sich nicht hatte erklären können.

Im Schatten hatte er auf einer grünen Bank an der Bahnhofswand Platz genommen und seinen Blick durch das Tal mit den durch Steinmauern terrassierten Gärten schweifen lassen. Vis-a-vis des Tramuntana-Gebirges hatte er sich zum Schauen, Hören und Riechen ausgiebig Zeit gelassen.

Danach war er in die Platanenallee eingebogen, die zum Dorfplatz neben der Kirche hinaufführte. In der Mittagshitze dieses Hochsommertags spendeten die knorrigen Platanen wohltuenden Schatten, während Sam herrschaftliche Stadthäuser passiert hatte, die Tradition ausstrahlten und auf den ehemaligen Wohlstand des Ortes hindeuteten. Auf dem Dorfplatz hatte er sich vor einer Bar an einen der kleinen Aluminiumtische gesetzt und Kaltes bestellt. Zwei Stunden war er dort sitzen geblieben und hatte wie ein neugieriges Kind gelauscht und geschaut. Im Gegensatz zum Vormittag war er hier fast ausschließlich von Einheimischen umgeben gewesen.

Als Sam seine Entdeckungsreise fortgesetzt hatte, hatte er in der Nähe des Dorfplatzes einen Krämerladen betreten, den ein Schild über dem Eingang als *Fruteria* kennzeichnete. Der Eigentümer, ein mehrsprachiger Pakistaner, hatte sich in fließendem Mallorquin mit den Einheimischen unterhalten und Sam eine vollreife Honigmelone und pralle Tomaten als Wegzehrung empfohlen.

Als Sam diesen Proviant am Abend im Hotelzimmer verzehrt hatte, war seine Idee entstanden, in Bunyola sesshaft zu werden.

Am nächsten Tag war er mit einem Leihwagen wieder dorthin gefahren und hatte die Umgebung erkundet. Während seines Einkaufs in der *Fruteria* am Nachmittag hatte Sam vom Pakistaner den Tipp erhalten, dass eine abgelegene Finca in der Gemeinde zu vermieten sei. Noch am selben Tag hatte Sam den Eigentümer aufgesucht. Nach einer Woche intensiver Verhandlungen, auch mit dessen Bruder Carlos als Übersetzer, war der Mietvertrag per Handschlag bekräftigt worden.

KAPITEL 6

Cleos Auftritt

Mit dem am Vorabend erstandenen Cocktailkleid im Gepäck waren Ben und Cleo am Freitagmittag auf dem Weg nach Düsseldorf. An Palmas Flughafen verließen sie das Parkhaus, als Ben stutzte. In der Menge, die aus dem Terminal quoll und ihnen entgegenkam, meinte er, ein bekanntes Gesicht erkannt zu haben. Ben drehte sich um und die Frau auch. Sie grüßte ihn mit einem Kopfnicken und blieb stehen. Ben legte seine Hand auf Cleos Schulter. »Halt mal.«

Die beiden gingen auf die Frau zu. »Hallo. Das ist Cleo und ich bin Ben.«

»Ich weiß. Sie waren auf meiner Vernissage.«

Ben wollte den Selbstmord ihrer Nachbarin ansprechen, als Brit ihm zuvorkam. »Übrigens, darf ich Ihnen Nele vorstellen, Biancas Schwester.«

»Herzlich willkommen auf Mallorca.«

»Guten Tag«, grüßte Nele mit sanfter aber kraftvoller Stimme. Sie trug Schwarz und versteckte ihr Gesicht hinter einer opulenten Sonnenbrille. Die dunkelbraunen, kurzen Haare wirkten zottelig.

»Nele ist gekommen, um den Behördenkram, die Beerdigung und den Nachlass zu regeln. Ich hole sie gerade ab«, erläuterte Brit.

Der folgende Small Talk war mühsames Gemurkse. Ben und Cleo drückten ihr Beileid aus. Unsicherheit und Schwermut lagen in der Luft. Ben war froh, dass er die Konversation mit dem Hinweis auf den baldigen Abflug abwürgen konnte. Mit der höflichen Floskel »Rufen Sie mich gerne an, wenn Sie Unterstützung brauchen.« verabschiedete er sich.

In Düsseldorf checkten die beiden nicht nur im besten Hotel der Stadt ein, sondern bezogen eine exklusive Suite. Sogleich ließ Ben eine Flasche Wein nebst Sandwiches aufs Zimmer bringen. Er hatte damit gerechnet, dass sein Vater die auswärtigen Gäste in diesem Hotel unterbringen würde. Mit seinem Charme hatte er die Mitarbeiterin der Reservierungsabteilung telefonisch überzeugt, ihm eine im Kontingent des Vaters nicht vorgesehene Suite zu buchen und ihn als Überraschungsgast nicht auf die Reservierungsliste zu setzen. »Wenn mir nichts anderes übrig bleibt, als den Patriarchen zu treffen, hat das seinen Preis«, begründete er Cleo gegenüber sein Verhalten.

In der Altstadt verbrachten die beiden einen heiteren Abend. Es gab kaum einen Ort auf diesem Planeten, wo Ben nicht Kumpels, Studienkollegen, alte Freunde oder flüchtige Bekanntschaften treffen konnte. So auch in Düsseldorf.

Am nächsten Nachmittag stand die glanzvolle Feier im Nobelrestaurant an. Beide legten sich mit spektakulärem Resultat ins Zeug, obwohl derartige Jubiläumsfeiern für Ben Relikte einer anderen Epoche waren. Cleo schien mit ihrem hautengen, schwarzen, ärmellosen Kleid verwachsen zu sein. Die gleichfarbigen Schuhe und Strümpfe mit Naht ergänzten perfekt. Bei der Schminke hatte sie sich gegen Ben durchgesetzt und weniger Farbe aufgetragen. Sie hatte sich so weiß gepudert wie Japanerinnen in einer Oper, ein vortrefflicher Kontrast zu ihrem schwarzen Haar. Auch Ben schien einem Modejournal entsprungen zu sein, ein attraktiver Lausbub im Smoking mit der Passform Slim Fit.

Ihr Eintreffen auf dem Fest löste unterschiedliche Reaktionen aus. Dem Geburtstagskind merkte man ihre ehrliche Freude über das Erscheinen des Sohnes an, was wiederum zu spitzen Bemerkungen unter ihren Töchtern führte.

Der Waffenstillstand zwischen Ben und dem Vater hielt an diesem Tag. Keiner der Gäste, der den Zwist nicht kannte, ahnte davon. Ben strahlte mit seiner Mutter um die Wette und bewegte sich elegant auf dem Parkett der feinen Gesellschaft. Als eine Band nach dem Essen aufspielte, nahm die Stimmung Fahrt auf.

Je weiter der Abend fortschritt, desto stärker rückte Cleo in den Mittelpunkt. Der mädchenhafte Körper gepaart mit ihren üppigen Brüsten, kirschroten Lippen und den schwarzen Zöpfen verfehlte die Wirkung nicht. In Männergesprächen wurde über ihr Alter spekuliert. »Darf sie schon den Führerschein machen?« war das Harmloseste. Etliche Damen geißelten das Kleidchen als zu knapp. Ben hatte erreicht, was er wollte. Zwischendurch blieben ihm und seiner Mutter Zeit für Nähe und liebevollen Austausch.

»Mir ist schwummerig.« Während des Rückflugs am Sonntag quälte sich Cleo mit den Nachwirkungen ihres Lieblingsgetränks.

Ben genoss den Augenblick. Immer wieder lief der Film vor seinen Augen ab. Die geifernden Charity Ladys des Düsseldorfer Geldadels, die Ehemänner mit ihren wollüstigen Fantasien und Cleo im Zentrum. Ben zuliebe hatte sie den lasziven Auftritt ausgelebt.

KAPITEL 7
Zweifel

Am Montagmittag saß Nele dem Hageren mit der Nickelbrille und den bräunlichen Nikotinfingern, der sich ihr beim vorherigen Besuch als leitender Ermittler der Policia Nacional vorgestellt hatte, in dessen Büro gegenüber. Wie vor zwei Tagen stank es nach kaltem Rauch und wieder war der Kommissar ausgesprochen höflich, doch in der Sache knallhart. Mit dem Hinweis, sie könne die Leiche ihrer Schwester Bianca von einem Bestatter abholen lassen, überreichte er Nele eine Art Sterbeurkunde mit drei fetten Stempeln und der Unterschrift eines Richters. Er ließ sie den Empfang quittieren.

Nele wies auf das Fehlen von Testament und Abschiedsbrief hin. Doch der Ermittler blockte ab. Als einzige Auffälligkeit bei der Toten war ein weißer Hautfleck unterhalb des Bauchnabels festgestellt worden, der aber, wie der Hagere versicherte, absolut nichts bedeutete. Nele kannte den Fleck. Ihre Schwester hatte sich dort eine Jugendsünde korrigieren lassen.

Auf den Stufen vor dem Gebäude fixierte Nele die Unterschrift auf der Urkunde. *Blödsinn. Wenn die meinen, damit ist Doreens Tod als Selbstmord abgeschlossen, täuschen sie sich gewaltig.*

Während seiner Mittagspause döste Ben auf einer Luftmatratze im Pool. Die Sonne stand, mühsam von einer dünnen Schicht Wolken verdeckt, hoch am Himmel. Den herrlichen Ausblick auf Hafen und Stadt nahm er nicht wahr. Ben grinste. *Mutter hat sich riesig gefreut, mich zu umarmen. Sie versteht mich. Dad war Cleos Auftritt peinlich. Ein gelungener Tag.*

Ein Anruf mit einer unterdrückten Telefonnummer riss ihn aus seiner Siesta. Die Neugierde war stärker. »Hallo«

»Guten Tag. Hier ist Nele.«

Er war verdutzt. »Äh«

»Sie sind doch Ben?«

»Ja, ja.«

»Störe ich?«

»Äh, nein.«

»Sie haben mir am Flughafen Ihre Hilfe angeboten. War das ernst gemeint?«

Das sagt man doch nur so dahin. Was will die von mir? »Selbstverständlich!«

»Sorry, außer Ihnen und Brit kenne ich hier niemanden.«

Die kennt mich doch gar nicht. Puh. Was wird das? »Wie kann ich helfen?«

»Ich war bei der Polizei und sichte im Haus meiner Schwester die Unterlagen. Es gibt Ungereimtheiten. Ich brauche Rat. Können wir uns sehen?«

»Ja. Wann?«

»Heute?«

Die hat's aber eilig. »Am späten Nachmittag kann ich es einrichten.«

Drei Stunden später traf Ben in der Villa der Verstorbenen ein. Nele empfing ihn herzlich und bedankte sich freundlich für den Besuch. Im Wohnzimmer schilderte sie, weshalb sie ihn angerufen und um Rat gebeten hatte. Kurz darauf hockten die beiden am ausladenden Eichenholzschreibtisch von Neles verstorbenem Schwager. Das Arbeitszimmer im ersten Stock war der krasse Gegensatz zum durchgestylten Erdgeschoß. Während sich unten filigranes Edeldesign stapelte, fühlte sich Ben im Augenblick in eine Kapitänskajüte versetzt. Dunkles Vollholz gab den Ton an. Schiffsbilder in Öl sowie nautische Instrumente auf den Ablagen zeugten von der maritimen Vorliebe des verblichenen Hausherrn.

Ungläubig starrte Ben auf den Fußboden. Auf dem Eichenparkett hatte Nele Urkunden, Zettel und Briefe ausgebreitet. »Ich bin dabei, die Unterlagen meiner Schwester zu sortieren. Mich ziehen Haptik und Geruch von Papier an. Mein Fimmel.«

Je länger Ben den Boden betrachtete, desto mehr lichtete sich das vermeidliche Chaos. Die Papiere waren in Stapeln akkurat übereinandergelegt. Daneben lagen einzelne Blätter. Alles schien einer unsichtbaren Ordnung zu folgen und war penibel im Gitterraster ausgelegt.

»Das mache ich gern, die Nadel im Heuhaufen zu suchen.« Nele deutete auf den Fußboden. »Das ist mein Heuhaufen.«

Ben staunte über Neles strukturierte Herangehensweise. Sowas war nicht sein Ding. Er, der im Drunter und Drüber zurechtkam, ließ sich üblicherweise vom Gefühl leiten. »Bevor wir über Biancas Selbstmord reden, habe ich noch eine Frage. Woher haben Sie meine Telefonnummer?«

»War nicht schwer für mich. Ich bin Steuerfahnderin.«

Ben erschrak. »Hier auf der Insel?«

»In Leipzig, wo ich mit meiner Schwester aufgewachsen bin.«

»Sie bei der Steuerfahndung?« Er schüttelte den Kopf.

»Wie stellen Sie sich einen Steuerfahnder vor?«

»Ein Beamter mit breitem Kreuz, der sich am Schreibtisch durch Kartons voller Belege wühlt. Umringt von Aktenordnern, Zetteln und handschriftlichen Notizen. An der Pinnwand hängen unzählige Zeitungsausschnitte, Visitenkarten und Flyer, viele von Bordellen. Die im Dauereinsatz befindliche Kaffeemaschine gluckert neben dem angeschlagenen Handwaschbecken. Eine Kiste leerer Cola-Flaschen lagert davor. Es riecht nach Bohnerwachs und kaltem Zigarettenrauch.«

Nele schmunzelte. »Im Westen mag das so sein. In Leipzig sind Teamgeist, Jagdinstinkt und modernste Medien gefragt.«

»War Bianca aus dem gleichen Holz? Ich kannte sie ja kaum.«

»Übrigens, meine Schwester hieß nicht Bianca. Als Doreen wurde sie vor zweiundfünfzig Jahren im Osten geboren. Gleich nach der Wende heuerte sie bei einem Hamburger Grundstücksentwickler an, der in Leipzig ein Büro eröffnete. Mit ihren örtlichen Verwurzelungen leistete sie ihrem Arbeitgeber wertvolle Dienste. Sein Unternehmen zog Wohnblöcke hoch und verscherbelte die Eigentumswohnungen an Wessis, die der Steuerersparnis hinterherhechelten. Sie heiratete ihren Chef und die beste Zeit ihres Lebens begann, wie sie es nannte. Gemeinsam kauften sie vor zwölf Jahren dieses Grundstück, errichteten darauf ein Doppelhaus und nutzten ihr Haus als Zweitwohnsitz. Die andere Hälfte boten sie zum Verkauf an und Brit schlug zu. In den folgenden Jahren freundeten sich Doreen und Brit an.«

»Wer jetzt? Bianca oder Doreen?«

»Doreen war lebenslustig, intelligent, ehrgeizig und gierig auf das neue Leben nach der Wende. Geld und Anerkennung bedeuteten ihr viel. Auf Mallorca verheimlichte sie ihre

DDR-Vergangenheit, vermied jeglichen sächsischen Akzent und nannte sich fortan Bianca.«

»Wie soll ich sie nennen?«

»Ich hatte nur eine Schwester und die hieß Doreen!«

Ben hatte ein Kloß im Hals. *Scheißsituation. Ihre Schwester ist erst wenige Tage tot. Was sagt man jetzt?*

Ben hielt Neles Blick nicht stand. Er schaute zu Boden. Nur das flüsternde Summen der Klimaanlage durchbrach die Stille.

»Auch ihr Ehemann fand Gefallen an Mallorca. Er reduzierte seine Aktivitäten in Leipzig, der Boom war längst vorbei, und sondierte die hiesige Immobilienbranche. Als ihr Mann vor einem Jahr starb, verkaufte meine Schwester in Leipzig alles und lebte seitdem auf der Insel.«

»Wie ist, äh, war Ihr Verhältnis zu Doreen?«

»Trotz unterschiedlicher Lebensansichten standen wir uns nah. Wenn sie in Leipzig war, was in den vergangenen Jahren selten vorkam, haben wir intensiv gequatscht. Ansonsten haben wir regelmäßig telefoniert. Unsere Eltern sind tot. Es gibt keine nahen Verwandten. Wir waren die Letzten der Familie.« Nele schluckte. »Des Öfteren war ich auf Mallorca. Ich wusste stets, was sie bewegte. Deshalb macht mich ihr plötzlicher Tod so fassungslos.«

»Suizid ist für die Angehörigen grausam.«

»Es war kein Selbstmord.«

»Wie bitte?«

»Aus meiner Sicht passt nichts zum Selbstmord. Im Gegenteil.«

Ben riss seine Augen auf und schüttelte den Kopf.

»Erstens. Es gibt kein Testament. Das war nicht ihre Art. Seit Jahren unterstützte Doreen leidenschaftlich ein Jugendprojekt in Leipzig. Das hätte sie mit Sicherheit im Vermächtnis bedacht. Ich habe das Haus auf den Kopf gestellt. Darin bin ich gut.«

»Ich weiß. Steuerfahnderin.«

»Zweitens. Ein Abschiedsbrief fehlt. Nun muss ich entscheiden, ob sie auf der Insel oder in Leipzig ihre letzte Ruhe finden soll. Ohne mir den konkreten Ort zu nennen, hat Doreen mir mehrfach erzählt, dass sie genau wisse, wo und wie sie begraben werden möchte. Das hätte sie mir auf jeden Fall in einem Abschiedsbrief mitgeteilt. Zwei Tage vor ihrem Tod haben wir telefoniert. Sie hat nichts angedeutet.«

»Und sie haben alles durchsucht?«

Nele überging die Frage. »Drittens. Der Nachbar. Vor drei Jahren hat ein Malteser das Nachbargrundstück erworben, alles platt gemacht und eine Prachtvilla hochgezogen. Edel, teuer, modernste Sicherheitstechnik. Letztes Jahr ist Igor mit seinem Bodyguard eingezogen.«

»Igor?«

»Doreen hat über ihn recherchiert. Sie hat es mir gesagt und ich habe ihre Unterlagen dazu gefunden.« Nelle stand auf, stakste zu einem der Papierstapel, hob ihn vom Boden auf und hielt ihn in die Luft. »Die EU geht davon aus, dass Malta über 6000 wohlhabenden Nicht-EU-Bürgern gegen Millionenzahlungen die maltesische Staatsbürgerschaft verliehen und sie damit zu EU-Bürgern gemacht hat. Igor klingt erstmal nicht maltesisch.«

Erst jetzt fiel Ben die Trauerkleidung auf. Bluse, Rock, Strümpfe und Schuhe waren Schwarz. Die struppigen Haare sahen unfrisiert aus. Auf den Hüften lasteten ein paar Kilos zuviel. Neles Haut schimmerte fahl. »Und was folgt daraus?«

»Erst mal nichts. Außer der Sache mit dem Telefonieren.«

Ben schüttelte den Kopf.

»Doreen litt unter Beklemmungen und Schlafstörungen. Deshalb schlief sie, wann immer es ging, im Freien, vorzugsweise im Sommerhalbjahr. Entweder in einer Ecke auf der Terrasse oder im Garten an der Grundstücksgrenze zum Malteser hinter der Bougainvillea-Hecke. Igor geht zum Rauchen gern nach draußen.«

»Auch eine meiner Marotten.«

»Der telefoniert dabei, manchmal sogar nachts, meistens englisch. Davon ist Doreen hinter der Hecke schon mal aufgewacht, obwohl Igor stets leise redete. Und jetzt kommts. Vereinzelt sprach er russisch. Perfekt. Auf dem Gymnasium hatte meine Schwester immer eine Eins in Russisch. Deshalb bekam sie Bruchstücke von den Telefonaten mit, Liebesaffären und langweilige Geschäfte. Vor zwei Monaten hat sie mir mitgeteilt, dass sie Merkwürdiges mitbekommen habe. Genaueres wollte sie mir später erzählen.«

»Dazu kam es nicht mehr.«

»Genau. Verstehen Sie, dass ich nicht an Selbstmord glauben kann.«

»Und die Polizei. Was sagt sie dazu?«

»Ich war zweimal dort. Samstag zur Identifizierung. Es war schrecklich. Beim Sturz von der Steilküste ist sie auf einen Felsvorsprung geschlagen, bevor sie ins Wasser fiel. Glücklicherweise war der Kopf nahezu unverletzt.« Nele seufzte.

»Im Medizinstudium habe ich solche Dinge sehen müssen. Ich weiß, was Sie durchgemacht haben.«

»Heute Vormittag wurde meine Aussage protokolliert.«

»Haben Sie Ihren Verdacht geäußert?«

»Ja, aber sie haben mir nicht zugehört. Die Polizei geht von Selbstmord aus. Sie haben das Foto aus der Radarfalle, auf dem Doreen geblitzt wurde. Alle persönlichen Gegenstände einschließlich Geld, Schlüssel und Handy lagen im Auto. An der Steilküste gibt es keinerlei Kampfspuren. Deshalb schließen sie Raubmord aus. Soweit die Gerichtsmedizin das jetzt noch feststellen kann, gibt es außer dem Aufprall keine weiteren Verletzungen.«

»Fehlt etwas im Haus?«

»Nein. Alles da. Schmuck, Wertsachen und Laptop. Das hat mich die Polizei schon gefragt.«

»Und nun?«

»Bin ich ratlos.«

Wortlos stand Ben auf, ging ans Fenster und schaute in Igors Garten. *Das geht mich nichts an. Eine durchgeknallte Steuerfahnderin, die Gespenster sieht. Das bringt nur Ärger ein. Ich verpisse mich höflich.*

Doch aus heiterem Himmel platzte es aus ihm heraus: »Ein viertens gibt's auch noch. Das wird mir jetzt klar, weil Sie den Selbstmord anzweifeln.«

Die Überraschung stand Nele ins Gesicht geschrieben.

»Die Medikamentenunverträglichkeit. Ich habe ihre Schwester nur einmal, nebenan auf Brits Vernissage, getroffen. Doreen hat mich angesprochen. Es ging ihr um einen ärztlichen Rat wegen ihrer Beklemmungen. Ein Arzt hatte ihr dagegen das Medikament *Tavor* verschrieben. Ich habe Doreen bestätigt, dass dies eine anerkannte Behandlungsmethode sei. Das war's.«

»Sie hat mir beiläufig berichtet, dass sie Tabletten nimmt und damit zufrieden ist.«

»Als Brit befragt wurde, hat die Polizei ausgeplaudert, dass in Doreens Leiche Morphine gefunden wurden. Hat mir Sam, ein Freund, erzählt. Morphium und *Tavor* sollten besser nicht zusammen genommen werden. Mit diesem Cocktail hätte sie kaum die Golfbahn mit ihrem Mini so sauber zerlegen und den Weg bis an die Steilküste von El Toro finden können. So schnell wie sie durch die Radarfalle gebrettert sein soll, hätte sie spätestens der enge Kreisel an der Ausfahrt von Santa Ponsa zerlegt.«

»Uff. Das wird immer nebulöser. Beipackzettel waren für Doreen Pflichtlektüre. Sie hätte nie etwas zusätzlich eingenommen, vor dem eindringlich gewarnt wird.«

»Außerdem, was macht das für einen Sinn? Sich mit unverträglichen Drogen vollzupumpen, um damit von den Klippen zu springen? Dann hätte sie sich zur Sicherheit vorher noch die Pulsadern aufschneiden müssen.«

»Das ist nicht witzig.«

»Entschuldigung« Ben senkte den Blick.

»Verstehen Sie jetzt, weshalb ich nicht an Selbstmord glaube?«

»Ja. Allerdings habe ich keinen Peil, was zu tun ist.«

»Ich auch nicht. Aber Nichtstun, das ist nicht meine Art. Doreen wurde umgebracht. Das muss aufgeklärt werden. Ich könnte Hilfe gebrauchen.« Neles smaragdgrüne Augen flehten Ben an.

»Ich bin nicht vom Fach.«

»Einen, der sich auf der Insel auskennt und gut vernetzt ist.« Sie stand auf und strich ihren schwarzen Rock sorgsam glatt, wobei sie sich leicht nach vorn beugte und den Blick in ihr Dekolleté freigab.

»Ich misch mich gern ein.«

»Danke.« Nele reichte Ben die Hand. »Morgen fliege ich nach Leipzig zurück. Einiges ist zu erledigen. Doreens Laptop packe ich ein. Ich nehme Urlaub und bin bald wieder da.«

KAPITEL 8
Das Festkomitee

Am Abend traf sich die Clique bei Eitelfritz in Santa Catalina. Er besaß eines der schmalen Stadthäuser, wie sie in Palmas pulsierendem Stadtteil üblich waren. Für ihn kam nur dieses überdrehte Viertel in Frage. Er passte genauso perfekt hinein wie in seine Maßanzüge.

Während schwedische Bauträger derartige Domizile regelmäßig in drei Eigentumswohnungen filetierten, bewohnte dieser Eigentümer das ganze Gebäude. Ein Patio mit ursprünglichem Kopfsteinpflaster, üppigen Pflanzen und einem verschnörkelten Springbrunnen gehörten ebenso dazu, wie eine kuschelige Dachterrasse. Nur durch ein schmales Tor, mehr eine breite Tür, gelangte man in den immergrünen Innenhof, wo die rote Vespa parkte. Das ideale Vehikel für den Hausherrn. Sie ließ ihn schnell durch die engen Gassen gleiten und überall parken.

Eitelfritz war vor 42 Jahren im Badischen geboren und umgehend mit einem Adelstitel und sieben weiteren Vornamen hinter Fritz bedacht worden. Den ersten Teil des Spitznamens verdankte er seinem Auftreten. Er liebte das Spektakel, die lustvolle Selbstinszenierung, teilweise bis an die Grenze, manchmal auch darüber hinaus. Das war seine Erkennungsmelodie. Einerseits ein Genießer mit feinen Manieren, andererseits extravagant, nie gefallsüchtig und extrovertiert, gelegentlich ein Freund greller Outfits einschließlich Schlaghosen aus den Sechzigern und Plateauschuhen. Wenn die Gluthitze Mallorca im Griff hatte, schlüpfte Eitelfritz in schneeweiße Leinenanzüge, wie sie in den Tropen getragen wurden. Ein Flirt mit dem Leben, das war seine Richtschnur. Einer, der gern auf des Messers Schneide balancierte.

Die schlaksige Gestalt hatte sich seit dem sechzehnten Lebensjahr nicht mehr verändert. Seitdem hatte er vieles ausprobiert, auch bei den Partnerschaften. Lose und feste, Männer und Frauen, zu zweit oder dritt, jung oder alt. Augenblicklich lebte er autark, so etikettierte Eitelfritz seine momentane Lebensphase. Er genoss es, dass niemand meckerte, wenn er sein Geld für unnütze Dinge ausgab, keiner danach bohrte, wann er heimkehren würde, und kein Aas die Nase rümpfte, wenn er erst mittags das Bett verließ.

Außenstehende mögen in ihm einen exzentrischen Sonderling gesehen haben, doch durfte Eitelfritz, stets mit blondem Zopf, keinesfalls nur nach seinem Äußeren beurteilt werden. Unter der schrägen Aufmachung verbarg sich ein sympathischer und hilfsbereiter Charakter, eine Seele von Mensch.

Auch er war Arzt. Oder so etwas Ähnliches. Jedenfalls hatte Eitelfritz etliche Semester Medizin studiert. Genaueres blieb im Dunkeln. Seine Freunde hakten nicht nach. Sie hatten ihn so ins Herz geschlossen, wie er war.

Eitelfritz hatte den großen Salon im zweiten Stock vorbereitet. Der Raum erstreckte sich fast über die gesamte Etage. Die Fensterläden zur Straße waren stets geschlossen. Tageslicht fiel nur durch seitliche Fenster ein, aus denen man auf einen kleinen Park auf der anderen Straßenseite blickte. Niemand erhaschte von außen einen Blick in den großen Salon.

Der Raum war stilsicher mit bequemen Loungemöbeln der Oberklasse komponiert. Weder Stühle noch Tische, dafür Sofas, Sessel und Beistelltischchen im Überfluss. Zwei Wände waren als Graffiti gestaltet, an den anderen hingen farbsatte Ölbilder. Musikanlage und Videoausstattung neuester Generation entsprachen Diskothekenstandard. Ein cooles Ambiente, um es krachen zu lassen.

Wie immer hatte der Gastgeber feinste Tapas und Getränke aufgefahren.

»Wo bleibt sie denn nur?«, wurde Sam ungeduldig.

»So ist Lisa halt«, beschwichtigte Ben und goss einen Tequila in sich hinein.

Die Schweizerin Lisa war mit 38 Jahren das Küken der vier Ärzte. Hinter ihrer Anmut und Zerbrechlichkeit verbargen sich Verstand und Ehrgeiz. Für die Kommilitonen während ihres Medizin- und Chemiestudiums in Genf hatte festgestanden, dass Lisa eine glänzende Zukunft in der Forschung bevorstehenden würde. Doch es kam anders.

Während des Studiums hatte sie bei einem privaten Fernsehsender als Mannequin gejobbt und ihren ersten Ehemann, Gattung Erbe, kennengelernt und kurz darauf geheiratet. Nach Beendigung ihres Studiums hatte sie als Ärztin in einem Krankenhaus gearbeitet. Die glückliche Ehe hatte nur drei Jahre angedauert, als ihr Mann nach einem Kletterunfall verstorben war. Mit dem Erbe war sie in die Kosmetikbranche gewechselt. Ihre Gesichtscremes hatte ein C-Promi auf dem Verkaufskanal verramscht, wo Lisa schon gejobbt hatte. In dieser Zeit hatte sie den über zwanzig Jahre älteren Eigentümer des Fernsehsenders kennengelernt. Nach zwei Jahren, in denen er heftig um Lisa geworben hatte, heirateten sie. Durch die notorische Liebe ihres Gatten zum Rampenlicht war das Paar schnell zum Liebling der bunten Blätter avanciert.

Umso mehr hatte sich die Boulevardpresse auf Lisa gestürzt, als ihr Ehemann einem Schlaganfall erlegen war. In dieser Zeit war es ihr nicht gut gegangen, denn die Journaille hatte sie erbarmungslos verfolgt. Sie war angeschlagen gewesen. Als sie auf die Begrüßungsfrage eines dreisten Journalisten »Haben Sie mit ihrem Ehemann eine harmonische Ehe geführt?« ausgerastet war und genervt »Er hätte gern früher gehen können.« geantwortet hatte, titelte seine Zeitung am nächsten Tag »Serienwitwe mit Anfang 30«. In der Schweiz war sie dieses Etikett nie losgeworden.

Danach hatte sich Lisa für ein halbes Jahr bei einer Freundin auf Mallorca verkrochen. Abgehetzt und kraftlos war sie auf der Insel eingetroffen. Sie hatte sich der unfairen Presse hilflos ausgeliefert gefühlt, obwohl sie beide Ehemänner geliebt und schrecklich unter deren Ableben gelitten hatte.

Nach sechs Monaten war ihre Entscheidung gefallen und sie hatte sich ein stattliches Haus in den Hügeln oberhalb von Palma zugelegt. Lisa fing wieder an, sich für medizinische Forschung zu interessieren, und reaktivierte hierfür die Kontakte zu ihrer Universität in Genf.

Schon vorher hatte sie in Startups im Medizinbereich investiert, wobei sie kein gutes Händchen bewiesen hatte. Die meisten waren mittlerweile von der Bildfläche verschwunden und mit ihnen der Großteil ihres Vermögens.

Als Lisa mit der gewohnten Verspätung eintraf, was von den Anwesenden nicht besonders kommentiert wurde, setzte sie sich zu Cleo und die beiden tuschelten sofort wie langjährige Freundinnen. Cleo war die Einzige, die bei den Treffen der vier dabei sein durfte. Eitelfritz, Sam und Lisa hatten sie gleich gemocht, als Ben sie das erste Mal mitgebracht hatte.

Zwei Stunden später stand der Oberst auf. Er trug ein schwarzes T-Shirt, dessen Ärmel er abgeschnitten hatte. In Weiß prangte darauf »Keine MACHT den DROGEN«, wobei »Keine«

und »den« mit einem roten X überdruckt waren. »In knapp drei Wochen veranstalten wir unser jährliches MASH-Festival. Dieses Mal haben wir so viele Bewerber wie nie, nicht nur aus Europa. Die zwanzig von uns Ausgewählten wurden benachrichtigt und haben alle zugesagt. Supertypen, davon bin ich überzeugt. Die Themen der Fachtagung und das Rahmenprogramm müssen verschickt werden. Bitte macht beim nächsten Treffen Vorschläge.«

»Ich habe schon was in petto,« warf Ben ein.

»Nächstes Mal. Beschreibe uns lieber, wie dein Vater auf euren Auftritt in Düsseldorf reagiert hat«, wollte Sam, der Oberst, wissen.

»Der hat uns ein Etikett verpasst. Ärzte mit Grenzen.« Ben berichtete ausschweifend von der Geburtstagsfeier.

Cleo und das Festkomitee saßen ausgelassen bis in die Morgenstunden zusammen, wobei die Filmmusik von MASH im Hintergrund dudelte.

Eitelfritz, Ben, Sam und Lisa hatte das Schicksal auf Mallorca angespült. Jeder lebte aus einem anderen Grund auf der Insel. Sie hatten sich auf einer Wohltätigkeitsveranstaltung in Palmas Armenviertel kennengelernt. Dort bot die Cáritas Española an zwei Samstagen im Jahr ärztliche Versorgung für Hilfsbedürftige an. Ärzte, Krankenschwestern und Helfer stellten sich freiwillig zur Verfügung, um diese Patienten kostenlos zu behandeln. Zufällig waren die vier als ein Behandlungsteam zusammengewürfelt worden. Seitdem traten sie dort nur gemeinsam an.

Ein verbindender Spleen und Brüche in ihrem Leben als Mediziner waren zum Kitt ihrer Verbundenheit geworden und hatten sie zu einer eingeschworenen Clique wachsen lassen.

Ihr gemeinsamer Spleen war die Begeisterung für MASH, dem Film und der Fernsehserie aus den Siebzigerjahren über ein Feldlazarett im Koreakrieg. Im Mittelpunkt der Satire standen zwei Chirurgen, die sich durch ihre sarkastische Einstellung zum Krieg hervortaten. Alle vier hatten ein Faible für deren Lässigkeit und Witz. Wenn sie unter sich waren, adaptierten sie schon mal Verhalten und Sprache der Darsteller.

Einmal im Jahr zogen sie ihr MASH-Festival durch. Dabei tauchten sie in Rollen ein, indem sie sich entsprechend kostümierten, die Rituale des Films nachstellten und die Originaldialoge nachsprachen. Das Event hatte sich in Medizinerkreisen rasch herumgesprochen und zu einem Kulttreffen entwickelt. Jedes Jahr stieg die Anzahl der Bewerbungen für eine Teilnahme an.

KAPITEL 9

Ein russischer Brief

Der darauffolgende Sommertag plätscherte in Bens getaktetem Tagesablauf dahin. Pool, Telearzt am Vormittag, Pool, Telearzt nachmittags, Pool. Cleo versorgte ihn zwischendurch mit Kaltgetränken und servierte am Mittag einen Salat.

Weil am nächsten Tag in aller Frühe die Gärtner ihre Arbeit aufnahmen, nahm sich Ben wie jeden Mittwoch den Vormittag frei. Gegen den Lärm von Zweitakt-Rasenmäher und kreischender Motorsense war kein Kraut gewachsen. Mit Cleo flüchtete er an den Strand. Im ersten Sommer auf Mallorca war Ben als Frischling noch der fixen Idee hinterhergejagt, täglich in einer menschenleeren, von Felsen geschützten, feinsandigen Bucht Badefreuden zu genießen. Das hatte er sich mittlerweile abgeschminkt. In Zeiten von Detailbildern aus dem Orbit für jeden Badestrand im entferntesten Winkel der Welt konnte man sicher sein, dass die Badebuchten auf der Empfehlungsliste im Internet für die »10 einsamsten Strände der Insel« völlig überlaufen waren. Auch für die Bewohner Mallorcas gab es keinen Heimvorteil in Bezug auf einsame Plätzchen mehr. Mittlerweile hatte Ben eine App auf seinem Smartphone installiert, die anzeigte, welche Strände gerade nicht überfüllt waren.

Am Abend meldete sich Nele aus Leipzig am Telefon. Vorsichtig tasteten sie sich ab. Nach einer Weile beschlossen die beiden, sich zu duzen und das Gespräch nahm Fahrt auf.

»Ein netter Kollege aus unserer IT, der mir was schuldig war, hat sich die letzte Nacht mit Doreens Laptop um die Ohren geschlagen. Das Passwort ist geknackt. Ich hatte Zeit, mir alles anzuschauen. Was ich bisher gefunden habe, verändert meine Einschätzung über Werner.«

»Wer ist das?«

»Doreens verstorbener Ehemann, mein Schwager.«

»Wie ist er gestorben?«

»Ein Badeunfall. Seine Leidenschaft war sein Motorboot. Er hatte es Loreen getauft.«

»Wie deine Schwester.«

»So ähnlich. Ihr wurde bei dem Geschaukel immer übel. Deshalb ist Werner häufig morgens allein von Port Adriano in die nächste Felsenbucht gefahren, hat geankert und ist mit einem Kopfsprung ins Meer. Er war ein exzellenter Schwimmer. Doch er hatte Pech, Herzinfarkt beim Kraulen. Er trieb nur wenige Minuten kopfüber im Wasser, bis ihn Leute von einem anderen Boot aus entdeckten. Sie holten ihn sofort auf ihr Schiff und brachten ihn zum Hafen zurück. Doch ihre Hilfe kam zu spät.«

»Das war ungefähr die Stelle, wo man Doreen im Wasser gefunden hat. Kann es nicht doch Selbstmord sein und sie dort ihrem Mann folgen wollte?«

»Niemals!«

»Wieso hatte er sein Schiff in Port Adriano liegen?«

»Palma war ihm zu groß und in Portals Nous die Rangfolge der deutschen Schickeria schon vergeben. Es passte gut, dass Port Adriano zu einem Nobelhafen ausgebaut wurde. Da konnte Werner dick auftragen.«

»Du mochtest ihn nicht?«

»Doch, sehr. Schon wie er Doreen verehrte, hat mir gefallen. Er war höflich, liebevoll, aufmerksam und großzügig. Auch zu mir. Im Winter flogen wir zu dritt nach Südafrika oder in die Karibik, stets Business Class. War immer lustig. Werner hat alles bezahlt.«

»Großzügig«

»Er besaß auch Schwächen.«

»Welche?«

»Sein Geltungsbewusstsein. Er wollte bei den Schönen und Reichen dabei sein. Kennst du die Fernsehserie Kir Royal?«

»Hab ich mal gesehen, als Wiederholung.«

»In einer Folge brilliert Mario Adorf als Klebstofffabrikant Haffenloher. Dessen Spruch ›Ich scheiß dich so was von zu mit meinem Geld, dass du keine ruhige Minute mehr hast‹, hat Werner gern zitiert, wenn er einen im Tee hatte. Gelegentlich zog er dabei sein weißes Dinner Jacket an.«

»Wer hat denn sowas noch?«

»Werner wollte immer hoch hinaus. Er war Immobilienprofi. In dieser Branche kommst du nur mit Ellenbogen nach ganz oben. Dort zu bleiben, erfordert Kälte und Härte. Ich kannte seine zwei Seiten, habe ihn trotzdem gemocht.« Nele legte eine Pause ein. »Wie ich jetzt herausgefunden habe, hat er auf Mallorca Immobiliengeschäfte in einer Größenordnung betrieben, die mich fassungslos macht. In Doreens Laptop habe ich einen Ordner mit der Bezeichnung REAL entdeckt. Sie muss ihn nach Werners Tod von seinem Rechner, den ich bisher nicht gefunden habe, kopiert haben.«

»REAL?«

»Wenn du es Englisch aussprichst, bedeutet es wahr. In Spanisch königlich. Es war eine Gruppe von vier Personen, außer Werner noch drei Mallorquiner. Mehr weiß ich bisher nicht.«

»Es könnten die Anfangsbuchstaben ihrer Vornamen sein. Oder für Real Estate, also Immobilien, stehen.«

»Oder ihre Berufe. Das finde ich heraus. Es wird eine lange Nacht für mich. Danach haben wir einiges zu besprechen. Wann können wir uns sehen?«

Hoppla. Wir haben einiges zu besprechen? Die legt ein Tempo vor! »Puh. Nächste Woche.«

»Morgen habe ich um 18:00 Uhr einen Termin beim Schiffsmakler in Port Adriano arrangiert, der Loreen verkaufen soll. Danach können du und ich mit ihm das Schiff anschauen und hinterher auf der Mittelmole essen. Dort haben sich Werner und seine drei spanischen Freunde oft getroffen.«

»Morgen? Du bist doch gestern erst nach Leipzig geflogen.« *Sie puscht wie mein Dad! Diesen Druck habe ich schon in meiner Kindheit nicht gemocht.*

»Gewiss. Bis Mittag bin ich im Finanzamt. Dann fliege ich nach Palma und vom Flughafen direkt zum Schiffsmakler.«

Ben blieb keine Zeit für Ausflüchte. »Geht klar.«

Auf dem Weg zu seiner Verabredung drosselte Ben am nächsten Tag sein schwarzes, in die Jahre gekommenes Porsche Cabrio kurz vor der Radarfalle auf die erlaubte Höchstgeschwindigkeit. *Die erwischen mich kein zweites Mal. Wegelagerer!* Außer Reichweite des Blitzers gab er Vollgas, um gleich wieder zu bremsen und die Autobahn bei Santa Ponsa zu verlassen.

Kurze Zeit später saßen Nele im grauen Kostüm und er dem Schiffsmakler gegenüber. Dessen gläsernes Büro im oberen Stockwerk der Mittelmole repräsentierte mit weißem Leder und Designermöbeln den dezenten Luxus des neuen Hafens.

Port Adriano, auf halbem Weg zwischen Palma und Port Andratx gelegen, war bis zur Übernahme durch Investoren ein verschlafener Hafen gewesen. Dann war zehn Jahre lang geklotzt worden und ein maritimes Juwel entstanden.

Der Makler, ein blendend aussehender Mittdreißiger, kam gleich zur Sache. Er deutete mit seinem Finger auf das innere Hafenbecken. »Dort liegt sie, die Loreen. Leider wie Blei im Regal. Das Mittelmeer ist voll davon. Zwanzig Jahre alte Kübel, die keiner mehr haben will. Elektrik von vorgestern.« Er deutete auf das neue, große Hafenbecken. »Das wird heute nachgefragt. Elektronik und Solarstrom, Rechenzentren auf dem Wasser. Werners Fantasiepreis, den er mir kurz vor seinem Tod genannt hat, ist zu hoch. Das habe ich Bianca auch schon gesagt.«

Ben presste die Lippen zusammen. *Arroganter Pomadenhengst. Gelernter Gebrauchtwagenhändler. Danach hat er Kranken-versicherungen vertickt. Nun ins maritime Fach gewechselt.*

»Gibt es Anfragen?«, wollte Nele wissen.

»Das Werthaltige ist der Liegeplatz. Sowas wird gesucht. Gemeinsam mit der Yacht hole ich für Sie den besten Preis raus. Versprochen.« Der Schönling schnippte mit den Fingern und schmachtete Nele an. »Übrigens Liegeplatz bei den großen Jungs.« Er deutete auf das neue Hafenbecken, wobei die protzige Rolex ins Blickfeld gelangte. »Werner hat dort einen ansehnlichen Liegeplatz reserviert und angezahlt. Kann ich den auch verkaufen? Bianca war es schnuppe.«

»Davon weiß ich nichts. Was wollte er damit?«

»Na, für seine neue Yacht. Ein Zwanzigmetergeschoss. Gerüchte halt. Soll aber ein Sahnestück sein. Würde perfekt auch zu Ihnen passen«, himmelte der Makler Nele an.

Ben wurde es zu bunt. »Jetzt schauen wir uns mal den Kübel an, wie Sie Loreen nennen!«

Minuten später inspizierten die drei das Schiff. Da Nele die Yacht kannte, schaute sie in die richtigen Ecken. »Könnte sauberer sein.«

»Bevor ich Loreen einem Interessenten präsentiere, poliert meine beste Putzkolonne das Prunkstück auf, dass es nur so blitzt«, bekräftigte der Makler mit dem weißesten Zahnpastalächeln.

»Wann waren Sie das letzte Mal mit einem Interessenten an Bord?«, hakte Ben nach.

»Da müsste ich in meinen Unterlagen nachschauen.«

Nele fand Gefallen am Hahnenkampf der beiden und stellte dem Makler weitere Fragen.

Eine halbe Stunde später saßen Nele und Ben im Nobellokal. Es war eines der edlen Restaurants auf der Mittelmole, dem Prunkstück des Hafens. Das langgezogene Bauwerk erstreckte sich über drei Etagen. Im Souterrain versteckte sich eine Tiefgarage. Darüber befand sich die Flaniermeile mit Boutiquen und Restaurants. Den ersten Stock besetzten hauptsächlich Schiffsmakler mit ihren Büros.

»Du mochtest ihn nicht«, begann Nele.

»Von Kübel bis Prunkstück. Die Insel ist voll mit solchen Schmierlappen, die hier ihr Glück suchen. Alles Fassade.«

»Na, na. Er macht nur seinen Job. Erstmal soll er weitermachen, es gibt Wichtigeres. Außerdem hat er uns mit der neuen Yacht einen wertvollen Mosaikstein geliefert.«

Uns?

»Werner hatte mir erzählt, dass er eine riesige Projektentwicklung in Paguera in Angriff genommen hat. Den Hochglanzprospekt mit fünfundzwanzig Apartments, jeweils eigenem Infinity-Pool, gigantischem Ausblick und Concierge, hatte er mir schon gezeigt.«

»Ah, das Projekt. Davon habe ich gehört. Bisher gibt es nicht mal ein Bauschild, geschweige denn Bauzaun oder Bagger. Anzahlungen sollen schon geflossen und irgendwo versandet sein, wird kolportiert.«

»Ehrgeizige Projekte waren ebenso sein Ding, wie der Wunsch, einmal Bordwand an Bordwand mit dem Geldadel zu leben. Dass er sich durch dieses Bauprojekt eine Luxusyacht mit entsprechendem Liegeplatz hätte leisten können, kann ich mir kaum vorstellen. Außerdem wäre der Gewinn mit seinen Partnern zu teilen gewesen.«

»Welchen Partnern?«

Nele beugte sich zu Ben und flüsterte: »Nicht hier.«

Danach plauderten sie über Belangloses und genossen gegrillten Lubina, den spanischen Wolfsbarsch. Wie in der Sommersaison üblich, war das Restaurant abends rappelvoll und quirlig. Von ihrem Tisch hatten die zwei einen herrlichen Ausblick auf das große Hafenbecken und verfolgten das Treiben auf den Heckterrassen der Luxusyachten unmittelbar vor ihnen.

Eine Stunde später saßen sie am Ende der Mole, weit weg von anderen, auf einem Betonsockel.

»Auf Doreens Laptop habe ich Brisantes gefunden. REAL! Die vier haben sich gern hier getroffen.«

»Werner und die drei Spanier.«

»Genau. Ein Notar, der Filialleiter einer spanischen Großbank und ein Bauunternehmer. Alles alteingesessene mallorquinische Familien. Als Zugezogener bekommst du keinen Kontakt zu ihnen. Sie bleiben unter sich.«

»Wie hat Werner das geschafft?«

»Loreen hat er samt Liegeplatz von einem hiesigen Bauunternehmer erworben. Sie haben sich auf Anhieb verstanden.«

»Ein deutscher Projektentwickler und ein spanischer Bauunternehmer. Das passt.«

»Dieser Mallorquiner hat einen Banker und den Notar mit ins Spiel gebracht. Zusammen haben die vier Immobilienexperten Grundstücke erworben, projektiert, Gebäude errichtet und verkauft. Ihre Klüngelei haben sie REAL genannt. Sie haben klein angefangen, mit einer Villa in Port Andratx. Mit der Zeit wurden die Projekte größer. Die Aufgabenverteilung war klar. Die drei Einheimischen wählten die Grundstücke aus, sorgten mit ihren Kontakten für Baurecht sowie Finanzierung und blieben stets im Hintergrund. Nur Werner trat nach außen als alleiniger Bauträger auf.«

»Woher weißt du das?«

»In Notizen hat Werner penibel festgehalten, was besprochen wurde. Die Mails hat er abgelegt.«

»Alles legal?«

»Nicht immer, was weltweit nicht branchenuntypisch ist. Bei mindestens einer Immobilie gingen sie zu weit. Sie waren zu gierig.«

»Mach's nicht so spannend.«

»Ein Kunde hat von ihnen zwei Villengrundstücke mit Meerblick an unterschiedlichen Orten gekauft. Eines davon war Werners Nachbargrundstück. Der Erwerber war eine Aktiengesellschaft, die durch einen spanischen Anwalt aus Madrid vertreten wurde.«

»REAL wusste nicht, wer dahinterstand?«

»Genau. War ihnen auch egal, denn der Kaufpreis war üppig. Die Sache hatte nur einen Haken. Das Baurecht des anderen Grundstücks war, um es vorsichtig auszudrücken, geschönt. Oberhalb der Immobilie befindet sich ein rutschiger Hang. Bei Unwetter, wie es alle paar Jahre auf der Insel vorkommt, schießt das Wasser vom Hang durch das Grundstück und reißt vieles mit.«

»Ups. Da baut doch keiner.«

»Mit gutem Willen und Beziehungen kannst du den Kaufvertrag gerade noch als legal bezeichnen, weil nach spanischem Recht der Käufer das Baurecht zu überprüfen hat.«

»Woher weißt du das?«

»Werner hatte die Angewohnheit, seine handschriftlichen Notizen, auch von Telefongesprächen, zu scannen und archivieren. Ich habe mich durchgewühlt.«

»Wie ging's weiter?«

»Jetzt kommt's. Hätten sie gewusst, an wen sie verkaufen, hätten sie die Finger davon gelassen.«

»Wer hat gekauft?«

»Ein Malteser. Das haben Werner und die drei Mallorquiner allerdings erst später erfahren.«

»Autsch!«

»Mit dem Bau des Nachbargrundstücks wurde ein halbes Jahr nach dem Kauf begonnen. Aus dieser Zeit habe ich letzte Nacht ein Schreiben auf Russisch von einer Anwaltskanzlei aus Valletta gefunden. Wahrscheinlich sollte Doreen es übersetzen. Der Inhalt ist freundlich, aber unmissverständlich. Die Anwälte fordern den Kaufpreis für das zweite Grundstück zuzüglich einer Aufwandsentschädigung in doppelter Höhe zurück.«

»Für das nasse Grundstück am Hang. Den dreifachen Kaufpreis? Das funktioniert doch nie.«

»Doch, doch. So ein Brief auf Russisch, nicht Spanisch oder Englisch, ist eine Drohung. Er wurde Werner durch Boten persönlich an der Haustür übergeben.«

»Nach dem Motto ›Ich weiß, wo dein Haus wohnt‹.«

»Genau. Zahlen oder dir passiert was. Nichts anderes heißt das. Entsprechend hat REAL gezahlt. Hat für Stunk innerhalb der Gruppe gesorgt. Die drei Mallorquiner wollten, dass Werner den Schaden allein trägt, weil nur er nach außen aufgetreten war. Er zog alle Register, um höchstens seine fünfundzwanzig Prozent zu tragen. Werner hat die Spanier erpresst und gedroht, sie zu entlarven. Mit Flüchen und Drohungen haben sie letztlich ihren Anteil getragen. REAL hat gezahlt und das nasse Grundstück zurückerhalten. Danach war die Geschäftsbeziehung zwischen Werner und den drei Mallorquinern zutiefst belastet. Das Vertrauen war auf der Strecke geblieben. Sie haben nur noch die angefangenen Projekte abgewickelt.«

»Das alles hat dein Schwager festgehalten?«

»Fast. Den Rest kombiniere ich. Routine in meinem Job.«

»Woher wusste REAL, wer hinter dieser Aktiengesellschaft stand?«

»Sie haben es nie genau gewusst. Erst als Igor nebenan eingezogen ist, hat es Werner geahnt. Womöglich hat Doreen bei Igors nächtlichen Telefonaten was mitbekommen.«

»Krass, echt.«

»Auf dem Laptop habe ich noch nicht alles gesichtet. Morgen kann ich dir mehr erzählen.«

Morgen? Noch mehr? Will ich das?

KAPITEL 10
Will ich das?

Die Uhr im Armaturenbrett zeigte 13:30 Uhr, als Ben den Porsche am nächsten Tag vor dem Doppelhaus parkte und den Schlüssel von der Zündung abzog. Dann folgte der obligatorische Blick in den Kosmetikspiegel der Sonnenblende. Ben drückte das gegelte Haar mit der Handfläche an, wischte mit dem Zeigefinger über seine Augenbrauen und stieg aus. Er trug edle Sneakers ohne Socken, eine weiße Leinenhose und ein hellblaues Kurzarmhemd aus dem gleichen Material über der Hose. Da er Ringe und Halsketten als unmännlichen Nippes verachtete, blieben ihm nur die Armbanduhr einer Schweizer Nobelmarke und seine coole Pilotenbrille als Schmuck. Ben sah blendend aus und war sich dessen bewusst.

Er ließ das schwarze Cabrio offen stehen, denn Regen war nicht in Sicht. Es war einer dieser Sommertage, an denen fünfunddreißig Grad überschritten wurden und die Hitze Mallorca wie eine Krake von oben umklammerte. Ein trügerisches Wetter, wenn man aus einem klimatisierten Raum auf endloses Himmelblau schaute. Doch wenn man aus der Tür trat, wurde jeder von stehender Hitze erdrückt, die augenblicklich unter die Kleidung kroch und sie durchfeuchtete.

Ben verharrte neben dem Porsche und sondierte das Doppelhaus. Die rechte Hälfte war das Domizil von Werner und Doreen. Links residierte die Künstlerin Brit. Ben erinnerte sich wieder an ihre Vernissage und ihre bizarren Skulpturen im Garten.

Dann musterte er das rechte Grundstück neben dem Doppelhaus. Ihm sprangen die beiden präzise zu Kugeln ondulierten Buchsbäume ins Auge, die den Eingangsbereich flankierten. Mit den winzigen, saftig grünen Rasenflächen darunter bildeten sie einen erfreulichen Farbkontrast zu dem seitlich angrenzenden hellgrauen Metallzaun, der als Sichtschutz keinen Blick hindurch ließ, und der darüber sichtbaren fensterlosen, weißen Hausfassade. Igors Botschaft an den Betrachter war offensichtlich. Hier wohnte Ordnung, Sauberkeit und Abschottung.

Ben schmunzelte. An seinem gemieteten Domizil prangte im Eingangsbereich ein ins Auge springendes Emaille-Schild einer Sicherheitsfirma, das potenziellen Einbrechern die Überwachung des Grundstücks signalisieren sollte. Sein Vermieter hatte diese Warnung nicht abmontiert, als er vor Jahren den Vertrag mit dem Sicherheitsdienst aus Kostengründen gekündigt hatte. Ab und zu entdeckte man auf Mallorca sogar angerostete Schilder von Sicherheitsfirmen an schäbigen Grundstücken, bei denen offensichtlich war, dass kaum Beute zu erwarten war. Igors Anwesen hatte derlei Hinweise oder gar Täuschungen nicht nötig. Kein Hinweisschild auf einen Sicherheitsdienst störte das architektonische Meisterwerk. Es sprach für sich. Wer hier einbrechen wollte, sollte sich dabei besser nicht erwischen lassen.

Beim Sondieren der Umgebung bemerkte Ben, dass sich der höher gelegene Teil Son Vidas deutlich von dem unterschied, in dem er wohnte. Hier beherrschten weiße Neubauten mit Flachdächern, Glaswänden und Infinity-Pools die Nachbarschaft, austauschbare Würfelarchitektur, wie sie überall in Europa zu finden war. In der Nacht spendeten seelenlose Stahlmasten kaltes Straßenlicht. In Bens Wohnviertel glommen grüne Milchglaslaternen im Jugendstil vor in die Jahre gekommenen Landhäusern mit gelb-roten Tonziegeln auf den Dächern. Dort überraschten runde Fenster, barocke Treppenanlagen, vergoldete Rundbögen und gewagte Fassadenfarben den Betrachter, dort war Architektur vielfältig.

Bens Blick musterte erneut Werners Immobilie. *Gegen Igors Prachtvilla ist die Doppelhaushälfte mickerig.*

Dann schlenderte er nach rechts zum Nachbargrundstück. Dort verlangsamte er seinen Gang, um sich ein genaues Bild zu machen. Eine untersetzte Frau mit roter Stachelfrisur schrubbte in der sengenden Sonne die Granitstufen, die zum Hauseingang führten. Im Vorbeigehen nickte Ben ihr zu. Igors weiße Villa glänzte mit den Hochglanzfotos, die sich hinter den Fensterscheiben der mondänen Immobilienmakler Mallorcas zur Schau stellten, um die Wette. Das Anwesen wirkte so steril, als müsse die Plastikfolie vor der erstmaligen Nutzung noch abgezogen werden.

Ben wagte nicht, stehen zu bleiben, denn er fühlte die beobachtenden Blicke in seinem Rücken. Als er das nächste Grundstück erreichte und sicher war, aus dem Blickfeld der Putzfrau entschwunden zu sein, hielt er inne. Von dort versuchte er, seitwärts einen Blick in Igors Garten zu erhaschen. Doch hohe Mauern und Hecken verhinderten dies. So blieb ihm nichts anderes übrig, als umzudrehen und so unauffällig wie möglich an der Putzfrau vorbei zurück zu Werners Domizil zu schlendern.

Bevor er sich dem Eingang näherte, überlegte er, was ihn erwarten könnte. Nele war ihm fremd. Ihr Tempo, ihre Schlagfertigkeit und ihre Zielstrebigkeit verströmten eine gewisse Kälte. Ben machte dafür den Schock ihrer Trauer verantwortlich. Dazu hatte er am Vormittag noch schnell in medizinischer Fachliteratur gestöbert, allerdings ohne konkretes Resultat. *Leugnen, Zorn, Verhandeln, Depression und Akzeptanz. Das sind die fünf Trauerphasen. Hat Nele mit einem Satz alle übersprungen?*

Außerdem war ihm nicht entgangen, dass er sich bei ihr merkwürdig verhielt. *Warum werde ich bei ihr zum willenlosen Würstchen? Ich denke das eine und tue das andere.*

Entschlossen, sich diesmal nicht überfahren zu lassen, klingelte Ben und kurze Zeit danach summte der Türöffner. Im Haus begrüßte ihn Nele wie einen langjährigen Freund und führte ihn in den Garten. Dort galt Bens Aufmerksamkeit der Grundstücksgrenze zu Igor. So unauffällig wie möglich schritt er sie mehrmals ab. Etwas Auffälliges entdeckte er dabei auf dem Nachbargrundstück nicht. Dann setzten sich die beiden auf eine Sonnenliege hinter der in so kräftigem Rot blühenden Bougainvillea-Hecke, dass es alle Farben der anderen Gartengewächse überstrahlte, und schwiegen. Ein Girlitz, einer dieser kleinen, gelben Finken, die man selten zu sehen bekam und die von den Einheimischen als Glücksbringer verehrt wurden, trillerte im knorrigen Olivenbaum.

Von der Liege betrachtete Ben Brits Kunstwerke im Nachbargarten, abstrakte Metallskulpturen, die den Kampf gegen die salzige Meeresluft verloren hatten. *Diese Patina versinnbildlicht das ewige Ringen der Naturgewalten, hat mir Brit während der Vernissage erklärt. Ob Werner den Anblick der rostigen Eisenhaufen auf dem Nachbargrundstück auch wohltuend fand? An der Einfahrt zu einem Schrottplatz wären sie ein echter Hingucker. Werners Garten dagegen ist ein Traum, super gepflegt, bombastischer Ausblick. Da hat sich der Immobilienfachmann eine Perle ausgesucht. Aber danach hat der Malteser auf der einen Seite geprotzt und auf der anderen sind Schrottteile wie Überbleibsel einer verglühten Raumstation vom Himmel gefallen.*

Kurz darauf entkorkte Ben in Doreens Wohnzimmer den eiskalten Weißwein.

»Das ist das Einzige, was im Kühlschrank ist. Alles andere habe ich entsorgt.«

»Hauptsache kalt. Das Richtige bei dieser Hitze.«

»So heiß habe ich es hier noch nicht erlebt.«

»Ab morgen wird's mit dem Wind angenehmer.« Ben schenkte ein. »Du warst schnell wieder da.«

»Ich habe Urlaub genommen. Es ist etliches zu regeln.«

»Wirst du hier wohnen?«

»Wegen der Erinnerungen fällt es mir zwar schwer, allein in diesem Haus zu sein. In einem anonymen Hotel wäre es allerdings noch schlimmer.«

»Das verstehe ich.«

»Meine Schwester ist erst zehn Tage tot. Ich bin fassungslos und unendlich traurig.« Nele blickte zu Boden. Sie bemühte sich, Fassung zu wahren.

Ihre Trauer sprang auf Ben über. Erst jetzt fiel ihm auf, dass Nele wieder ein schwarzes Kleid trug. Er musterte sie. Ungeschminkt sah sie ihn an, wobei sich das Smaragdgrün ihrer Augen hinter einem grauen Schleier verbarg. Ihre kurzen, dunkelbraunen Haare erweckten den Anschein, als seien sie hastig frisiert worden. Sie wirkte deutlich älter als sechsundvierzig.

Ben schaute an sich herab. Mit der Pilotenbrille im Haar und den hellen Sommerklamotten war er für einen Kondolenzbesuch unpassend gekleidet. *Scheiße. Ich ahnte nicht, dass ich heute auf eine trauernde Schwester treffen würde. Gestern war davon nichts zu erkennen.*

»Ich darf ihren Tod noch nicht an mich ranlassen. Und Selbstmord schon gar nicht.«

»Soll ich gehen?«

»Gestern Abend war ich voller Tatendrang. Doch als ich danach beim Stöbern auf Doreens Laptop strahlende Bilder von unseren Reisen fand, war es vorbei, der Schmerz wieder da.« Nele überging die Frage.

»Was machst du als Nächstes? Brauchst du Hilfe?«

»Nachher fahre ich zur Polizei. Sie haben mich kontaktiert, weil sie eine Unterschrift von mir benötigen. Dann geben sie Doreens Leiche frei. Von denen erwarte ich nichts. Sie schließen den Fall als Selbstmord ab.«

»Kannst du damit leben?«

»Niemals! Ich brauche etwas Abstand, dann mache ich weiter, zumal ich gestern das nächste Puzzleteil gefunden habe.«

»Was?«

»Ich muss tiefer graben. Würdest du mir einen Gefallen tun? Kennst du jemanden bei der hiesigen Polizei, der mir helfen könnte?«

Seine Sprachlosigkeit war ihm ins Gesicht geschrieben. »Ich?«

Nele legte ihr unschuldigstes Lächeln auf.

»Nein.« Ben überlegte. »Vielleicht. Vielleicht der Oberst.«

»Prima, du kennst einen Oberst bei der hiesigen Polizei.«

»Nicht direkt. Sam war Oberst der amerikanischen Streitkräfte. Wir nennen ihn manchmal so. Er kennt jemanden bei der Polizei. Ich spreche Sam an.«

Danach verabredeten die beiden, dass Nele sich bei Ben melden würde, sobald sie wieder Kraft getankt haben würde und Neuigkeiten berichten könne.

Ben war froh, als er den Zündschlüssel umdrehen und diesen Ort verlassen konnte. *Eine unangenehme Situation. Auch diesmal hat sie mich überrascht. Jetzt ist erst mal Wochenende.*

Auf der Rückfahrt drehten sich Bens Gedanken um Carlos, Sams Kumpel bei der hiesigen Polizei. Weder hatte Ben den Polizisten jemals getroffen, noch wusste er, in welcher Dienststelle der arbeitete. Der Oberst hatte ihm beiläufig berichtet, wie sich die beiden kennengelernt hatten.

Sam hatte seine Finca von einem alt eingesessenen Großgrundbesitzer gepachtet, der aus Überzeugung nur Mallorquinisch, einen Dialekt der katalanischen Sprache, plauderte. Nur in Notfällen kam Spanisch über seine Lippen. Als sich der Oberst das Grundstück in Bunyola das erste Mal anschaute, brachte der Grundstücksbesitzer seinen Bruder Carlos als Übersetzer mit. Auch nach dem Einzug stand Carlos dem neuen Mieter mit Rat und Tat zur Seite.

In den ersten Wochen nach Sams Einzug war Carlos häufiger Besucher der Finca gewesen. Irgendetwas war immer einzustellen oder zu reparieren gewesen, mal die Heizung, mal die Pumpe vom Brunnen.

In dieser Zeit hatte ein Flugzeugträger der Navy auf der Rückreise von einem Einsatz im Nahen Osten in der Bucht von Palma für einige Tage Anker geworfen, auch um den Soldaten Landgang zu ermöglichen. Bei einem seiner Reparatureinsätze hatte Carlos beiläufig erwähnt, wie gern er das Schiff besichtigen würde. Die Umsetzung des Wunsches war für Sam eine Kleinigkeit gewesen. Jeder Flugzeugträger dieser Größe verfügt über ein vollwertiges Krankenhaus, das von einem Arzt mit dem Dienstgrad Oberst geleitet wird. So hatte es den ehemaligen Oberst und Militärarzt Sam nur einen Anruf beim Leiter des Hospitals gekostet, um einen Besuch zu arrangieren.

Einen Tag später hatten Carlos und Sam eine exklusive Führung über den Flugzeugträger genossen. Nicht nur im Kollegenkreis bei der Polizei war Carlos hierfür beneidet worden. Seitdem hatte Sam bei ihm einen Stein im Brett.

KAPITEL 11
American Barbecue

Liebevoll arrangierte Cleo am nächsten Morgen das farben-
frohe, mallorquinische Geschirr auf dem Frühstückstisch,
als Bens Sportauspuff röhrte. Wie samstags üblich, kam
er von ihrem Lieblingsbäcker zurück. Jeder wollte Spezi-
elles. Für Ben waren es Meringues au Citron, die süßeste
Verführung Mallorcas. Mürbeteigtörtchen gefüllt mit Zitro-
nencreme, deren Säure leichtfüßig daherkommt, und einem
zurückhaltend gesüßtem, abgeflammten Eischnee als oberem
Abschluss. Cleo bevorzugte es weniger süß. Ihr Favorit waren
traditionelle, ungefüllte Ensaimadas, rundes Gebäck aus Plun-
derteig in Schneckenform.

In der kurzen Zeit ihres Zusammenlebens hatte das samstäg-
liche Frühstück einen festen Platz mit Ritualen eingenommen.
Es war Cleos Einfall und startete im Pool. Zunächst schwammen sie, dann ließen sie sich auf den Luftmatratzen treiben
und schließlich standen sie am Rand des Infinity-Pools. Von
dort schweiften ihre Blicke auf die entrückte Welt weit unten.
Das saftige Grün des Golfplatzes, die gestriegelten Gärten,
den dunkelgrünen Pinienwald, dahinter die weiße Stadt und
das unterschiedliche Blau von Bucht und Himmel. Dieser
Genuss wurde gekrönt, wenn Ben auf die Schnelle zwei Latte
macchiato zauberte und die beiden sie aus großen Bechern
im Pool schlürften. Herrlicher konnte ein Wochenende kaum
seinen Anfang nehmen.

Mit dem eigentlichen Frühstück auf der Terrasse ließen sie sich
Zeit, denn Sams American Barbecue startete am Nachmittag
und endete üblicherweise für einige erst bei Sonnenaufgang.
Während Ben genießerisch sein Mürbeteigtörtchen vertilgte,

schilderte er gestenreich das Gespräch mit Nele vom Vortag. Cleo verkniff sich ein Grinsen. Reste des Eischnees klebten mit Teigkrümeln an Bens Wange, weil er die Meringues au Citron stets mit den Fingern festhielt und genussvoll hineinbiss. Er bemerkte die Überbleibsel im Gesicht nicht, denn eine zuckersüße Zufriedenheit durchströmte seinen Körper.

Ben saß noch am Frühstückstisch, als Nele eine halbe Stunde später anrief und ihn wissen ließ, dass sie auf Wichtiges gestoßen sei und ihn deshalb treffen müsse. Erst wollte er nachgeben, denn irgendetwas zog ihn magnetisch an. Doch dann wiegelte er ab und sie einigten sich auf Montag. *Gestern benötigte sie Abstand und Ruhe. Keine vierundzwanzig Stunden später ist sie wieder die alte. Das soll einer verstehen.*

Am anderen Ende des Tisches bekam Cleo das Telefongespräch nicht nur mit, sondern hörte genau zu. Mit dem Ergebnis war sie ganz und gar nicht einverstanden. In deutlichen Worten machte das zierliche Persönchen Ben klar, dass man die Trauernde in der fremden Umgebung keinesfalls allein lassen könne. Eine Grillparty mit vielen Gästen sei ein willkommener Anlass, Nele auf andere Gedanken zu bringen. Ben widersprach, denn er wollte sich nicht auch am Wochenende mit den Zweifeln am Selbstmord einer Person beschäftigen, die er ein einziges Mal getroffen hatte. Doch Cleo blieb standhaft und Ben rief bei Nele an.

In langsamer Fahrt eierte das offene Cabrio über den ausgewaschenen Feldweg. Während Sams Geländewagen stets flott durch die Schlaglöcher donnerte, umkurvte sie der tief liegende Sportwagen mühevoll. Zusätzlich war es Bens Laune nicht förderlich, dass sich der Feldweg nach einer Kurve derartig verengte, dass an eine Weiterfahrt nicht zu denken war. Also

Rückwärtsgang rein und bis zur nächsten Wendemöglichkeit noch vorsichtiger zurück. Ben verrenkte sich beim Blick nach hinten, um keinesfalls ein Schlagloch zu übersehen. Doch einmal setzte sein edles Gefährt, um dessen Schonung er aufs Äußerste bedacht war, auf. »Mist!« Sein tiefer Seufzer voller Mitgefühl übertönte das dumpfe Blubbern des Boxermotors. Bens Porsche war zwar schon in die Jahre gekommen, doch nicht nur vom einzigen Vorbesitzer waren Lack und Leder mit Leidenschaft gepflegt worden. Auch für Ben hatte diese Rarität einen speziellen Wert.

Etliche Male hatte sich Ben auf der Fahrt zu Sams Finca im Hinterland von Bunyola verfahren. Zu seiner Ehrenrettung war anzumerken, dass sich manches Navi in dieser Abgeschiedenheit abmeldete. Außerdem ähnelten sich die ländlichen Gegenden Mallorcas mit ihren halbhohen Trockenmauern, den abgeernteten Feldern, auf denen die sengende Julisonne nur braunes Gras hinterlassen hatte, und den allgegenwärtigen Olivenbäumen. Auch diesmal war sich Ben nicht sicher, auf dem richtigen Weg zu sein. Seine Augen fahndeten nach einem markanten Orientierungspunkt, den er wiedererkannte.

Derweil näherten sich Nele und Cleo, die hinter dem Fahrer in einem der Notsitze passabel sitzen konnte, an. Cleo trug ein weißes Häkelkleid im Ibiza-Style und einen frechen Strohhut, den sie mit einer Hand festhielt, damit er nicht davonflog. Ihr Gespräch drehte sich um die Swifties. Mürrisch beäugte Ben den Dialog der beiden ungleichen Frauen, während er mit den Schlaglöchern kämpfte. Nele genoss die Ablenkung. Sie war entschlossen, den Schmerz für einige Stunden zu vergessen. Schwarz hatte sie zu diesem Anlass abgelegt und ein hellgraues Sommerkleid ausgewählt.

Als Ben in einiger Entfernung grauen Rauch aufsteigen sah, wusste er sich auf dem richtigen Weg. Kurz darauf wurden sie von Sam herzlich begrüßt. Ab und zu wehte eine Rauchschwade mit würzigen Grillgerüchen durch den Garten. Aus dem schwarzen Schornstein und den Ritzen des Smokers dampfte es wie bei einer Lokomotive unter Volllast.

Für Sam war sein Grillfest auf der abgelegenen Finca ein Festtag. Es erinnerte ihn an seine glückliche Kindheit, in der das Barbecue Synonym für Familie, Nachbarn, Freunde, Gastfreundschaft und unbeschwerte Sommerabende gewesen war.

Seine Vorbereitungen für das Fest hatten sich über eine Woche hingezogen. Rechtzeitig hatte er edle Fleischstücke und Würste bei einem Metzger am anderen Ende der Insel bestellt. Dieser Fleischer knetete täglich einige Zentner Wurstteig von schwarzen Schweinen für seine Sobrasada, einer mallorquinischen Wurstspezialität aus Schweinefleisch und viel süßem Paprikapulver, mit der Hand und sah wie ein Ringkämpfer aus. Das bestellte Fleisch hatte Sam in unterschiedlichen nach seinem Familienrezept hergestellten Marinaden eingelegt. Auch fleischlose Burger hatte er besorgt.

Der perfekte Gastgeber zu sein, nichts weniger strebte Sam an. Deshalb führte er die drei Neuankömmlinge herum und stellte sie den schon beschwipsten Krankenschwestern aus seiner Klinik, dem Nachbarn Pepe, der eigenen Wein spendierte, der tätowierten Mary, dem schielenden Apotheker und anderen illustren Gästen vor. Einige kannte Ben aus den Vorjahren. Zuletzt trafen sie Carlos, der mit Ehefrau und seinen zwei Kindern erschienen war.

In der nächsten Stunde gesellten sich etliche Gäste hinzu. Lisa war eine der Letzten. Ben und Eitelfritz assistierten Sam am Smoker und zerlegten duftende Fleischstücke.

Als die Sonne unterging und Sam ein Feuer, Windlichter und Lampions anzündete, bemerkte Ben, dass Nele und Carlos abseits auf einem alten Mühlstein saßen und plauderten. Unruhe stieg in ihm auf. *Was redet Nele mit dem Polizisten? Wenn sie ihn wegen Doreen anquatscht, bin ich stinksauer.*

»Hey, nicht solche Riesenstücke abschneiden. Wo bist du mit deinen Gedanken?«, maßregelte ihn Eitelfritz. Ben hatte nur Augen für die zwei auf dem Mühlstein.

Als Carlos, ein untersetzter Schwarzhaariger mit Vollbart, nach einigen Minuten zu anderen Gästen weiterging, ließ Ben das Tranchierbesteck wortlos fallen und einen verdutzten Freund zurück. Eilig hastete er zum Mühlstein und kam gleich auf den Punkt. »Was hast du mit Carlos besprochen?«

»Ich verstehe nicht?«

»Hast du mit ihm über Doreen gesprochen?«

Nele kniff die Augen zusammen.

»Hast du ihn nach dem Selbstmord gefragt?«

Entschlossenheit blitzte in ihren Augen auf. »Er hat mich angesprochen.«

»Worüber habt ihr euch so lange unterhalten?« Ben ballte eine Faust.

»Er hat mir erzählt, dass er bei der Polizei arbeitet. Wenn sich zwei Staatsdiener treffen, die Verbrecher jagen, mangelt es ihnen nicht an Themen. Schlechte Bezahlung, Überstunden und reichlich Verantwortung. Das ist überall auf der Welt das gleiche.«

»Ihr habt nicht über Doreen gesprochen?«

Jetzt wurde es Nele zu bunt und sie zischte Ben an. »Glaubst du, ich würde Sams Gastfreundschaft missbrauchen und den

Freund hinter seinem Rücken ansprechen? Außerdem hatten wir besprochen, dass du Sam ansprichst. Wie steht's damit?« Peng, das saß.

Ben räusperte sich. Er hatte sich verrannt und entschuldigte sich bei Nele. Doch die ließ ihn nicht vom Haken und nutzte sein schlechtes Gewissen. »Doreen hatte Nachforschungen zu Werners Badeunfall begonnen. Sie war bei der Polizei.«

»Wollen wir das jetzt hier besprechen?«

»Ich habe verstanden.« Nele machte Anstalten, aufzustehen. Doch Bens Hand drückte sie wieder auf den Mühlstein zurück. »Ganz ruhig. Dann jetzt.«

»Doreen und Werner waren kurz vor seinem Tod zum Sommerempfang der einflussreichsten Anwaltskanzlei Mallorcas, ohne die kein großes Immobiliengeschäft abgewickelt wird, eingeladen. Werner stellte ihr dort seine drei Geschäftspartner nebst Ehefrauen vor.«

»Den Banker, den Bauunternehmer und den Notar?«

»Genau. Ein halbes Jahr nach Werners Tod kam der Bauunternehmer zu Doreen ins Haus und hat penetrant nach Unterlagen gefragt, die wichtig seien. Er hat Paguera erwähnt und meine Schwester unter Druck gesetzt. Er war kurz davor, Werners Arbeitszimmer zu durchsuchen.«

»Ziemlich heftig.«

»Daraufhin hat Doreen angefangen, alles aufzuschreiben. Sie fühlte sich verfolgt. Diese Notizen habe ich gestern in einem versteckten Ordner auf ihrem Laptop gefunden.«

»Krass!«

»Außerdem hat sie selbst nach den Unterlagen gesucht, die der Bauunternehmer haben wollte. Sie suchte Klarheit. Da sie Werners Gewohnheiten genau kannte, hat sie in seinem Badezimmerschrank unter den Rasierklingen einen Stick entdeckt.«

»Was war drauf?«

»Weiß ich nicht. Nach Doreens Aufzeichnungen ging es um anrüchige Grundstücksgeschäfte, Bestechung und viel, sehr viel Geld. Mehr geben die Notizen nicht her. Ich habe weder den Stick noch Konkretes dazu in ihren Aufzeichnungen gefunden.«

»Wow. Möglicherweise ist Doreen mit ihren Nachforschungen zu Werners Tod jemandem zu nahe gekommen, hat ihn aufgescheucht und nervös gemacht. Ich helfe dir. Wir suchen den Stick.«

»Danke!« Hinter Nele tanzte ihr Schatten, den das Lagerfeuer gegen die Wand der Casita warf.

KAPITEL 12
Der Bauunternehmer

Für Ben war die Nacht kurz. Während Cleo und Nele in einem der Gästezimmer untergebracht wurden, nächtigte er auf einem Feldbett in der Casita, die früher als Getreidekammer gedient hatte. Doch seit dem Morgengrauen wälzte er sich herum. Hähne und Hunde krähten und bellten um die Wette, wie es in den ländlichen Regionen Mallorcas schon mal vorkam.

Die meisten der Übernachtungsgäste fassten nach dem Frühstück beim Aufräumen mit an. Die zwei Schnapsleichen, die noch immer im Garten dösten, bekamen von dem Lärm nichts mit. Sie schliefen ihren Rausch aus.

Als Ben mit dem Gastgeber den Smoker reinigte, war die Gelegenheit günstig. »Du hast dich mit Nele unterhalten. Wie findest du sie?«

»Eine sympathische, reife Frau. Gar nicht dein Beuteschema«, gackerte Sam.

»Witzig. Kannst du mir einen Gefallen tun und deinen Bekannten Carlos ansprechen?« Ben schilderte, worum es ging.

»Kein Problem. Ich fahre am Nachmittag ohnehin bei ihm vorbei und bringe die Schale zurück. Seine Frau hatte den köstlichen Artischockensalat mitgebracht.«

Gegen Mittag setzten Ben und Cleo Nele ab. Den schwarzen SUV, der schräg gegenüber im Schatten eines Baumes parkte, bemerkten sie nicht.

Nele war keine zehn Minuten im Haus, als es klingelte. Sie öffnete und ein freundlich lächelnder Spanier stand vor ihr. »Guten Tag. Bitte entschuldigen Sie die Störung. Mein Name ist Javier Martín. Ich war ein Geschäftspartner ihres verstorbenen Schwagers.«

Sie erschrak. *Der Bauunternehmer.*

»Darf ich reinkommen?«

Nele hatte als Steuerfahnderin etliche kritische Situationen mit renitenten Steuersündern überstanden. Das half ihr jetzt. »Besser nicht. Ich bin nicht darauf eingestellt. Weshalb klingeln Sie am Sonntagnachmittag an meiner Tür?«, fragte sie selbstsicher.

»Entschuldigung. Ich möchte Sie nicht bedrängen.« Javier hob die Hände, trat einen Schritt zurück und lächelte, so freundlich er konnte. »Es ist allerdings eilig. Ihre Schwester hatte mir zugesagt, wichtige Geschäftsunterlagen herauszusuchen und mir auszuhändigen.«

Obacht. Ein eiskalter Lügner. Nele überlegte kurz. »Davon weiß ich nichts. Ich fühle mich nicht wohl. Wir sollten das ein anderes Mal besprechen.«

»Sehr gerne. Ich könnte morgen wiederkommen. Dann suchen wir zusammen danach.«

»Ich habe einen besseren Vorschlag. Sie geben mir Ihre Telefonnummer, dann rufe ich Sie an, wir treffen uns in Ihrem Büro und Sie erklären mir, wonach ich suchen soll.«

Mühevoll bewahrte Javier seine äußere Freundlichkeit. »Einverstanden. Ein guter Vorschlag. Denken Sie aber bitte daran, dass es eilig ist. Ich bin gerne bereit, Ihre Bemühungen zu honorieren.« Er zog eine Visitenkarte aus der Brusttasche, reichte sie Nele, verabschiedete sich überaus höflich und verschwand mit seinem blubbernden Achtzylinder.

Kurze Zeit später traf Sam bei Carlos ein, um die Schale abzugeben. Ohne Umschweife sprach er Neles Zweifel am Selbstmord ihrer Schwester an und bat um einen Gefallen. Carlos sagte zu, sich bei den Kollegen umzuhören.

Wie wohl schon ein dutzend Mal in den letzten Minuten, wanderte Neles Blick zur selben Zeit in Werners Arbeitszimmer über den Fußboden. Vor ihr lagen einzelne Seiten, geheftete Verträge und Notizen, alles akkurat aufgereiht. Von Doreens Laptop, der aufgeklappt auf dem Schreibtisch stand, hatte sie ausgedruckt, was ihr wichtig erschien. Zweimal war sie vom Piepton des Druckers erinnert worden, Papier nachzufüllen. Minutenlang verharrte Nele regungslos, während ihre Augen die Schriftstücke überflogen. Sie war überzeugt, dass sich irgendwo in diesem Wust an Unterlagen die Antworten verbargen, nach denen sie verbissen Ausschau hielt. Sie suchte die Nadel im Heuhaufen.

Am nächsten Vormittag rief Carlos bei Sam an. »Ich habe Informationen erhalten. Wenn du willst, treffen wir uns in einer Stunde in der Bar gegenüber meiner Dienststelle.«

Zur verabredeten Zeit saß Sam im Schatten vor der Bar, schlürfte einen Café con leche und musterte das abgewohnte Gebäude mit den vergitterten Fenstern auf der anderen Straßenseite. Kurze Zeit später setzte sich Carlos zu ihm und bestellte, nicht ohne ausgiebig mit dem Kellner über den neuen Starfußballer des mallorquinischen Erstligisten diskutiert zu haben, ebenfalls einen Café con leche. Als Carlos ausgetrunken hatte, schlug er einen Spaziergang vor.

»Ich habe mich bei den Kollegen erkundigt. Der Fall ist abgeschlossen. Die Polizei hat ihren Abschlussbericht vorgelegt und ein Richter hat die Leiche freigegeben.«

»Mir wurde erzählt, es gäbe weder ein Testament noch einen Abschiedsbrief.«

»Du glaubst nicht, wie selten Selbstmörder vorher ihre Hausratversicherung kündigen, die letzte Wäsche bügeln, sich herzlich von den Nachbarn verabschieden und feinsäuberlich einen Abschiedsbrief schreiben. Es gab weder Kampfspuren noch Abwehrverletzungen. Smartphone, Schlüssel, Schmuck, Geld, alles da. Kein Einbruch in ihr Haus. Nichts deutet auf Fremdeinwirkung hin.«

»Was hatte sie im Blut?«

»Morphium. Sonst nichts.«

»Hat die Polizei einen kompletten Bluttest gemacht?«

Carlos blieb stehen, atmete durch, wischte sich mit der Hand übers Kinn und beugte sich zu Sam: »Nur dir zuliebe. Nein, nur einen Schnelltest.«

»Keinen forensischen Rundumschlag?«

»Hör mal, von Magaluf bis Arenal kippen sturzbesoffene Engländer bei ihren Mutproben von Balkongeländern, am Ballermann, wo es voller ist als vor COVID, rauben afrikanische Nutten ihre zugedröhnten Freier aus, die Rolex-Bande aus Neapel macht Überstunden und Schlägereien zwischen rechtsradikalen Deutschen und fliegenden Händlern nehmen überhand. Wir haben Hochsaison! Wenn dann ein Suizid reinkommt, hast du gar nicht die Zeit, ohne Verdacht das große Besteck auszupacken. Die, die noch da sind, arbeiten am Limit, oft darüber, denn auch wir haben Urlaubssaison.«

»Ist ja gut, war nicht so gemeint.«

Schweigend spazierten sie eine Weile nebeneinander her.

»Ich wollte deine Kollegen nicht kritisieren und weiß es zu schätzen, dass du nachgefragt hast.«

»Für dich habe ich das gern gemacht. Ich soll dir nochmals von meiner Frau danken. Es war ein wunderbares Fest mit tollen Gästen. Meine Jungs schwärmen von deiner riesigen Grillstation, die nur von einem Wagen mit Anhängerkupplung bewegt werden kann. Jetzt wollen sie sowas auch.«

»Ich helf dir gern beim Bau eines Smokers.«

Etwa zur gleichen Zeit rief Nele bei Ben an und unterrichtete ihn vom überraschenden Besuch des Bauunternehmers.

Gleich danach klingelte es bei Nele und Sam war in der Leitung. Sie tauschten die Neuigkeiten aus und waren sich schnell einig, wegen des Schnelltests eine kompetente Person zu befragen. Außerdem riet ihr Sam, den Bauunternehmer keinesfalls allein zu besuchen.

Anschließend drückte Ben Lisas Kontakt auf seinem Smartphone. Sie war die Richtige für sowas. Ben holte weit aus, um ihr den Sachverhalt schildern. Ihr Urteil war eindeutig. »Kein Schnelltest kann eine pathologische Untersuchung von Blut und Gewebe ersetzen. Das ist so, als ob du in ein Promillemessgerät hinein pustest und hinterher behauptest, du seist negativ auf Drogen getestet worden. Die haben geschlampt!«

Wieder wurde es Ben bewusst, wie sehr ihn die Aufklärung von Doreens Tod mehr und mehr in seinen Bann zog. Prioritäten veränderten sich. Das virtuelle Wartezimmer seiner

Nachmittagssprechstunde füllte sich zusehends, doch für Ben gab es Wichtigeres. Die Patienten, die sich schon eingeloggt hatten, mussten noch einige Minuten warten. Er rief Nele an und die beiden bewerteten die Neuigkeiten und entwickelten Strategien. Nele schlug Mutiges vor und Ben widersprach wieder nicht.

Nele legte auf und rief sofort Javier Martín an. Dessen Vorschlag, sich in seinem Büro zu treffen, lehnte sie mit einer Ausrede freundlich ab und schlug stattdessen ein Abendessen vor. Der Bauunternehmer empfahl einen Treffpunkt.

Drei Stunden später suchte sich Ben im Celler Sa Premsa, einem Traditionslokal in Palmas Altstadt, einen Platz, von dem er den gesamten, schon gut gefüllten Speiseraum überblicken konnte. Von diesem Unikat hatte er gehört, aber es bisher noch nicht aufgesucht. Der hallenartige Raum mit riesigen, alten Holzfässern, dunklem Holzmobiliar und einer Weinpresse mittendrin wurde sowohl von Einheimischen als auch Touristen aufgesucht. Die vergilbten Plakate mit den Stars der Toreroszene zeugten von vergangenen Zeiten, als der sonntägliche Stierkampf noch ein gesellschaftliches Spektakel gewesen war.

Nach einer halben Stunde erschien ein bulliger, elegant gekleideter Endfünfziger, auf den Neles Beschreibung zutraf, und nahm an einem reservierten Tisch in der Mitte Platz. Ben beäugte ihn. Wenig später traf Nele in ihrem grauen Sommerkleid ein und setzte sich dazu. Ben hatte beide von der Seite gut im Blick, konnte jedoch nichts verstehen. Das Lokal war proppenvoll und der Lärmpegel gigantisch. Deshalb hatte Javier diesen Ort ausgesucht. Selbst vom Nachbartisch konnte keiner zuhören, es war zu laut.

Während die beiden Tapas als Vorspeise zu sich nahmen, prahlte der Bauunternehmer von seinen geschäftlichen Erfolgen, glorifizierte Werner als großartigen Charakter und bedauerte dessen Unfalltod in einer Intensität, als wäre sein Vater gestorben. Bei der Hauptspeise kam Javier zur Sache. »Mit anderen Geschäftspartnern haben Werner und ich ein Immobilienprojekt in Paguera in Angriff genommen.«

»Ein großes Projekt?«

»Nein, Apartments halt. Bei einem Notar haben wir uns das Grundstück gesichert. Jeder hat davon eine Urkunde erhalten. Nach dem Notartermin haben wir zu fünft noch eine Zusatzvereinbarung unterschrieben, von der auch Werner eine erhielt.«

»Was steht darin?«

»Belangloses für die Buchhaltung.«

»Weshalb benötigen Sie diese Unterlagen?«

»Wir Investoren wollen das Grundstück an eine andere Gesellschaft von uns weiterverkaufen. Um nicht zum zweiten Mal Grunderwerbsteuer zu zahlen, möchten wir das erste Geschäft quasi rückgängig machen. Dafür brauchen wir alle Originalurkunden, auch die von Werner. Verstehen Sie? Alle!«

»Auch die Zusatzvereinbarung.«

»Genau. Sie haben verstanden. Wegen der Steuer.«

Dem würde ich nicht mal die Uhrzeit glauben. Der hält mich für naiv. Diese Rolle spiele ich weiter. »Ist das legal?«

»Selbstverständlich!« Javier lächelte und nickte. »Wenn Sie die Unterlagen finden und uns aushändigen, zeigen wir uns erkenntlich.«

»Das ist aber nett.«

»Wir halten fünftausend Euro für angemessen. Wegen der Frist bei der Steuer ist es eilig.«

»Dafür kremple ich gern die Ärmel hoch.«

Am verabredeten Treffpunkt in der Nähe des Restaurants gabelte Ben Nele auf und steuerte die Bar Cala Canta an der Playa Ciudad Jardin, einen seiner Lieblingsplätze auf der Insel, an. Zwar passte keine der Bezeichnungen Bar, Restaurant, Nachbarschaftstreff oder Eckkneipe haargenau, doch vereinte der Ort alle positiven Eigenschaften dieser Lokalitäten in sich. Hierher kam keiner, der kulinarischen Spitzenleistungen nachjagte. Im Gegenteil. Einfaches und Frittiertes aus dem Meer fand sich auf der seit Jahren unveränderten Speisekarte. Dafür wurde der Gast mit herrlichem Meerblick, leckeren Cocktails, grandiosen Sonnenuntergängen und Wohnzimmeratmosphäre entschädigt.

Während Ben die Bar betrat, schlurfte Nele barfuß durch den noch sonnenwarmen Sand auf der anderen Straßenseite. Wenige Meter vor dem Wasser ließ sie sich nieder und wurde von der funkelnden Silhouette Palmas, über der die angeleuchtete Kathedrale thronte, eingefangen.

Ben balancierte das Tablett mit einem Verdejo, einer Karaffe Wasser und Gläsern mit beiden Händen aus der Bar und über die Straße zum Strand. »Hier kannst du gefahrlos schwimmen, keine Strömung, feiner Sandstrand und kaum Touristen. Nicht nur bei Nacht ein herrlicher Ausblick auf Stadt und Hafen.« Er setzte sich dicht neben Nele und schenkte ein.

»Schön, dass es solche Orte gibt.« Nur kurz genoss Nele den Augenblick und die Stille. Dann brach es aus ihr heraus. »Der lügt. Das mit der Steuer glaube ich ihm nicht. Das prüfe ich nach. Aber worum dreht es sich tatsächlich?«

Ben beantwortete die Frage mit einem Achselzucken.

»Möglicherweise gilt sein Interesse nicht der Urkunde, sondern der Zusatzvereinbarung.«

Ben riss die Augen auf. »Da steht was drin, was nicht bekannt werden darf.«

»Oder es hat jemand unterschrieben, der damit nicht mehr in Zusammenhang gebracht werden will. Der Bauunternehmer, ein Banker, ein Notar und Werner waren REAL. Er aber sprach von fünf. Wer ist der Fünfte? Von wegen belangloses Zeug für die Buchhaltung!«

Nele nahm Fahrt auf. Sie stellte wilde Theorien zur Ermordung ihrer Schwester auf, gestikulierte wild, listete Indizien auf, identifizierte haufenweise Verdächtige und verwarf am Ende alles wieder. Sie gab das Tempo vor und Ben hastete hinterher.

»Das Radarfoto stützt die Selbstmordthese«, grübelte Nele den Abschluss ihrer Gedankenspiele.

Ben nickte. Doch Augenblicke später war er hellwach und es platzte aus ihm heraus: »Das Foto ist kein Beweis!«

»Äh, wie meinst du das?«

»An dieser Radarfalle haben sie mich auch erwischt. Im Gegensatz zu Deutschland ist es hier unerheblich, wer am Steuer sitzt. Der Halter muss immer blechen. Deshalb wirst du in Spanien von hinten geblitzt. Hauptsache, das Nummernschild ist scharf. Ich wette, dass auf dem Foto ein Hinterkopf mit hellen Haaren unscharf abgebildet ist. Das kann jeder sein, auch du mit einer blonden Perücke!«

»Oder du.«

Das Bild, wie er mit blonder Perücke hinterm Steuer vom Mini durch die Nacht bretterte, amüsierte Ben. »Stimmt«

»Und gesehen hat Doreen in dieser Nacht auch keiner, nur ihr Auto.«

KAPITEL 13
Die englische Patientin

Am nächsten Morgen erhielt Eitelfritz eine SMS. ›Bitte halten Sie sich um 22:00 Uhr bereit.‹ Daraufhin rief er eine Telefonnummer in Dubai an und erfuhr, worum es diesmal ging. Entgegen seiner sonstigen Lässigkeit, bei der er das südländische »mañana« als Lebensmotto adaptierte, war er im Umgang mit den Patienten äußerst diszipliniert. Insbesondere, wenn die englische Patientin rief.

Er hatte genug Zeit, sich vorzubereiten. Aus einem verschlossenen Schrank, mehr ein großer Safe, stellte er zusammen, was er für nötig hielt, und verstaute es in einem mittelgroßen Alukoffer. Entgegen seinen sonstigen Vorlieben trug er edle Businessklamotten in gedeckten Tönen. Einen dunkelgrauen Anzug packte er für die Zwei- oder Dreitagesreise in einem anderen Koffer.

Zur verabredeten Zeit klingelte ein höflicher Mittdreißiger, dem Dialekt nach Schotte, an der Tür und chauffierte Eitelfritz in einer schwarzen S-Klasse mit abgetönten Scheiben zum separaten Areal der Privatfliegerei auf Palmas Flughafen. Die Passkontrolle wurde in einem spartanisch möblierten, von kaltem Neonlicht ausgeleuchteten Durchgangsraum zügig abgewickelt. Ein Kleinbus brachte sie zur bereitstehenden Gulfstream, die in der Armada von Privatjets darauf wartete, ihre besondere Fracht ans Ziel zu bringen.

Eitelfritz und der Schotte waren die einzigen Passagiere. Eine bildhübsche Stewardess im dunkelblauen Kostüm kümmerte sich um die beiden. Nach einem leichten Abendessen bereitete sie das Nachtlager für Eitelfritz in einer abgetrennten Kabine mit einem Bett darin vor. Er versuchte zu schlafen, denn ihm blieben auch wegen der Zeitverschiebung nur wenige Stunden bis zur Landung am Morgen in Dubai.

Dort holte ihn, kurz nachdem der Privatjet ausgerollt war, ein schwerer SUV ab und setzte ihn ohne Zoll- und Einreiseformalitäten in einem edlen Gästehaus auf dem Anwesen einer der reichsten Familien des Landes ab.

Nach einem ausgiebigen Bad und anschließendem Frühstück saß Eitelfritz im Esszimmer des großzügigen Apartments und überprüfte gewissenhaft den Inhalt seines Alukoffers. Er nahm alle Tabletten, Tinkturen, Seren, Cremes und sonstigen medizinischen Wunderwaffen in Augenschein und zählte die Einwegspritzen durch.

Im Großen und Ganzen wusste er, was auf ihn zukommen würde. Im Regelfall besuchte er seine Patientin dreimal im Jahr. Bei Notfällen, die selten vorkamen, auch öfter. Diesmal stand ein Routinebesuch an. Seine Patientin war eine der Nebenfrauen des Familienoberhauptes, gerüchteweise die Einflussreichste. Eine perfekte Schönheit, Engländerin, Ende Zwanzig.

Im Gegensatz zu Mallorca, wo ihn die Freunde nicht mit dem Spitznamen ansprachen, ihn jedoch als Eitelfritz kannten, war er unter den Patienten nur als Fritz bekannt. In Dubai wurde er sogar stets mit seinem vollen Adelstitel angesprochen.

Vor fünf Jahren hatte Fritz in London eine junge Griechin diskret und erfolgreich behandelt. Durch ihn war sie eine unappetitliche Hautkrankheit an einer unangenehmen Stelle des Körpers losgeworden. Als ihre beste Freundin kurz darauf einen vertrauenswürdigen Arzt gesucht hatte, war ihr Fritz von der Griechin empfohlen worden. Seitdem war auch die Engländerin seine Patientin.

Diese vertrauensvolle Beziehung war bestehen geblieben, als sie zur Nebenfrau avancierte. Sie hatte darauf bestanden, Fritz als eine Art Leibarzt zurate zu ziehen. Er überprüfte die Diagnosen der Fachärzte, tauschte sich mit ihnen aus und hatte das letzte Wort, wenn Maßnahmen anstanden. Die Patientin vertraute ihm.

Auch nutzte sie jeden seiner Besuche, um sich die neuesten Trends und Medikamente aus den Bereichen Kosmetik und Wohlfühlen vorstellen zu lassen. So hatte sie die Gewissheit, sowohl einen vertrauenswürdigen Dritten in medizinischen Dingen an ihrer Seite zu wissen als auch stets über die neuesten Cremes, Wässerchen, Jungbrunnen und Hautstraffungen informiert zu werden.

Für Fritz hatte die Tätigkeit neben einer fürstlichen Entlohnung den Vorteil, dass er sich permanent mit den neuesten Entwicklungen in diesen Bereichen beschäftigte und das Wissen auch anderen handverlesenen Patientinnen anbieten konnte. Auf die englische Patientin in Dubai durfte er dabei keinesfalls verweisen, denn Diskretion war das Fundament seiner Tätigkeit.

Fritz stand im weißen, offenen Hemd und grauem Anzug, die Haare fest zum Pferdeschwanz zusammengebunden, am Fenster und schaute aus dem ersten Stock in den Garten. Das satte Grün des Rasens, Palmen und in kräftigen Farben blühenden Büsche erfreuten sein Auge. Dienstbare Geister ondulierten bei vierzig Grad in der schon am frühen Vormittag sengenden Sonne Rasenkanten. Er wartete in der klimatisierten Luxussuite. Irgendwann im Laufe des Tages würde das Telefon klingeln und er höflich gebeten werden, zu erscheinen.

KAPITEL 14
Doreen auf Eis

In dieser Nacht wälzte sich Nele mehr herum, als dass sie schlief. Bilder verfolgten sie. Breitbeinig und mit verschränkten Armen posierte der Bauunternehmer auf einem Felsen und schaute nach unten aufs Meer. Dort trieb Doreens lebloser Körper im Wasser. Sie lächelte, als sei sie noch lebendig. Werner stand am Ruder von Loreen, winkte dem Bauunternehmer zu, ignorierte seine tote Ehefrau und fuhr aufs offene Meer hinaus. Je mehr sich Nele bemühte, die Bilder zu ignorieren, desto penetranter wurde sie von ihnen verfolgt. Im Morgengrauen gab sie den Kampf auf, duschte, frühstückte und durchstöberte die Villa von neuem.

Ihre Suche galt dem Stick, den Doreen in ihren Notizen erwähnt hatte, und Werners Laptop, der bisher nicht aufgetaucht war. Als versierte Steuerfahnderin waren Durchsuchungen für sie Routine und ihr Instinkt für Verstecke gefragt. Oftmals war sie dabei auf andere Beweisstücke gestoßen als die, nach denen sie gesucht hatte.

Obwohl sie Doreens Domizil schon systematisch durchsucht hatte, startete Nele erneut in der ersten Etage, um sich von dort in Keller und Garage vorzuarbeiten. Sie zog Schubladen aus Schränken und leuchtete in die Hohlräume, lag unter Betten, zerrte Kommoden von der Wand und hängte Bilder ab. Doch das Ergebnis frustrierte Nele. *Scheiße, Scheiße.* So sehr sie sich auch bemühte, weder Stick noch Laptop tauchten auf, nicht einmal Beifang, sprich irgendetwas Neues oder Überraschendes, das informativ gewesen wäre.

Enttäuscht schlenderte sie über die Terrasse in den Garten, als Brit von nebenan rief: »Guten Morgen. Magst du auf einen Kaffee rüberkommen?«

Wenig später saß Nele mit einem Latte macchiato auf der Terrasse ihrer Nachbarin. Ihr Blick blieb an den rostigen Skulpturen hängen.

»Was waren das für merkwürdige Geräusche heute Morgen? In einem Doppelhaus lässt es sich nicht vermeiden, dass man von nebenan schon mal etwas hört«, interessierte sich Brit.

Was darf ich ihr sagen? Hat sie mit Doreens Tod zu tun? Kann ihr vertrauen?

Nach kurzer Überlegung entschied sich Nele, ihre Nachbarin einzubinden und den Grund für die morgendliche Ruhestörung durch das Möbelrücken einschließlich der Namensänderung ihrer Schwester zu erläutern.

»Du zweifelst am Selbstmord?«

»Nein. Ich bin überzeugt, dass es keiner war!«

Wie versteinert saß Brit da. »Wäre es nicht so früh, würde ich diese Neuigkeiten mit einem Schnaps runterspülen, oder zwei.« Sie schnappte nach Luft. »Meine Nachbarin, ermordet!«

Brit war sichtlich mitgenommen, weshalb Nele sich entschied, das Thema zu wechseln. Sie erkundigte sich nach den Skulpturen im Garten. Doch ihre Nachbarin war nur halbherzig bei der Sache. Man sah ihr an, wie es in ihr arbeitete.

Mitten im belanglosen Geplauder über ihre Kunst platzte es aus Brit heraus: »Die neue Alarmanlage!«

»Welche neue Alarmanlage?«

»Ich habe es verdrängt, weil es für mich keine Bedeutung hatte. Aber jetzt hat es eine.«

Nele richtete sich im Stuhl auf. Ihre Hände umklammerten die Lehnen.

»Es war an einem Samstag, schätzungsweise einen Monat nach Werners Tod. Ich erinnere mich genau. Um deine Schwester auf andere Gedanken zu bringen, habe ich sie zu einem Künstlertreffen in Santanyi mitgenommen. Wir waren vom Mittag bis zum späten Abend unterwegs. Am nächsten Tag hat sie mir erzählt, dass etwas in ihrem Haus nicht stimme. Gefehlt habe nichts. Jedoch lagen ihre Handtücher im Schrank falsch herum. Sie hatte darauf bestanden, es mir zu zeigen.«

Neles Blick klebte an Brits Lippen.

»Außerdem stand der Papierkorb in Werners Arbeitszimmer auf der falschen Seite vom Schreibtisch. Die Putzfrau konnte es nicht gewesen sein, denn sie war wegen Urlaubs zwei Wochen nicht da. Irgendjemand war im Haus gewesen.«

»Was hat sie unternommen?«

»An die Polizei haben wir nur kurz gedacht. Doreen wollte sich dort nicht als überspannte Witwe blamieren, denn weder gab es Einbruchspuren, noch fehlte etwas. Ich war gleichermaßen verunsichert und habe in meinem Haus genau hingeschaut, aber nichts Auffälliges entdeckt.«

»Das war's?«

»Nicht ganz. Werner hatte die Alarmanlage gleich beim Bau installieren lassen. Mittlerweile entsprach sie nicht mehr dem aktuellen Standard. Deshalb hat Doreen kurz nach dem Einbruch eine neue bestellt. Ich habe mich drangehängt und so sind beide Häuser auf dem neuesten Stand.«

»Ich habe die Alarmanlage bisher ignoriert.«

»Die Polizei hat sie ausgeschaltet, als sie nach Doreens Tod das Haus betrat. Ohne den Notfallcode kannst Du sie nicht aktivieren. Das solltest du einem Fachmann überlassen.«

»Wie ging es meiner Schwester in dieser Zeit wirklich? Ich habe oft mit ihr telefoniert, aber von der Geschichte hat sie mir nichts erzählt.«

»Ich vermute, sehr schlecht. Nach außen hat sie Stärke vermittelt. Ich habe gefühlt, dass es hinter der Fassade anders aussah. Erst Werners plötzlicher Tod und dann der dubiose Einbruch. Das hat sie mitgenommen. Wochen später hat sie, allerdings nur einmal und beiläufig, Schlafstörungen und Beklemmungen erwähnt.«

»Davon weiß ich. Sie begann, an Werners Badeunfall zu zweifeln und war deshalb bei der Polizei.«

»Das hat sie mir nicht erzählt.«

»Hat meine Schwester erwähnt, dass sie Werners Laptop und andere Dinge gesucht hat?«

»Nein, sie wurde verschlossener.«

Etliche Fragen prasselten noch auf Brit herab. Doch brachten sie Nele keine weiteren Erkenntnisse. Sie bedankte sich für die Offenheit und ließ eine nachdenkliche Nachbarin zurück.

Als Nele nebenan eintraf, wurde sie zu ihrer Überraschung von Lisa angerufen. Kurz und knapp teilte die mit, dass Ben sich gestern Abend gemeldet und um einen kleinen Gefallen gebeten habe. Diese winzige Handreichung, so Lisas süffisante Untertreibung, solle darin bestehen, beim Bestatter aus Doreens Leichnam verschiedene Proben zu entnehmen, sie an ein vertrauenswürdiges Institut zu versenden und dort untersuchen zu lassen. Die Anruferin machte es kurz und teilte mit, dass sie den kleinen Gefallen gerne leisten wolle. Nele solle für den Nachmittag einen Termin beim Bestatter vereinbaren.

Nele war perplex. Dieser Anruf überraschte sie. *Darüber haben wir doch gestern Abend am Strand erst geredet. Weder habe ich damit gerechnet, dass Ben die gemeinsame Idee sofort umsetzt, noch, dass uns Lisa bereitwillig unterstützt. So hatte ich beide nicht eingeschätzt. Mit Lisa habe ich mich bei Sams Barbecue zum ersten Mal unterhalten.*

Kurz danach rief Nele beim Beerdigungsinstitut an und gab vor, sich in Ruhe von ihrer Schwester verabschieden zu wollen. Der Bestatter war derartige Anfragen gewohnt und willigte ein. Dann informierte Nele Lisa mit einer SMS über Ort und Zeitpunkt des Termins.

Wie mit Ben am Vorabend besprochen, rief Nele danach im Finanzministerium in Dresden an. Dort leitete ein Freund das Referat für Grunderwerbsteuer. Die beiden hatten während ihrer gemeinsamen Ausbildungszeit vor fast dreißig Jahren eine kurze, aber intensive Beziehung. Seitdem war ein loser Kontakt geblieben.

Nele schilderte ihm, was ihr der Bauunternehmer als Begründung für sein Interesse an der Grundstücksurkunde und der Zusatzvereinbarung unterjubeln wollte und ihre oberflächliche Bewertung dazu. Mit der Einschränkung, dass er kein Experte für spanische Steuerrecht sei, bestätigte der Fachmann Neles Einschätzung. Auch er stufte die Begründung von Javier Martín als vorgeschoben ein. Zum Ende des Telefonats schwelgten die beiden in vergangenen Zeiten.

Pünktlich zur verabredeten Zeit stand Nele, von den Schuhen bis zur Bluse in schlichtes Schwarz gekleidet, in Poligono Son Castello, dem größten Gewerbegebiet Palmas, vor einer schmucklosen Industriehalle, die sich nahtlos in die triste Ansammlung von in die Jahre gekommenen Hallenbauten einreihte. Vom Reifenhandel auf dem Nachbargrundstück stank es nach verbranntem Gummi und von der Autobahn Richtung Inca lärmte der Verkehr.

Eine Viertelstunde wartete Nele im Schatten der Nachmittagshitze. Dann hatte Lisa ihren Auftritt. Mit ihrem ausladenden rußfarbenen Hut und dessen an der Krempe befestigtem Schleier mühte sie sich, dem engen Taxi zu entsteigen. Auch sie trug Schwarz, im Gegensatz zu Nele mit reichlich Schmuck und knalligem Make-up.

Nach kurzer Begrüßung kam Lisa gleich zur Sache. »So so, die beiden Hobbydetektive glauben nicht an Selbstmord. Ben hat mich gebrieft.«

»Ich bin überzeugt, dass es Mord war und Ben möchte ich keinesfalls in etwas hineinziehen.«

»Für Nichtmithineinziehen hast du ihn gehörig eingewickelt. Glückwunsch. Das meine ich ehrlich.«

»Vielen Dank für deine Hilfe. So schnell habe ich nicht damit gerechnet.«

»Irgendwas stinkt an der Sache, nicht nur der brennende Abfall von nebenan.« Lisa verzog ihr Gesicht. »Deshalb unterstütze ich dich. Außerdem ist mal was los.«

Eine flapsige Bemerkung für den ungeklärten Mord an meiner Schwester. Ben hatte mich gewarnt. Trotzdem finde ich sie nett.

»Lass mich reden. Vermutlich spricht der Bestatter nur Spanisch. Ich habe alles dabei.« Lisa deutete auf ihre Umhängetasche. »Ich schaue mir die Leiche deiner Schwester zunächst allein an. Wir wissen nicht, was uns erwartet.«

Der kaum dreißig Jahre alte speckige Glatzkopf mit Schmerbauch, dessen schmuddeliges Hemd hinten aus der Hose hing, nuschelte sein Beileid so leise, dass die beiden ihn kaum verstanden. Gestikulierend watschelte er nach knapper Begrüßung durch den mit Särgen und Urnen vollgestopften Ausstellungsraum und einen fahl beleuchteten, weiß getünchten Gang zu einer schweren Metalltür, die er mit der übergroßen Klinke öffnete. Die beiden Trauernden stöckelten in High Heels hinterher.

Kälte empfing sie im fensterlosen Raum. Der Geruch von Chlor schlug ihnen entgegen. Flackerndes Neonlicht spiegelte sich auf den Metalloberflächen und fahlen Bodenfliesen. Neles Blick wanderte über die glänzenden Türen der Kühlkammern in der langen Wand, jeweils drei übereinander und fünf nebeneinander.

Die linke Hand des Bestatters deutete dorthin. »Unsere Kühlschränke für die Verblichenen.«

»Doreen auf Eis.« Eine dieser Bemerkungen Lisas, die wie eine Fluse hängenblieben.

Ein Schauer lief Nele über den Rücken. Ihr Mund war trocken. Sie taumelte. Ihre Beine schlotterten. *Das hätte nicht sein müssen.* Sie hielt sich am ausladenden Edelstahltisch in der Mitte des Raumes fest.

Lisa nahm den glatzköpfigen Bestatter zur Seite und besprach das weitere Vorgehen. Sie stellte sich als Doreens Schwägerin vor und erkundigte sich intensiv nach dem Zustand und äußeren Verletzungen der Leiche. Ihre Stimme wurde leiser, aber fordernder. Dann wandte sie sich Nele zu. »Der Pfuscher weiß nicht mal genau, was er in seinen Kühlkammern hat. Du bleibst bitte am Tisch stehen, drehst dich um und wartest. Ich schaue mir deine Schwester als erste an. Dann sage ich dir Bescheid.«

Nele drehte sich um. Dann gab Lisa dem Bestatter ein Zeichen. Der öffnete eine Tür in der mittleren Reihe und zog eine Bahre auf Rollen heraus, auf der ein weißer Leichensack lag. Dann zog er den Reißverschluss einen halben Meter auf, sodass ein grauer Frauenkopf sichtbar wurde und trat einen Schritt zurück.

Lisa erklärte dem Bestatter, dass ihre Schwägerin einige Minuten allein von der Schwester Abschied nehmen wolle. Der Glatzkopf verstand das häufig gewünschte Ansinnen und watschelte hinaus.

Als Lisa ihn außer Hörweite wähnte, klappte sie ihren Schleier hoch und öffnete den Reißverschluss bis unten. Was sie sah, schockierte sie nicht, denn in ihrer Ausbildung hatte sie auch die Station Pathologie durchlaufen. Sie zog sich Gummihandschuhe über und untersuchte den Leichnam im Schnelldurchgang. Er wies erhebliche durch den Aufprall auf einen Felsen hervorgerufene offene Verletzungen im Rückenbereich aus.

Lisa schloss den Reißverschluss wieder bis zum Hals und schritt auf Nele zu. »Der Kopf ist unversehrt, aber sie lag einige Stunden im Wasser. Kein schöner Anblick. Er ist nicht besser geworden, seitdem du deine Schwester bei der Polizei identifizierst hast. Möchtest du sie sehen?«

Neles Finger verkrampfen sich am Tisch. Sie atmete schwer und schüttelte den Kopf. Lisa erfasste die Situation, eilte hinaus, kam mit einem Wasserglas wieder und reichte es Nele.

»Glaub mir Cherie,«, eine Redensart, die Lisa gerne und unabhängig vom Alter der Gesprächspartnerin benutzte, »als zweifache Witwe und Medizinerin bin ich vom Fach, was Leichen angeht. Gut so, behalte deine Schwester in Erinnerung, wie du sie das letzte Mal voller Freude gesehen hast. Gehe bitte zur Tür und überwache den Gang. Nicht umdrehen.«

Nele nickte und schlurfte zur Tür.

Lisa zog ein rotes Lederetui aus ihrer Umhängetasche, klappte es auf, legte ein chirurgisches Besteck sowie Spritzen und kleine Plastikgefäße auf dem Tisch bereit, öffnete den Reißverschluss wieder bis unten und machte sich ans Werk.

Qualvolle Minuten später, in denen Nele zu verdrängen versuchte, was gerade mit dem Leichnam ihrer Schwester geschah, packte Lisa alles einschließlich der Kanülen und Kunststoffdöschen mit den Entnahmen ein und schloss den Reißverschluss. Dann schritt sie zu Nele, nickte ihr zu und hakte sie unter. Gemeinsam verließen sie den Raum der Leichname. Im Ausstellungsraum kam der Bestatter auf sie zu, doch Lisa bedeutete ihm unmissverständlich, dass Geschäftliches nun unangebracht sei. »Wir melden uns bei Ihnen. Die Tür der Kühlkammer steht noch offen.«

Nele war sichtlich angeschlagen. Mit voller Wucht war die Trauer wieder aufgebrochen. Vor dem Gebäude sprach ihr Lisa Trost zu und setzte sie in ein Taxi. Mit dem anderen Taxi fuhr Lisa zur Spedition am Flughafen, wo sie die Proben sorgfältig in einer vorbereiteten Kühlbox verstaute, damit sie am späten Abend in Genf dem Institut zugestellt werden konnten. Auch das hatte Lisa arrangiert.

KAPITEL 15

Der Nächste bitte

Normalerweise wären Cleo und Ben an diesem Mittwoch schon auf dem Weg zum Strand gewesen. Doch es war einer der lustlosen Morgen, an dem jeder auf eine Initiative des anderen hoffte. Sie waren spät aufgestanden. Ein ausgiebiges Frühstück fand auf der Terrasse nicht statt. Cleo begnügte sich mit Orangensaft und Ben stocherte in seinem Müsli. Gedankenversunken konzentrierten sich beide auf ihre Smartphones und arbeiteten ihre Nachrichten ab.

Pünktlich um neun Uhr erschienen die Gärtner, seit Monaten immer dieselben. Der Vermieter der Villa hatte sie beauftragt. Der Jüngere winkte den beiden kurz zu und zog unauffällig am Kabel der Motorsense, was den Startschuss für den Schallteppich eines startenden Düsenjets auslöste. Lächelnd schob der Gärtner einen überdimensionierten Gehörschutz über seine Ohren und fräste die Rasenkante. Mit kurzen Seitwärtsschritten tänzelte er rhythmisch zur Musik aus den Kopfhörern. Dabei führte er die kreischende Maschine so elegant wie ein Tangotänzer seine Partnerin. Deshalb hatte Cleo ihn auch so getauft. Zu gern hätte sie gewusst, welche Musik der gutaussehende Schwarzhaarige im Muscle Shirt ausgewählt hatte. Doch bisher hatte Cleo sich noch nicht getraut, ihn darauf anzusprechen.

Mit dem Älteren stimmte Ben gelegentlich die Schnitthöhen und Sonderwünsche ab. Juan überließ dem Tangotänzer die Arbeit mit den lärmenden Maschinen. Seine Domäne war der Feinschnitt mit der Schere. Er war klein und drahtig. Ein zotteliger Schnauzer prägte sein gegerbtes Gesicht. Sogar im Hochsommer trug er ein langärmliges Baumwollhemd, lange Hosen und einen breitkrempigen Strohhut, der schon bessere

Tage gesehen hatte. Meistens glomm ein Zigarillo im Mundwinkel. Er hatte Ben erzählt, dass seine Eltern in den fünfziger Jahren aus Peru eingewandert seien.

Bevor sich die beiden wegen des Lärms ins Haus zurückzogen, stellte Cleo den Gärtnern mehrere Dosen eiskalter Cola auf einem Tablett in den Schatten. Die Arbeiter schalteten das Getöse aus und griffen gerne zur Erfrischung. Cleo blieb mit ihnen unter der Pinie stehen. Sie beließ es nicht bei einem kurzen »Buenos Dias.«, sondern unterhielt sich in passablem Spanisch mit den Gärtnern über die Hitzewelle. Während Juan wild gestikulierend auf die Schäden an den Sträuchern durch die hohen Temperaturen aufmerksam machte, himmelte der Tangotänzer Cleo wortlos an.

Etwas später brach Ben auf. Es war nur ein Katzensprung. Sein Cabrio erreichte kaum die Betriebstemperatur, als es die Allee der chrysanthemen-weißen Villen passierte und den Hügel Son Vida erklomm.

Die Überraschung stand Nele ins Gesicht geschrieben. »Komm herein. Mit dir habe ich nicht gerechnet.«

Ben ließ sich am Küchentresen nieder und nieste kräftig, während Nele die wuchtige Kaffeemaschine bediente, die jeder italienischen Bar gut zu Gesicht gestanden hätte.

»Gesundheit«

»Danke. Es ist der allgegenwärtige Wohlgeruch. Auch Doreen muss ein Duftjunkie gewesen sein.«

»Was meinst du damit?«

»Überall am Meer ist es feucht, insbesondere auf einer Insel und speziell im Winter. Die zugezogenen Teutonen, Briten und Wikinger hassen diesen Geruch. Deshalb stehen in ihren Domizilen haufenweise offene Glasflakons mit dünnen Holzstäbchen darin zum Verdampfen des Aromaöls.«

»Jetzt, wo du es sagst, fällt es mir auf.«

»Zitrusfrüchte, Zeder, Sandelholz oder Veilchen. Wem die Aromasticks nicht ausreichen, der greift zusätzlich zum Home Spray. Egal wo du hinkommst, überall duftet es danach. Manchmal weniger, oftmals übertrieben viel.«

»Hier steht auch einiges davon rum.«

»Wenn Zara Home oder Rituals mit allerlei Tamtam ihren neuen Raumduft voller Lavendelnoten präsentieren, stinkt Son Vida kurz drauf aus allen Poren danach. Dann ist nicht Grasse an der Côte d`Azur mit den Lavendelfeldern und wilden Kräutern die Dufthauptstadt, nein, dann ist es Mallorca.«

»Netter Vergleich, aber deshalb machst du mir nicht so früh deine Aufwartung.« Nele bugsierte die beiden Espressotassen auf den Tresen.

»Lisa hat mich gestern Abend angerufen und von eurem Besuch beim Bestatter berichtet. Sie hatte das Gefühl, sie hätte dich damit überfahren und es sei dir nicht gut gegangen.«

»Nein, nein. Ich muss mich bei dir bedanken, dass du sie nach unserem Gespräch am Strand gleich angerufen hast.«

Ben schlürfte seinen Espresso.

»Es ist grandios, dass Lisa spontan zugesagt hat. Ihre Proben werden ab heute in einem darauf spezialisierten Institut untersucht. Dann haben wir Gewissheit. Sie hat alles arrangiert. Dafür bin ich euch dankbar.«

»Hast du dich von ihr überfahren gefühlt?«

»Sie ist taff. Das gefällt mir.«

»Hast du den Besuch beim Bestatter verdaut?«

»Der Geruch und die Atmosphäre im Kühlraum haben mir zugesetzt. Mir war übel.«

»Es war richtig, dass du deine Schwester in ihrem Zustand nicht angeschaut hast. Manch hart gesottenem Mediziner wackeln dabei die Knie.«

Neles Blick wanderte durch das Panoramafenster in den Garten.

»Da ist noch etwas anderes, eine spontane Idee.« Ben hob die Hände.

Sie drehte sich um und zog die Augenbrauen hoch.

»Heute treffe ich mich mit Lisa und Sam. Fritz fliegt gegen Mittag wieder ein. Cleo ist auch dabei. Normalerweise würden wir auf meiner Terrasse zusammen kommen. Besser wäre ein Ausflug mit deinem Boot.«

»Mit Loreen?« Die Überraschung stand Nele im Gesicht.

»Genau. Das wäre mal was anderes. Sam prahlt schon mal, dass er als Offizier der Navy von der Luftmatratze bis zum Flugzeugträger alles steuern kann. Außerdem tut es der Yacht gut, wenn sie mal wieder bewegt wird.«

»Sehr spontan, aber charmant. Ich bin dabei.«

»Du müsstest nur den Schiffsmakler anrufen.«

»Möchtest du das nicht lieber übernehmen?« Nele grinste.

»Auf den Schmierlappen kann ich verzichten.«

Nele griff zum Handy. Wenig später hatte sie den Makler am Telefon. Wie von ihr erwartet, erwies der sich als äußerst hilfsbereit und versprach, Loreen bis zum Nachmittag für die

Ausfahrt vorbereiten zu lassen. Nele nutzte die Gelegenheit, um sich nach etwaigen Kaufinteressenten zu erkundigen und erfuhr Erstaunliches.

Das Telefongespräch war kaum beendet, als es aus ihr heraussprudelte: »Das gibt's ja nicht!«

Erwartungsvoll schaute Ben sie an. »Einen Teil habe ich verstanden.«

»Das erzählt er mir so nebenbei, der Trottel. Der einzige ernsthafte Interessent war bisher ein Unternehmer von der Insel, der sich, gleich nachdem Doreen den Auftrag erteilt hatte, beim Makler gemeldet hat. Der mögliche Käufer hat Loreen eingehend inspiziert und mit einem Freund einer halbtägigen Probefahrt unterzogen, wobei er darauf Wert legte, dies ohne den Makler zu tun.«

»Daran ist nichts Besonderes.«

»Doch, der Name des Interessenten.«

»Sag schon.«

»Javier Martín!«

»Der Bauunternehmer. Warum sollte der Loreen kaufen? Der hatte sie doch einige Jahre vorher an Werner verkauft.«

»Gute Frage. Der wollte die Yacht nicht kaufen. Der hat sie während der Probefahrt in aller Ruhe durchsucht.«

»Wonach?«

»Das, was er schon vorher beim seltsamen Einbruch in Doreens Haus gesucht hat. Die Urkunde mit der Zusatzvereinbarung, den Stick oder Werners Laptop.« Nele fuchtelte mit einer Hand.

»Uff. Das sind Neuigkeiten.«

Ben war soeben gegangen und Nele dabei, ihre Gedanken zu sortieren und die Probefahrt des Bauunternehmers zu bewerten, als der Türgong ertönte. *Wer mag das sein?* Im Vorbeigehen richtete sie ihr Haar im Spiegel und öffnete die Tür. »Buenos dias, Señora.« Ein gepflegter Einheimischer, Mitte zwanzig, stellte sich in gebrochenem Deutsch als Besitzer eines Restaurants vor, das sich auf die Durchführung von Trauerfeiern für verstorbene Residenten spezialisiert habe. Ohne Umschweife gab er zu, Neles Adresse vom glatzköpfigen Bestatter erhalten zu haben. Auf ihren Hinweis, dass sie noch nicht einmal über die Art der Beerdigung, geschweige denn den Termin entschieden habe, überreichte ihr der Spanier einen mehrseitigen Flyer mit Menüvorschlägen. Für den Fall einer Trauerfeier im eigenen Haus pries er das allseits gelobte Catering seines Unternehmens an. Bevor er Nele einen Ausdruck mit Empfehlungsschreiben hochzufriedener Kunden überreichen konnte, wimmelte sie ihn ab und ließ den sprachlosen Gastronomen vor der geschlossenen Haustür stehen. *Aufdringlicher Kerl!*

Vorgestern der Bauunternehmer, heute Ben und der unverschämte Wirt. Wer kommt noch? Nele musste nicht lange warten, dann riss sie ein schriller Gong aus ihren Gedanken. Sie öffnete und ein attraktives Mannsbild stand vor ihr. Schlank und durchtrainiert, Ende Vierzig. Auf Russisch begrüßte sie der Mann im hellblauen Sommeranzug und stellte sich als Nachbar vor. Neles Russisch war nicht perfekt, aber wenige Jahre in der Schule hatten ihr eine Grundlage verschafft.

Ihr Magen zog sich zusammen. Augenblicklich wurde ihre Trauer von Furcht überdeckt. *Igor, der Nachbar.* Ihre rechte Augenpartie fing an zu flackern. Das kam immer mal vor, wenn ihr etwas über den Kopf wuchs. Nele hatte vieles unternommen, um das Zucken abzustellen. Vergebens. Ein Therapeut hatte behauptet, das Zucken sei nicht zu sehen, sie bilde es sich nur ein. In diesem Moment war es wieder da. *Jetzt nicht.*

Sie spitzte die Lippen und tat instinktiv das Richtige. *Der will mich testen, ob ich russisch verstehe.* Sie schüttelte den Kopf und teilte ihrem Gegenüber auf Englisch mit, dass sie ihn nicht verstand.

Ohne jede Regung wiederholte Igor seine freundliche Begrüßung in nahezu akzentfreiem Englisch. Anschließend kondolierte er auf einfühlsame Weise.

»Ich habe Sie bisher nicht bemerkt. Bitte treten Sie ein.«

»Ich bin vorgestern angekommen. Da habe ich erst vom Tod ihrer Schwester erfahren.«

Nele führte ihren Gast in das durchgestylte Wohnzimmer.

»Darf ich Ihnen etwas anbieten?«

»Nein danke, ich möchte nicht lange stören. Sie haben einen herrlichen Ausblick.«

»Wahrscheinlich wie bei Ihnen.« Nele hatte sich noch in Leipzig über den Malteser erkundigt und dazu ihre Verbindungen als Steuerfahnderin zur Kripo genutzt. Verwertbares hatte sie dabei nicht erfahren. Igors Lebenslauf beschränkte sich auf die mageren Daten aus seinem Pass. Ihr Ansprechpartner bei der Kripo hatte den Verdacht geäußert, dass derartig blitzsaubere Biografien auf die erste Welle junger Russen hindeuteten, die nach der Perestroika in englischen Internaten ihr Abitur abgelegt hatten. Oftmals waren es Kinder ranghoher sowjetischer Offiziere oder Parteibonzen gewesen. Einige dieser Männer an den Schalthebeln hatten beim Zerfall der Sowjetunion nicht tatenlos zugesehen, sondern hatten die Wirren genutzt und sich ein ordentliches Stück vom Kuchen abgeschnitten. So könnte es auch bei Igors Vater gewesen sein.

Der Kripobeamte hatte einen Fall erwähnt, bei dem ein Parteisekretär aus Jekaterinburg in Sowjetzeiten für den Erzbergbau im Ural zuständig gewesen und nach turbulenten Jahren des Umbruchs selbst Besitzer einer Eisenerzmine geworden sei. Als zweites Standbein war später die Müllentsorgung der Region hinzugekommen.

Dessen Sohn hatte sich während des Studiums in England ein eigenes Netzwerk innerhalb der zweiten Generation russischer Unternehmer aufgebaut. Nach dem Eintritt in das Geschäft seines Vaters hatte er die Mehrheit an einer lokalen Bank erworben. Unter dubiosen Umständen war der Papa vor zwölf Jahren bei einem Hubschrauberabsturz ums Leben gekommen. Seitdem herrschte der Sohn über die Unternehmensgruppe und war mittlerweile maltesischer Staatsbürger. So ähnlich könnte es auch mit Igor passiert sein.

Üblicherweise hatte Nele eine feste Meinung darüber, was zu passieren hatte. Doch diesmal versagten ihre Instinkte. »Vielen Dank für Ihr Beileid.« Mehr als diese abgelutschte Floskel brachte sie nicht raus. Der gutaussehende, selbstbewusste fast Gleichaltrige setzte ihr mehr zu, als sie sich eingestand.

Igor kostete Neles Unsicherheit aus. Er suchte ihren Augenkontakt und ließ Momente der Stille vorbeiziehen, ehe er Nele aus der Umklammerung entließ. »Ich hörte von Selbstmord ihrer Schwester Doreen.«

Nele schluckte und richtete sich im Sessel auf. »So sieht es die Polizei.«

»Sie nicht?«

»Wir waren sehr eng. Es fällt mir schwer, an einen Freitod zu glauben.«

»Haben Sie Beweise oder Indizien für etwas anderes?«

Stück für Stück erwachte Neles Selbstsicherheit wieder. *Dem erzähle ich nichts. Ohne Skrupel hat der vielleicht schon etliche Widersacher im untersten Schacht seiner Mine entsorgt.* Sie lächelte ihre Unsicherheit weg. »Die tiefe Trauer um meine Schwester lässt mich keinen klaren Gedanken fassen. Es ist nur ein Gefühl.«

»Mehr nicht?«

»Nein«

»Keinesfalls werde ich Sie in ihrer Trauer stören. Wenn ich Sie als Nachbar in irgendeiner Form unterstützen kann, meine Tür steht Ihnen immer offen.«

»Danke sehr. In der Tat, den unendlichen Verlust muss ich verarbeiten.« Nele senkte den Blick.

Igor stand auf und streckte Nele eine Hand hin. Wohl oder übel war sie gezwungen, dem kolossalen Mannsbild näherzutreten und ihm in die Hand reichen. In Nele brodelte es. »Wann immer ich etwas für Sie tun kann, lassen Sie es mich bitte wissen.« Wieder suchte Igor den Augenkontakt. »Ich darf mich verabschieden.«

In der offenen Eingangstür drehte er sich um. »Es mag in diesem Moment für Sie überraschend klingen. Wahrscheinlich haben sie noch nicht entschieden, was sie mit dem Haus anfangen werden. Sollten Sie irgendwann daran denken, es zu verkaufen, wäre es mir eine große Freude, Ihnen ein großzügiges Angebot zu unterbreiten. Lassen Sie sich Zeit, ich dränge Sie nicht.«

Kaum hatte Igor das Haus verlassen, sprang Nele die Treppe ins Dachgeschoss hinauf, stakste über die am Boden liegenden Papiere und setzte sich an Werners Eichenholzschreibtisch. Hastig riss sie ein Blatt von einem Block und zog mit einem

Bleistift einen kräftigen Strich in der Mitte von oben nach unten. Oben auf die linke Seite schrieb sie *Mord* und auf die rechte *Selbstmord*. Ihre Hand glitt über den dicken Bogen. Nele besaß eine Schwäche für edles Papier und dessen Haptik. Nochmals strich sie über das erlesene Stück. Die dezente, farblose Prägung am unteren Rand des Blattes fiel ihr dabei nicht auf.

Bevor sie Indizien, Fakten und Vermutungen notierte, hielt sie inne. *Wieso hat er meine Schwester Doreen genannt? Hier kannte sie jeder nur als Bianca. Woher hat er diese Information. Der Malteser kommt ganz oben auf die linke Seite!* Nele stand ihre Erregung im Gesicht geschrieben. *Schon wieder Malta. Wie bei meinem Fall in Leipzig. Zufall?*

KAPITEL 16
Loreen

Als ihm der Schiffsmakler die Schlüssel aushändigte und ein kurzes Briefing durchführte, hatte Sam das Motorboot im Hafen von Port Adriano bereits oberflächlich gecheckt. Der Broker machte es kurz und fragte Sam nicht nach dessen Qualifikation zum Steuern der Yacht. Auch wagte er es nicht, sich ein schriftliches Dokument zeigen zu lassen. Nele hatte den Schiffsmakler schon am Telefon in Kenntnis gesetzt, wer Loreen an diesem Nachmittag durch die Wellen schippern würde. Einen Oberst der Navy belästigte man nicht mit derartigen Nebensächlichkeiten.

Was Sam in der nächsten halben Stunde während Loreens Überprüfung vorfand, stimmte ihn zufrieden. Die Batterie war mit Landstrom aufgeladen, der Motorraum leidlich sauber, das Schiff blitzeblank geputzt und hatte noch genug Sprit an Bord.

Zwischendurch erschienen zwei Männer und lieferten den Proviant für den Ausflug. Eitelfritz hatte die Bestellung sofort in seinem Stammlokal aufgegeben, nachdem ihn die SMS von Ben erreicht hatte. Die Menge der Plastikbeutel voller Eiswürfel hätte für eine Mehrtagesumrundung der Insel ausgereicht.

Gleich danach knatterte Eitelfritz mit seiner roten Vespa heran, die er direkt am Steg parkte. Am Mittag hatte ihn der wortkarge Schotte wohlbehalten in Santa Catalina abgesetzt. Eitelfritz tauschte den Motorradhelm gegen einen weißen Panamahut, zog die Shorts aus und kam an Bord. Zum bunten Hawaiihemd trug er eine dunkelblaue Badehose. Was seine Schlaghosen sonst zu viel an Stoff auswiesen, glich die knappe Badekleidung mehr als aus.

Die Begrüßung der beiden war herzlich, aber kurz. Sam ahnte, dass Eitelfritz nicht auf die kurze Dienstreise angesprochen werden wollte. Folglich unterließ er es.

Nach und nach trudelten die anderen Passagiere ein, sodass Sam pünktlich den militärischen Befehl zum Ablegen gab. Beim Manövrieren vom Steg assistierten ihm Ben und Eitelfritz an Bug und Heck.

Cleo, Lisa und Nele plauderten auf dem Achterdeck. Cleo schnupperte in der Luft. »Cool, der Kahn. Es riecht nach Meer.«

Die Griffläufe der Reling vibrierten und dunkler Ruß stieg auf, als Sam den Vorwärtsgang einlegte und die Qualmwolke kommentierte: »Der Motor wurde lange nicht befeuert.«

»Ich rieche das nicht, Cherie, nur Maschinenöl und den blauen Qualm aus dem Auspuff.« Lisa schob ihre cremefarbige Sonnenbrille zurecht. Dazu passend wurden ihre langen blonden Haare mit einem weißen, gepunkteten Haarreif zusammengehalten. Sie nestelte an ihrem Badeanzug herum. Der dunkelblaue Pin-up Rockabilly Retro mit Raffungen an der Vorderseite und dem Dekolleté mit weiß-roten Querstreifen war ein echter Hingucker und unterstrich ihren Reiz. Im Schritttempo bugsierte Sam die Yacht durch das Hafenbecken. Freundlich nickte Lisa wie ein Pin-up-Girl mit knallroten Lippen den Fremden auf anderen Schiffen zu. »Unter Gleichgestellten grüßt man sich«, stellte sie beiläufig fest. Nele war sich nicht sicher, wie viel Ironie sich in dieser Bemerkung versteckte. Dafür kannte sie Lisa noch nicht gut genug.

Als Sam hinter der Hafeneinfahrt nach Osten abbog und die Yacht beschleunigte, setzte die Schaukelei ein. Die drei Damen und Eitelfritz begaben sich in den großen Salon, während sich

Ben in weißer Sommerhose und Leinenhemd am Bug an der Reling festhielt. Alles an ihm, außer dem sorgfältig gegelten Haar, flatterte im Wind.

Eine Dreiviertelstunde später drosselte der Kapitän die Geschwindigkeit. Langsam glitt die Yacht durch die zweihundert Meter breite Felseneinfahrt in eine Bucht und die Schaukelei verringerte sich.

Routiniert suchte Sam zwischen dem Dutzend anderer Yachten einen geeigneten Platz und ließ den Anker ins Wasser gleiten.

»Der leichte Westwind ist günstig. In der Bucht herrscht kaum Wellengang.« Sams präzise seemännischen Befehle mit kneipenrauer Stimme rundeten das Bild vom breitbeinigen, muskelbepackten Kapitän am Steuer klischeehaft ab. Jeder sah ihm die Freude über den Bootsausflug an.

Nele bewegte sich mit kurzen Schritten auf dem Achterdeck, während ihre rechte Hand die Reling umklammerte. Vor ihren Augen tat sich eine malerische Felsenbucht mit drei kleinen, feinsandigen Stränden, Pinien und Wasser in allen Blautönen auf. Die Bebauung begann erst auf den erhöhten Felsen im Hintergrund.

Ben trat zu ihr. »Die-Drei-Finger Bucht liegt im Naturschutzgebiet und verzaubert mit türkisblauem Wasser. Die Beachbar ist in der Hochsaison mittags und abends rappelvoll. Ohne Reservierung geht bei den wenigen Plätzen gar nichts. Der Eigentümer ist ein schlaues Kerlchen. Seit er einen Bootsshuttle anbietet, brummt der Laden. Die Nobelschröders schippern mit ihren Yachten von Palma rüber, ankern in der geschützten Bucht und werden mit dem Schlauchboot der Strandbar abgeholt. Mit Schampus und Schalentieren zeigen sie sich gern an einem Tisch in der ersten Reihe.«

»Mit Doreen und Werner war ich nicht hier. Wir haben nur wenige Bootstouren unternommen, weil meiner Schwester vom Geschaukel schnell übel wurde.«

»Wie es ist dir heute ergangen?«

»Ganz gut.« Nele löste ihre Hand von der Reling und deutete auf den Strand mit der Beachbar. »Da ist ordentlich was los.«

»Das ist noch gar nichts. Täglich spucken zwei Ausflugsschiffe gegen Mittag bis zu fünfhundert Badetouristen aus Palma und Magaluf aus. Ihnen wurde die schönste Bucht Mallorcas versprochen. Jedoch hat man vergessen zu erwähnen, dass sie mittags von Juni bis August die überfüllteste ist.«

»Noch voller?«

»Dann gibt es nicht für alle Badetouristen der Ausflugsschiffe ein Plätzchen am Strand. Viele suchen sich in der sengenden Sonne einen Platz auf den Felsen. Einige drängen sich die ganze Zeit am Rand des Strandes in den Schatten. Die meisten sind froh, wenn es nach drei Stunden wieder zurückgeht. Für viele in praller Sonne, weil es nicht genug Schattenplätze gibt.«

»Die Bucht kann nichts dafür, außer dass sie so prachtvoll ist.«

Mit einem großen Tablett trat Eitelfritz auf das Achterdeck. »Es ist angerichtet. Die richtige Stunde zum Cocktailen. Dry Martinis.«

Bis auf Sam langten alle zu. Der hatte sich bereits mit einem alkoholfreien Bier versorgt. Nach einigen Trinksprüchen und Zuprosten verschwand Eitelfritz mit dem leeren Tablett, um kurz darauf mit der zweiten Runde Cocktails wiederzukehren. Die Party kam in Gang.

Eitelfritz und Ben schnappten sich Schnorchel und sprangen von der Bordwand ins Wasser. Sam machte es sich auf dem Oberdeck gemütlich, die Frauengruppe auf dem Sonnendeck.

Cleo räkelte sich in einem schwarzen Einteiler, der ihre üppige Oberweite kaschieren sollte. »In die andere Richtung«, rief sie Lisa zu und gestikulierte mit den Händen, weil sie eine Wolke von Sonnenschutzspray abbekommen hatte.

»Sorry Cherie, ich gehe auf die andere Seite.« Dort sprayte sie ihre Beine weiter ein, immer darauf bedacht, dass ihr trendiger Pin-up Rockabilly Retro davon nichts abbekam.

Nele trug ein leichtes Sommerkleid mit einem Bikini darunter. Ihre kurzen Haare waren vom Wind zerzaust. In Anbetracht der beiden Schönheiten entschied sie sich, das Kleid anzubehalten. Mit ihren wenigen Kilos zu viel redete sie sich ein, mit Cleo und Lisas Aussehen nicht mithalten zu können.

Nach einer Weile übernahm Lisa das Kommando. »Die Herren beenden ihren Badeausflug. Lasst uns das Abendessen anrichten.«

Kurze Zeit später saßen die sechs um den üppig gedeckten Tisch auf dem Achterdeck herum. Eitelfritz hatte sich nicht lumpen lassen und so war es folgerichtig, dass der erste Toast auf ihn ausgebracht wurde. Die Stimmung wurde ausgelassener. Nur Sam blieb beim Alkoholfreien.

Als die Sonne später hinter den Felsen verschwand, verließen die ersten Yachten die Bucht. Nur wenige Badegäste saßen am Strand oder schwammen. Das Licht der Strandbar spiegelte sich auf dem Wasser. Vom Pinienwald kam das Zirpen der Grillen herüber und auf einem Schiff war dezente Soulmusik zu hören. In den Gärten der Villen oberhalb der Felsen sprang die Gartenbeleuchtung an.

Cleo und Nele lagen bei immer noch fast dreißig Grad auf den Matratzen des Achterdecks. Die anderen vier palaverten im Salon am Tisch. Die wenigen Wellen, die es in die geschützte Bucht geschafft hatten, wiegten Loreen sanft hin und her.

»Eine besondere Stimmung, wenn der Tag geht.« Die markante Atmosphäre zog Nele in ihren Bann.

Cleo deutete auf die ersten Sterne am Himmel. »Es wird eine klare Nacht mit einem kolossalen Nachthimmel. So ein Ausflug ist ein Geschenk.«

»Worum geht es bei den anderen?«

»Das Festkomitee tagt. Für sie ist MASH mehr als ein Film, fast eine Lebenseinstellung.«

»Ein Spleen?«

»Faible, Macke, Vorliebe. Sowas in der Art. Aber liebenswert. Wenn sie richtig drauf sind, tauchen sie ein. Dann streifen sie Uniformjacken von damals über, saufen Martinis, hören die Filmmusik und sprechen Dialoge des Films nach. Jeder hat seine feste Rolle.«

»Krass. Da wäre ich gern mal dabei.«

»Kommt schon noch.«

»Heute?«

»Nee. Demnächst findet ihr jährliches MASH-Festival statt. Es lässt den Film aus den Siebzigern und die Fernsehserie mit über zweihundertfünfzig Folgen wieder aufleben. In Ärztekreisen ist eine Einladung dazu heiß begehrt. Du musst dich bewerben. Heute wollen sie das Programm der sogenannten Fachtagung festlegen. Satire pur.«

»Gehörst du dazu? Seit wann bist du dabei?«

»Wegen der Sprache war ich ein Jahr als Au-pair in Barcelona. Danach bin ich auf der Insel gestrandet und Ben vor die Füße gefallen.«

»Was hast du vor?«

»Ich lasse mich treiben, nehme das Leben, wie es kommt. Die Vergangenheit ist passé. Ich lebe für den Augenblick. Solange es mit Ben funktioniert, bleibe ich. Er ist keiner, der Versprechen abgibt, sie aber trotzdem hält.«

Cleos Antwort überraschte Nele. *So ein Geschöpf habe ich bisher nicht kennengelernt. Ihre Leichtigkeit ist anziehend. Stünde mir auch gut zu Gesicht.* Nele nutzte den Augenblick. Sie wusste wenig über Sam und es drängte sie, das zu ändern. »Was für ein Mensch ist der Oberst?«

»Sam ist ein richtiger Mann, nur viel mehr davon.«

Eine Antwort, die Nele grübeln ließ.

»An den ist schlecht ranzukommen, seine Komfortzone ist die Halbdistanz«, ergänzte Cleo. »Die musst du knacken.«

Eine halbe Stunde später stand Sam mit durchtrainiertem, freien Oberkörper, Bermudashorts und Baseballkappe am Steuerstand. Den Wind, für ihn eine leichte Brise, nahm er nicht wahr. Sam startete den Motor, schaltete die notwendigen Lichter an und zog den Anker mit der Motorwinde hoch. Er hatte Ben und Eitelfritz wieder an Bug und Heck platziert, damit sie in der Bucht und bei der Ausfahrt ihre Augen offenhielten.

Als Sam die Yacht außerhalb der Felsenbucht beschleunigte, wurde es an Deck kühler. Lisa, auf vieles vorbereitet, zog sich in der größten Kabine um. Mit langer Hose und Pullover erschien sie wieder an Deck, als ihr Smartphone vibrierte. Diese Nachricht las sie zweimal.

Nele stand in einer Daunenweste als Schutz gegen den Fahrtwind allein auf dem Achterdeck. Die salzige Meeresbrise schlug ihr entgegen. Sie mochte den Wind und hoffte, er möge ihr die düsteren Erinnerungen an den Tod aus ihrem Kopf wehen.

Kurz vor der Einfahrt in Port Adriano nahm Ben Lisa zur Seite und deutete zur Küste. »Die Lichter auf der Steilküste, das sind die Häuser in El Toro. Rechts davon hat man Doreen im Wasser gefunden.«

»Für Nele ist es besser, wenn sie es jetzt nicht realisiert.«

»Und nicht weit davon entfernt, hatte ihr Mann seinen tödlichen Badeunfall.«

»Welch ein Zufall.« Lisa drehte sich zu Ben und wurde leiser. »Soeben habe ich das erste Ergebnis aus dem Institut erhalten. Sie haben eine erhebliche Dosis Morphium und *Tavor* im Blut nachgewiesen. Du weißt, was das bedeutet.«

»Doreen kann nicht mit dem Auto nach El Toro gefahren sein. Es war Mord.«

»Bringst du es Nele schonend bei?«

»Nicht heute. Sie hat den Ausflug genossen und ist abgelenkt. Ich sage es ihr morgen, gleich in der Frühe.«

KAPITEL 17
Das Logo

Früh am nächsten Morgen gabelte Ben Nele vor ihrem Haus auf. Sie hatten sich verabredet, um Loreen zu durchsuchen.

Ben parkte das Cabrio in der Tiefgarage von Port Adriano. Auf dem kurzen Fußweg zur Yacht begegnete ihnen kein Mensch. Der Hafen wachte erst auf. Zaghafte Sonnenstrahlen verdampften den Tau der Nacht. Am angrenzenden Badestrand zogen Frühschwimmer ihre Bahnen und ältere Damen standen mit weißen Sonnenhüten bis zu den Hüften im Wasser und plauderten.

»Wonach suchen wir genau?«, wollte Ben im Salon der Yacht wissen.

»Werners Laptop ist verschwunden. Der Stick, den meine Schwester gefunden hatte, ist bisher nicht aufgetaucht.«

»Wo fangen wir an?«

»Ich in der Kombüse, du in der Maschine. Ist das in Ordnung?«

Ben nickte und verschwand nach unten. Durch eine schmale Tür zwängte er sich in den engen Maschinenraum, wo er kaum Platz fand und gebückt stand. Die Luft war stickig und es stank nach verbranntem Öl. Glücklicherweise lagen Arbeitshandschuhe herum, sodass er sich die Hände nicht vollschmierte.

Als er eine Viertelstunde später eines der Schlafzimmer durchsuchte, rief Nele von oben: »Schon was gefunden?«

»Nee. Nichts.«

Eine Dreiviertelstunde später saßen sich die beiden im Salon gegenüber.

»Enttäuscht?«

Nele zuckte mit den Schultern. »Es war ein Versuch. Ein Schiff bietet viele Verstecke.«

»Wir sind keine Experten.«

Nele schaute Ben in die Augen. »Danke für die Unterstützung. Lass uns zurückfahren. Deine Sprechstunde fängt bald an.«

»Vergiss die Paella heute Abend bei Sam nicht.«

»Ich werde da sein.«

»Da ist noch was. Lisa hat ein vorläufiges Ergebnis aus Genf erhalten.« Ben bemerkte, wie Nele erschrak. Er legte seine Hand auf ihre Faust. »Sie haben *Tavor* und Morphium in ihrem Blut gefunden.« Beide waren sich in dem Moment über die Tragweite dieses Satzes im Klaren.

Nele schluckte. »Wenigstens habe ich jetzt Gewissheit.«

»Die Dosis ist so hoch, dass damit keiner ein Auto von Son Vida nach El Toro lenken kann. Das hat man ihr gegeben, um sie zu betäuben. Das Ergebnis der restlichen Untersuchungen folgt demnächst«, verabschiedete sich Ben und fuhr nach Hause.

»So früh bist du lange nicht aufgestanden. Für Nele legst du dich mächtig ins Zeug. Du kennst sie kaum.« Ben überhörte Cleos Tadel, während er sich im Spiegel musterte. Zufrieden stolzierte er in seiner speziellen Dienstuniform in Richtung des Arbeitszimmers und winkte ohne sich umzudrehen mit der linken Hand lässig zurück. Mit einem Kaffeebecher lehnte Cleo im Türrahmen der Küche, betrachtete grinsend die skurrile Rückenansicht, pfiff ihm hinterher und rief: »Als erstes hoffentlich nur eine Erkältung oder Schlafstörungen und nicht gleich Eitriges oder Erbrochenes so früh am Morgen!«

An seinem Schreibtisch erledigte Ben flott die beiden Telefonate mit Lisa und Sam, bevor er die drei Bildschirme hochfuhr und sich bei der Eidgenössischen Krankenkasse anmeldete.

Zur gleichen Zeit hockte Nele am Eichenschreibtisch in Werners Arbeitszimmer, das einer Kapitänskajüte glich. Sie fokussierte den Stapel Papiere, den sie vom Fußboden aufgehoben hatte und der vor ihr lag. Obenauf lag das Blatt, das sie von einem Block abgerissen und durch einen dicken Strich in zwei Hälften geteilt hatte. Die linke Seite, auf der Nele die Verdächtigen, Indizien und Motive für die Mordtheorie an ihrer Schwester notiert hatte, war nahezu vollgeschrieben. Ganz oben stand *Igor*. Die rechte Seite war fast leer.

Nele strich mit dem Finger über jedes Wort. Als sie auf den Bauunternehmer stieß, griff sie zum Smartphone. Javier begrüßte sie wie eine langjährige Freundin. Allerdings kühlte die Überschwänglichkeit ab, als Nele ihm berichtete, dass sie die gewünschten Unterlagen trotz intensiver Suche nicht gefunden habe. Der Bauunternehmer gab seinem Missfallen Ausdruck und nannte eine Frist von fünf Tagen, in der er die Schriftstücke benötigte. Nele versprach, die Nachforschung zu intensivieren und sich wieder zu melden.

Gedankenversunken glitt ihre Hand danach über das edle Papier. Plötzlich blieb ihr Mittelfinger am unteren Rand des Blattes hängen. Sie strich darüber und bemerkte eine dezente, farblose Prägung. Nele hielt den Bogen gegen das Licht. Dann legte sie ihn vor sich, nahm einen Bleistift quer in die Hand und strich mit der Mine über das Zeichen. Ein gestaltetes Logo nahm Konturen an.

Nele zog die Schublade vom Schreibtisch auf und kramte den Block hervor, von dem sie das Blatt abgerissen hatte. Sie riss einen weiteren Bogen ab, hielt ihn gegen das Licht und verglich das Logo mit dem vom Graphit geschwärzten auf dem vollgekritzelten Blatt. Sie erkannte vier kleine Kreise, die im Quadrat angeordnet waren. Es konnten auch zwei nebeneinanderstehende Achten sein, die sich oben und unten berührten. Oder der Buchstabe B, der an seiner vertikalen Achse gespiegelt wurde.

Ihr Jagdfieber war geweckt. Zu Recherchezwecken hatte sie als Steuerfahnderin die umgekehrte Bildersuche bei Google schon eingesetzt. Mit ihrem Smartphone fotografierte sie das Logo, lud das Bild auf ihren Laptop hoch, aktivierte die Suche und scrollte die Suchergebnisse durch. Neles Puls beschleunigte. Von einer brasilianischen Kaffeeplantage war bis zur Kontaktbörse in Riga alles dabei. Doch Verwertbares fand sie nicht.

Deshalb legte sie von neuem los. Diesmal fotografierte sie das Logo aus einem anderen Winkel und startete die Suche erneut. Nele war sich sicher, mit dem Logo einen entscheidenden Hinweis in ihren Händen zu halten. Umso enttäuschter brach sie nach einer halben Stunde auch diese Nachforschung ab. Google half ihr nicht weiter. Frustriert fixierte sie das vollgekritzelte Blatt. Am liebsten hätte sie es zerrissen.

Voller Wut gab sich Nele ein Versprechen. *Dass Doreen tot ist, kann ich nicht ändern. Dass ihr Mörder dafür nicht zur Rechenschaft gezogen wird, sehr wohl.*

»Die kann ich wegschmeißen«, wetterte der korpulente Bauunternehmer Javier Martín, als er an seiner Hose herunterschaute. Er hatte einen Moment nicht aufgepasst und einer dieser unzähligen Dornenbüsche hatte einen Dreiangel ins edle Beinkleid gerissen. Missmutig kletterte er auf dem verwilderten Hanggrundstück hinter dem Architekten weiter nach oben. Auf einem Plateau blieben sie stehen, drehten sich um und genossen die spektakuläre Aussicht auf Palma, den Hafen und das Meer. Javier nahm seinen weißen Strohhut vom Kopf und wischte sich kurzatmig mit einem Taschentuch aus Batist den Hals und das Gesicht trocken. Sein Oberhemd klebte ihm auf der Haut. Die Sonne stand fast senkrecht über ihnen.

»Die Querachse des Hauses wird genau in Ost-West-Richtung verlaufen, also optimale Südausrichtung mit unverbaubarem Blick.« Der Architekt deutete aufs Meer.

»Ein Filetgrundstück«, stimmte Javier zu. Mit zwei anderen Bauunternehmen hatte er die Vorauswahl des Architekten überstanden. Nun durften er und die beiden Mitbewerber ein Angebot zur Errichtung der pompösen Villa abgeben. Die Ortsbesichtigung diente dazu, Javiers Fragen zu beantworten. Den künftigen Bewohner der Prachtimmobilie kannte er nicht. Als Eigentümer war eine Aktiengesellschaft eingetragen. Javiers Ansprechpartner war der Architekt.

»Eine absolute Traumlage. Deshalb hat die Bauqualität höchsten Ansprüchen zu genügen und ist jeder Termin einzuhalten«, betonte der Architekt.

»Es wäre mir eine Ehre, Ihren grandiosen Entwurf an der teuersten Straße Mallorcas Realität werden zu lassen.«

»Ja, die teuerste Straße Mallorcas. Nachdem der bekannteste Makler der Insel die Carrer Biniatro in der Zeitung so eingestuft hat, stauen sich in der schmalen Sackgasse die Autos der Gaffer. Jeder möchte einen Blick auf die pompösen Villen und deren Nutzer erhaschen. Der Hinweis, dass sich die Werte der Anwesen zwischen zwölf und fünfundsechzig Millionen bewegen, hat die Neugier der Voyeure noch befeuert.«

»Ich werde mit meinem Angebot innerhalb dieser Spanne liegen«, versicherte Javier. Sein Smartphone vibrierte. Er zog es aus der Brusttasche und warf einen Blick auf die SMS. »13.30 Uhr Parkplatz Fashion Outlet Marratxi.«

Dem Architekten entging der veränderte Gesichtsausdruck seines Gegenübers nicht. »Eine unerfreuliche Nachricht?«

»Nein, nein. Ein privater Termin, in einer Stunde«, stammelte Javier.

Kurz vor der verabredeten Zeit bog Javier auf den riesigen Parkplatz des Einkaufszentrums nördlich von Palma ab. Er kannte die Prozedur. Er musste nicht suchen, er wurde gefunden. Deshalb parkte er seinen SUV im hinteren Teil, wo kaum Fahrzeuge abgestellt waren.

Nach wenigen Minuten näherte sich eine junge Frau in Jeans und T-Shirt dem Wagen und Javier stieg aus. Wortlos drückte ihm die Frau ein Smartphone in die Hand. Er nahm es sofort ans Ohr. »Guten Tag. Hier ist Javier.«

»Du hast es schon beim Deutschen und seiner Frau nicht geschafft. Jetzt kümmere dich um ihre Schwester. Beschaffe die Zusatzvereinbarung!«

»Ich bin dran. Es ist schwierig.«

»Vergeige es nicht.«

Bevor Javier antworten konnte, war die Telefonverbindung beendet und die junge Frau streckte ihre Hand aus. Er legte das Smartphone hinein. Die Frau steckte das Telefon ein, drehte sich um und verschwand zwischen geparkten Autos.

Javier setzte sich ins Auto, atmete tief durch und überlegte. Nach einer Weile rief er den Notar und den Banker an. »Der Baske macht Druck.« lautete seine Botschaft an die beiden.

KAPITEL 18
Ein Schlachtplan

Hastig durchquerte Nele den Haushaltsraum der Villa. Vor der Tür zur Garage hielt sie inne. Sekundenlang starrte Nele auf die Türklinke und war unfähig, sie zu betätigen. Erinnerungen an Doreen stiegen in ihr auf. Die Garage hatte sie nicht mehr betreten, seit das Abschleppunternehmen den Wagen ihrer Schwester zurückgebracht hatte. Schauer liefen ihr über den Rücken. Regungslos stand sie eine Weile da.

Scheiß drauf. Ich muss da durch. Es ist mein Leben. Außerdem will ich nicht immer mit dem Taxi fahren. Entschlossen drückte Nele die Klinke herunter, betrat die Garage und ließ sich ins schwarze Auto fallen. Sie kannte sich aus, denn Mini war auch ihre Wahl. Sie gab die Adresse, die Sam per SMS geschickt hatte, ins Navi ein. Er hatte die Anschrift eines Gasthauses an der Abzweigung zu seiner Finca gewählt, denn das letzte Stück zum Haus war in keiner Landkarte eingetragen.

»Lahme Krücke«, kommentierte Nele die qualvolle Beschleunigung, als sie auf den Autobahnring einbog. Im Gegensatz zur Basisversion ihrer Schwester rauschte sie in Leipzig mit fast zweihundert Pferdestärken um die Ecken.

Sams japanisches Hackmesser blieb abrupt in der Paprika stecken, als er das heisere Hundegebell in der Ferne vernahm. Er bewegte sich nicht. Seine Konzentration galt den Geräuschen. Sekunden später hörte er das Motorengeräusch, und wusste, dass sich Besuch ankündigte. Er verließ die Küche und wartete vor dem Haus, bis der schwarze Mini anhielt.

»Du erwartest mich.« Nele blieb einen halben Meter vor ihm stehen.

Sam war unsicher. Das war nicht sein Terrain. Sollte er nur die Hand reichen oder zur Begrüßung umarmen? Er wich aus. »Der Schäferhund des Nachbarn ist mein Melder. Er hat dich angekündigt.« Sam blickte auf seine vom Paprika geröteten Hände. »Ich bin beim Gemüseputzen. Du bist fast drei Stunden zu früh.«

»Wirklich? Da habe ich ordentlich was durcheinandergebracht«, log Nele. »Soll ich wieder fahren?«

»Keinesfalls. Das wäre zu gefährlich. Seit letzter Woche ist so ein Kleinwagen in einem der Schlaglöcher verschwunden. Den suchen sie in dieser Pampa immer noch«, feixte der Geländewagenfahrer und bat Nele ins Haus aus Natursteinen.

In seiner monumentalen Landhausküche stellte er eine kunstvoll geschliffene Wasserkaraffe und ein Glas ans Ende des ausladenden Tisches und deutete auf einen Holzstuhl. »Am besten setzt du dich dorthin. Dann hast du auch einen Blick in den Garten.«

Nele nahm Platz und musterte die Küche. Das Herzstück war die Kochstelle. Auf dem sechsflammigen Gasherd dampfte es aus Kochtöpfen. Aus einem ragte eine imposante Schöpfkelle. An der Wand dahinter hingen verrußte Eisenpfannen, Töpfe und voluminöse Holzlöffel. Betagte Kacheln, auf denen Szenen des täglichen Landlebens abgebildet waren, verzierten die Wände. Ungleich abgenutzte Bodenfliesen zeugten von Jahrzehnten intensiver Küchennutzung. Es roch nach Fisch, Lorbeer, Knoblauch, Wein und dem süßlichen Aroma aus den Schalen von Krustentieren. Auf dem abgenutzten, von Astlöchern übersäten, stabilen Holztisch lagen die Zutaten neben Messern und Holzbrettern bereit. Alles strahlte Sauberkeit und Ordnung aus.

Sam werkelte in einer schwarzen Schürze. Das aufgedruckte Motto *GRILL OR DIE* passte nicht zum Hauptgericht. »Das Wichtigste ist der Fond.« Er deutete auf den großen Kochtopf, aus dem es kräftig dampfte. »Fischabfälle, Gemüse, Weißwein und die Schalen der Shrimps. Dieser Sud ist das Entscheidende für eine erstklassige Paella. Ich lasse ihn mindestens zwei Stunden vor sich hin blubbern.«

»Wann hast du angefangen?«

»Für eine Paella brauchst du vier Stunden, das Einkaufen nicht mitgerechnet.«

Als Erinnerung hätte Nele gern ein Foto geschossen, so behaglich fühlte sie sich inmitten der Gerüche, dampfenden Töpfe und ausgebreiteten Zutaten. Doch sie traute sich nicht, deshalb zu fragen. »Was ist noch wichtig?«

»Ein Gasherd. Damit kann ich die Hitze präzise regulieren. Ältere Einheimische schwören auf offenes Feuer aus harzarmem Holz wie Orange oder Olive. Dadurch soll die Paella aromatisiert werden, ohne zu verräuchern. Halte ich für übertrieben. Die richtige Pfanne ist wichtiger.«

Erst jetzt bemerkte Nele die schwarze Pfanne mit respektablem Durchmesser und den zwei massiven Griffen. »Welche Paella ist die typischste?«

»Darüber wird in Spanien heftig gestritten. Als Original wird die Valenciana betrachtet. Sie wird mit grünen Bohnen und getrockneten, weißen Butterbohnen zubereitet. Nicht mein Geschmack.«

»Kann ich dir helfen?«

»Vielen Dank für dein Angebot. Ich bin gut in der Zeit. Die groben Schritte, wie Shrimps entdarmen, Fisch filetieren, Muscheln waschen und das Kaninchen entbeinen, sind erledigt. Jetzt wird das Gemüse fein gehackt. Ich freue mich, wenn du mir dabei Gesellschaft leistest.«

Während Sam die Tomaten filetierte, führte er Nele in die Geheimnisse einer bodenständigen Paella mit einer Inbrunst ein, die sie einem Elitesoldaten der Navy von einer abgelegenen Familienfarm aus dem mittleren Westen Amerikas niemals zugetraut hätte.

Mitten in seinen Ausführungen knurrte lauthals Neles Magen und sie schaute zu Boden. Sam überhörte das Geräusch, schnitt eine ordentliche Scheibe Graubrot ab, röstete sie in einer Pfanne mit Knoblauch und legte sie auf einen Teller. Geschickt filetierte er eine Tomate, würzte und drapierte sie auf dem Brot. Obendrauf platzierte er eine Scheibe Serrano, mehrere Blätter Basilikum und einige Tropfen Olivenöl. Dann stellte er den Teller mitsamt einem Glas Rotwein auf den Tisch. »Guten Appetit. Pan con tomate. That's it. Bodenständig.«

Sichtlich erfreut bedankte sich Nele für die unerwartete Aufmerksamkeit. Während sie aß, bemerkte sie den braun-weißen Kater, der von draußen vorsichtig um den Türpfosten lugte. »Dein Haustier?«

»Rocky habe ich vom Vormieter geerbt. Der hat ihn kastrieren lassen. Armer Teufel.«

»Hast du noch andere Mitbewohner?«

»Ein Ratonero mit Halsband läuft auf seiner täglichen Runde meinen Garten ab. Diese mallorquinische Rasse mit ihren stattlichen Ohren macht Jagd auf Nager. Außerdem sind sie vortreffliche Wachhunde. Ich darf ihn streicheln und lasse ihn gewähren.«

Als Nele ihn nach einiger Zeit auf die Windmühle ansprach, auf die ihr Blick fiel, wenn sie aus dem Küchenfenster schaute, schlug Sam ihr einen Spaziergang über das Grundstück vor. »Ich habe die betagten Olivenbäume wieder zurechtgeschnitten. Sie haben es gedankt und geben mehr Früchte. Demnächst sind die Orangen- und Zitronenbäumchen an der Reihe. Ich versuche mich an alten Zitronensorten.«

Allein durchstreifte Nele den Garten, der bis zur Pumpenmühle reichte, deren marode Holzflügel die besten Tage hinter sich hatten. Früher holte sie das Grundwasser zur Bewässerung nach oben. Seitdem Elektromotoren dies übernommen hatten, rottete sie vor sich hin.

Sams riesiger Garten und die angrenzenden Grundstücke waren das Gegenteil zu den pikierten Gartenanlagen Son Vidas, wo kein Platz für welkes Laub, wilde Kräuter und zügellos sprießende Bäume blieb. Hier spürte der Besucher die Jahreszeiten, wenn die Natur nach dem Winterschlaf erwachte und auf den Nachbargrundstücken Osterlämmer umhersprangen. In diesem Kosmos gab die Ernte von Orangen, Zitronen, Oliven, Johannisbrot, Mandeln und Wein den Takt vor und hatte die Gier nach Schnelligkeit noch nicht alle Bereiche des Lebens vereinnahmt. Hier war Sam, der Junge vom Land, geerdet.

Nele ließ sich Zeit, das weitläufige Grundstück zu erkunden, da sie bei ihrem ersten Besuch nichts vom bezaubernden Charakter dieses Kleinods registriert hatte. Gemächlich schlenderte sie an Johannisbrotbäumen vorbei, unter denen wilder Jasmin seinen Duft verströmte. Genüsslich sog sie den Wohlgeruch ein. Dann entdeckte sie eine altersschwache Scheune mit betagten Erntemaschinen und einem rostigen Traktor, an dem sämtliche Farbe abgeblättert war. Die Zeit war darüber hinweggegangen. Im Schatten einer Steineiche blieb Nele stehen und lehnte sich an den knorrigen Stamm. Der laue Wind der Serra de Tramuntana tastete sich durch den verwilderten Garten, ließ die Wedel vom Pampasgras tanzen und trieb die rötliche Erde auf dem kahlen Nachbargrundstück vor sich her.

Seine Finca strotzt vor Charme. Wie friedlich, ein Idyll. Beschwingtheit ergriff Nele.

Als sie in der Küche eintraf, traute sie sich. »Wieso hast du diese Abgeschiedenheit gewählt?«

»Ich habe mich darauf eingelassen, was ich vorgefunden habe, und entdecke immer wieder Neues. Der Vormieter hatte Jacarandabäume gepflanzt und sie wachsen lassen. Sie belohnen mich mit üppigen violetten Blütenkelchen. Die Überlebenden seines Kräutergartens wuchern darunter wild umher.«

»Das ist mir entgangen.«

»Ich jogge fast jeden Morgen, am liebsten wenn die ersten Sonnenstrahlen vorsichtig über das frische Grün der Pinien lugen. An meinem Lieblingsplatz lege ich eine Pause ein. Dort versprüht wilder Lavendel seinen Duft, sprießen Bougainvilleas als gäbe es kein Halten mehr, und entwickelt sich das Bergpanorama im Morgennebel zum Gemälde. Grandiose Eindrücke.«

»Einen Pool habe ich nicht entdeckt.«

»Gut so. Pure Wasserverschwendung. Rasen gibt es auch nicht.«

»Veränderst du etwas?«

»Kaum. Ich greife nur ein, wenn es notwendig ist. Momentan baue ich den Huerto wieder auf. Eine Sauarbeit!« Sam schaute auf seine Hände.

»Was ist das?«

»Ein traditioneller Gemüsegarten mit Natursteinmauern. Sie speichern die Sonne und bieten Windschutz. Leider kommt das Gemüse für die Paella noch nicht aus diesem Garten. Nächstes Jahr bestimmt. Mein grüner Daumen wächst noch.«

»Ist es dir nicht zu abgelegen?«

»Die träge Gelassenheit dieser Umgebung tut mir gut.«

»Du bist ständig unter Menschen. Tagsüber in der Klinik und abends oft unterwegs.«

»Ich brauche einen Rückzugsort. Hier bin ich gern allein, aber nicht einsam. Das ist der Unterschied. You know.«

»Hat das mit deiner Vergangenheit zu tun?«

Sam legte das Küchenmesser aus der Hand und drehte sich zu Nele. »Irgendwann bekam ich den Dreck nicht mehr ab, so sehr ich auch schrubbte. Ich schaffte es nicht, das Erlebte aus meinem Leben zu radieren. Aber hier gewinne ich Abstand dazu.«

Neles Blick wanderte auf die Narbe in Sams Gesicht und sie zog es vor, das Thema zu wechseln. Zu gern hätte sie mehr aus Sams Leben erfahren. Doch dies war nicht der richtige Zeitpunkt dafür. »Soll ich draußen schon mal den Tisch decken?«

»Warte kurz. Jetzt kommt das Highlight.« Sam postierte sich vor der stattlichen Pfanne mit den zwei Griffen, unter der die Gasflamme loderte und aus der es dampfte. Die Kaninchenstücke hatte er bereits in reichlich Knoblauch und Zwiebeln angebraten, ausgiebig vom selbstgemachten Fond hinzu gegossen, den Fisch, die Shrimps und das Gemüse dazu zugegeben und drei Packungen Reis hineingeschüttet. Nun griff er in die Brusttasche seiner Schürze und kramte eine winzige, verbeulte Blechdose hervor. Behutsam nahm er mit Daumen und Zeigefinger etliche Safranfäden heraus und verstreute sie andächtig über der Pfanne. Zuletzt legte er Muscheln und Langusten sorgfältig obendrauf. »Es ist geschafft. Jetzt reduziere ich die Hitze und in einer halben Stunde ist die Paella fertig.«

Nachdem Nele den Tisch im Garten gedeckt und mit Oleander dekoriert hatte, sah sie sich im Haus um. Der Nebenraum vom Wohnzimmer erregte ihre Aufmerksamkeit. In einem rustikalen Vitrinenschrank entdeckte sie fein säuberlich aufgereihte Schallplattenhüllen. Sie zog eine heraus. ZZ Top. Vor Sams Vorliebe für Hard Rock hatte Ben gewarnt. Doch Nele erspähte daneben etliche Alben von Barry White. Gedankenversunken strich sie darüber. *Tonnenweise Emotionen und Herzblut in Drei-Minuten-Songs. Nicht schlecht.*

Neben dem Vitrinenschrank thronte der Schallplattenspieler auf einem schweren Metallgestell. Lautsprecherboxen im Kleinwagenformat füllten die Ecken des Musikzimmers aus. Ein abgewetzter Ohrensessel mit einer Fußbank davor strahlte Gemütlichkeit aus.

Nele tippelte über knarrende Bodendielen zum Sessel und versank darin. *Sein Hard Rock Cafe.* Sie konnte die Bässe, die das Musikzimmer regelmäßig vibrieren ließen, förmlich spüren.

Dann schritt sie zum Bücherregal neben dem Vitrinenschrank. Ein abgegriffener Gedichtband von Ringelnatz lag aufgeschlagen vor ihr.

Wieder in der Küche angekommen, fragte sie: »Du liest Ringelnatz?«

»Die Ameise ist ein faszinierendes Gedicht.«

»Du hörst ZZ Top?«

»Besser Hard Rock, als Fahrstuhlmusik.«

»Hört sich an wie ein Lebensmotto.«

»Könnte sein.«

What a man.

Kurz darauf trudelten Lisa, Cleo, Ben und Eitelfritz ein. Alle bestaunten das duftende Prachtstück auf dem Gasherd, während Sam die Paella mit halben Zitronen und Petersilie dekorierte. Dann zogen sich Sam und Ben Arbeitshandschuhe über, trugen die heiße Pfanne in den Garten und stellten sie auf einem Eisengestell ab.

Unter Zuhilfenahme von zwei stattlichen Löffeln richtete der Hausherr die Paella an. Akkurat achtete er darauf, dass auf jedem Teller genügend Muscheln, Fisch, Shrimps und Kaninchenteile landeten. Mit einem »Langt tüchtig zu!« servierte er die üppigen Portionen.

Schnell stieg der Lärmpegel an und Lobeshymnen auf den Koch machten als Trinksprüche die Runde. Auf das Kompliment für die liebevolle Tischdekoration entgegnete Sam: »Wir sind doch nicht in einer Raststätte. Ich reiche das Lob gern an Nele weiter.«

Beim Nachschlag war Eitelfritz nicht zu bremsen. »Für mich bitte viel Angesetztes vom Boden. Das ist das Beste.«

Im Sommer war es nicht untypisch, dass sich Ben, Sam, Eitelfritz und Lisa an zwei Tagen hintereinander trafen. Jeder von ihnen sehnte sich nach dieser Nähe. Die verschworene Gemeinschaft war ihre Ersatzfamilie und Cleo sowie Nele mehr als willkommene Gäste.

Nach einer Stunde war die liebevolle Tischdekoration einer Unordnung gewichen. Weinflaschen, Teller mit Muschelschalen und anderen Abfällen, zerknüllte Servietten, Wasserkaraffen und etliche Gläser zeugten vom Festmahl. Die schwere Paellapfanne auf dem Eisengestell war noch halb voll. Die Überbleibsel warteten darauf, von einigen Gästen als Proviant mitgenommen zu werden.

Als die Dunkelheit anbrach und die Inselbewohner aus der Hitze des Tages entließ, zündete Sam Windlichter an und stellte beleuchtete Glaskugeln auf den Fußboden. Die unbeschwerte Feierlaune erreichte ihren Höhepunkt.

Etwas später übernahm Lisa die Initiative, holte weit aus und kam auf Doreens Tod zu sprechen. Sie spürte sofort, dass die Stimmung nicht kippte. Im Gegenteil, die anderen fünf hörten konzentriert zu und stellten Fragen, als sie das Ergebnis aus Genf präsentierte. Am Ende fasste sie zusammen: »Doreen hatte so viel *Tavor* und Morphium im Blut, dass sie mit dieser Mixtur ihren Wagen nicht selbst zur Steilküste gelenkt haben kann. Außerdem wurde Fremd-DNA unter den Fingernägeln ihrer rechten Hand gefunden. Das Institut sieht deutlich mehr Anhaltspunkte für einen gewaltsamen Tod als einen Suizid.«

Anschließend sorgte Neles Bericht über Werners Schreibblock für Erstaunen. Mit einem dicken Filzstift malte sie das Logo auf den verwitterten Holztisch und munteres Rätselraten begann. Jeder trug etwas bei und warf Vermutungen in die Runde. »88, eine Hausnummer.« »Die Kreise stehen für die vier Männer von REAL.« »EB. Initialen.« Letztlich kannte keiner das Logo.

Als in der Runde die Frage, was als Nächstes zu tun sei, ergebnislos diskutiert wurde, ergriff Ben das Wort. »Herr

Oberst, wie würde ein Militärstratege die verzwickte Situation angehen?«

Sam strich sich über die Nase. »Beschissene Ausgangslage. Die Polizei ermittelt nicht. Es gibt einige Verdächtige, aber wir haben nichts in der Hand.«

»Schlechter geht's kaum«, kommentierte Ben.

»Militärisch kein Problem. Den Feind aufscheuchen und angreifen.«

»So leicht?« Nele schaute skeptisch drein.

»Wenn man's kann.«

»Dann zeig mal, wie's geht!«, hakte Ben nach.

»Ich bin bereit, Carlos noch mal anzusprechen.«

»In welcher Abteilung arbeitet er eigentlich?«, wollte Ben wissen.

»Wirtschaftskriminalität und Korruption.«

»Nicht dein Ernst.«

»Er leitet die Abteilung!«

»Na dann.«

Sam blieb gelassen. »Die Zusatzvereinbarung scheint der Schlüssel zu sein. Wer war der Fünfte? Dem Banker, dem Bauunternehmer und dem Notar sollte man mal auf den Zahn fühlen. Aber Vorsicht.«

»Ich möchte euch nicht mit hineinziehen.« Nele schaute in die Runde.

»Hat jemand einen besseren Vorschlag?« Von allen Seiten erntete Sam Kopfschütteln. Seine Frage blieb auch deshalb unbeantwortet, weil ein Gewitter einsetzte und alle anpackten, um die Utensilien rasch ins Haus zu verfrachten.

Zur gleichen Zeit schaltete nur wenige Kilometer entfernt der Fahrer die Scheibenwischer seines Sportwagens italienischer Bauart auf die schnellste Stufe. Gewitterregen überflutete die Frontscheibe.

Der Wagenlenker kam von einer geselligen Runde auf einem Landgut südlich von Valldemossa und fuhr die unübersichtliche Landstraße durch die Hügel Richtung Palma.

Plötzlich tauchte hinter ihm ein Fahrzeug auf, das dicht auffuhr und ihn mit der Lichthupe malträtierte. Der andere Wagen scherte aus, setzte zum Überholen an und bremste wieder ab, als er sich auf Höhe der Edelkarosse befand.

»So ein Idiot. Den hänge ich ab.« Der Fahrer des Sportwagens beschleunigte und brauste in James-Bond-Manier, allerdings ohne dessen Fahrkünste, über die kurvige Landstraße durch den Starkregen. Das hintere Fahrzeug blieb zurück.

»Geht doch.« waren seine letzten Worte. In der engen Kurve kam der Sportwagen mit den äußeren Rädern von der Straße ab, drehte sich, rutschte über den glitschigen Asphalt in die Seitenbankette, überschlug sich, krachte gegen einen Felsbrocken und blieb auf der Seite liegen.

Das hintere Fahrzeug verlangsamte. Die beiden Insassen sahen im Vorbeifahren auf das Autowrack, nickten sich zu und verschwanden in der Nacht.

KAPITEL 19

Hühner aufscheuchen

Alle, die sich am Vorabend nach dem Umzug in Sams Haus bereit erklärt hatten, Aufgaben zu übernehmen, machten sich an die Arbeit.

Nele griff gegen Acht zum Telefon und rief Javier Martín an. Diesmal war sie perfekt vorbereitet und drehte den Spieß um. Ohne Umschweife forderte sie für die Suche nach den Unterlagen mehr Geld. Javier gab vor, sich erst mit seinen Partnern besprechen zu müssen. Nele nahm es zur Kenntnis, legte auf und ließ einen verdutzten Bauunternehmer zurück.

Lisa rief beim Bankier an und bestand auf einem Besuchstermin am selben Nachmittag in der Privatbank.

Sam rief Carlos an und teilte ihm ohne Umschweife das Untersuchungsergebnis mit. Der Polizist war perplex, wollte abwiegeln und nichts mit der Sache zu tun haben. Er riet vom direkten Kontakt zur Mordkommission ab. »Was deine Bekannten mit der Leiche angestellt haben, ist in Spanien strafbar!« Sam zog alle Register. Letzten Endes ließ sich Carlos wegen seines Vorbehalts gegen den Hageren vom Festland, möglicher Korruption durch die Drahtzieher im Hintergrund und aus Freundschaft zu Sam umstimmen.

Nele war voller Tatendrang. Der Vorabend hatte ihr gut getan. Die Unterstützung der anderen versorgte sie mit zusätzlicher Energie. Bevor sie sich auf den Weg machte, rief sie ihren Chef in Leipzig an. Immer wieder hatte sich Nele in den letzten Tagen mit ihrem aktuellen Fall des Umsatzsteuerbetrugs beschäftigt. Er ließ sie nicht los. In Gedanken hatte sie bereits durchgespielt, was zu tun wäre, wenn der Chef sie bitten würde, umgehend zurückzukommen, um den brisanten Fall zu einem positiven Abschluss zu bringen.

Doch das Gespräch verlief anders als erwartet. Der Chef berichtete knapp über den Stand der von Nele penibel geplanten Razzia und erwähnte beiläufig, dass die junge Inspektorin, die Nele in diesem Fall bereits zugearbeitet hatte, vertretungsweise mit der Leitung des Falles beauftragt worden sei. Auf Neles dezenten Hinweis, dass es der unerfahrenen Kollegin möglicherweise an der für einen Betrug dieser Größenordnung erforderliche Praxis mangele, ging der Chef nicht ein. Vielmehr empfahl er Nele, Abstand zu gewinnen, in Ruhe die notwendigen Dinge zu erledigen und auf Mallorca ausgiebig Urlaub zu machen.

Es dauerte einige Minuten, bis Nele das Telefonat verarbeitet hatte. Obwohl ihr die Aufklärung des mysteriösen Todes ihrer Schwester unter den Nägeln brannte, war sie davon ausgegangen, dass der Chef ihr die baldige Rückkehr ins Finanzamt nahelegen würde. Doch der hatte nicht mal angedeutet, dass Nele unersetzlich sei und dringend bei der Leipziger Steuerfahndung benötigt werden würde. Daran hatte Nele eine Weile zu knabbern.

Eine halbe Stunde später ging sie in die Garage, setzte sie sich in den schwarzen Mini, las im Navi die letzten Ziele aus, die Doreen eingegeben hatte, und fuhr sie der Reihe nach ab. Zunächst landete sie auf dem Parkplatz eines Baumarkts außerhalb von Palma. Von dort lotste sie das Navi in die Stadt zurück und vor das Büro von Javier Martín. Damit stand für sie fest, dass Doreen im Büro des Bauunternehmers gewesen sein muss. Zuletzt wurde sie zu einem repräsentativen Palais im Herzen Palmas geleitet, das sich als Sitz einer mallorquinischen Privatbank entpuppte. Nele ahnte nicht, dass Lisa dort am Nachmittag den Banker treffen würde.

Als sie auf dem Nachhauseweg in einer Nebenstraße anhielt, um sich eine kalte Cola zu gönnen, bemerkte sie einen weißen Seat, wie es sie zu Tausenden auf der Insel gab. *Sehe ich Gespenster?* Von da an ließ Nele ihren Rückspiegel nicht mehr aus den Augen. Bald war sie sich sicher, verfolgt zu werden.

Sie bog in eine ruhige Sackgasse ein und hielt rechts an. Der Verfolger parkte schätzungsweise dreißig Meter dahinter und stieg nicht aus. Nele wartete fünf Minuten, ehe sie die Seitenscheibe herunter ließ und ihren Mini wendete. Einige Meter vor dem Verfolger stoppte sie und lichtete den Seat samt Kennzeichen ab. Dann fuhr sie weiter. Auf Höhe des anderen Autos hielt sie an, schaute den Fahrer mit festem Blick an und fotografierte ihn mit dem Smartphone. Dann gab sie Gas. Der Seat verfolgte sie nicht mehr.

Gegen Mittag war die monatliche Routinebesprechung der Dezernatsleiter in der Jefatura de Policia im Zentrum Palmas beendet. Danach saßen sich die beiden in einem kargen Verhörzimmer des Polizeipräsidiums gegenüber. Carlos hatte um dieses Gespräch gebeten. Es roch nach dem süßlichen, billigen, spanischen Herrenparfüm, dessen Duftwolke den Hageren ständig umhüllte. Kaum einer der balearischen Polizisten nannte ihn in seiner Abwesenheit korrekterweise Comandante Miguel López, er war schlicht der Hagere. Der saß auf dem Stuhl, der sonst den Delinquenten vorbehalten war. Abgemagert, groß, silberne Nickelbrille, wenige Stoppelhaare, introvertiert, elegante Kleidung, gewählte Sprache, keine Flüche, gelbe Raucherfinger. Er war der komplette Gegenentwurf zu Carlos. In einem glichen sich die zwei Dezernatsleiter der Policia Nacional jedoch, beide waren mit jeder Faser ihres Körpers hervorragende Kriminologen und keine für eine ruhige Kugel.

Fünf Jahre hatte der Hagere die Interne in Barcelona geleitet. Ein Job, vor dem sich jeder Polizist drückte. Im Schmutz von Korruption, Wegsehen, Gefälligkeiten und Schmiergeldern gegen Kollegen zu ermitteln, hielt keiner lange durch. Hinterher konnte kaum einer in den regulären Dienst zurückkehren. Auch, weil er in Barcelona einigen Chefs zu engagiert ermittelt hatte und ihnen dabei zu nahe gekommen war, war Miguel weggeschickt worden.

Der Leiter der Mordkommission der Balearen hatte kurz vor seinem Ruhestand gestanden, als ein Nachfolger gesucht worden war. Carlos war sein Stellvertreter gewesen. Auf Mallorca war er der einzige ernsthafte Kandidat für die Nachfolge gewesen. Doch der Hagere war weggelobt und die Stelle mit ihm besetzt worden.

Als Entschädigung war Carlos zum Comandante und Leiter des Kommissariats für Wirtschaftskriminalität und Korruption befördert worden.

»Wir müssen über den Tod der Deutschen an der Steilküste von El Toro reden«, kurbelte Carlos das Gespräch an.

135

»Das habe ich mir schon gedacht. Ich habe mitbekommen, dass du bei deinen alten Kollegen Fragen gestellt hast.«

Carlos kam ohne Umschweife zur Sache. »Ein renommiertes Institut hat so viel Betäubungsmittel und Morphium im Blut gefunden, dass das Opfer damit unmöglich zum Meer gefahren sein kann.«

»Private Ermittlungen. Das kommt bei der Truppe gar nicht gut an.« Der Hagere plapperte eintönig, als langweile ihn das Zwiegespräch.

»Ich kenne die Situation in der Hochsaison. Fehler passieren. Entscheidend ist doch der objektive Sachverhalt und nicht, wer ihn festgestellt hat.«

»Das mit dem Fehler, das erzählst du bitte deinen ehemaligen Kollegen. Ich tue das nicht!« Er deutete mit dem Finger auf seine Brust und schüttelte den Kopf.

»Es gibt Indizien. Ein dubioser Badeunfall ihres Ehemannes. Ein Einbruch in die Villa, bei dem nichts gestohlen wurde. Kein Testament. Kein Abschiedsbrief. Und drei schillernde Figuren Mallorcas, die stets auftauchen, wenn große Immobiliendeals abgewickelt werden.«

»Liegt gegen einen der drei irgendetwas vor?«

»Nein. Nichts Aktenkundiges, nur Gerüchte.«

»Dann wird sich keiner mit einer offiziellen Ermittlung die Finger verbrennen wollen.«

»Aber es stinkt doch. Das riechst auch du.«

»Ich brauche Fakten.« Der Hagere schritt zum Fenster, öffnete es und zündete sich eine filterlose Schwarze an. Dann überraschte er Carlos. »Ich habe mir bereits die Videos der Verkehrsüberwachung aus der fraglichen Nacht angeschaut. Von der Ausfahrt Santa Ponsa existieren nur unscharfe Aufnahmen von der Seite. Das könnte jede sein.«

»Ich bin verblüfft. Du ermittelst? Gibt es weitere Erkenntnisse?«

»Zwischen Tür und Angel soll ich dir Interna verraten?«

Carlos zog die Augenbrauen hoch.

»Die Tote kann beide Drogen selber eingenommen haben. Welche Beweise gibt es, dass sie es nicht getan hat?« Der Hagere sog einen tiefen Zug aus seiner Schwarzen, so dass ihre Spitze hellrot glühte, blies den Qualm nach draußen und gab einen dumpfen Raucherhuster von sich.

»Bisher keine.«

»Gehen wir mal von Mord aus. Gibt es einen Verdächtigen mit belastbaren Indizien oder Zeugen?«

Carlos schüttelte den Kopf.

»Du kennst den Ablauf. Dann suchen wir nach Motiven. Wer hätte das größte Interesse an ihrem Tod? Auf dieser Liste steht ihre Schwester Nele für mich an erster Stelle. Werner war betucht. Das hatte seine Ehefrau geerbt. Und nun geht das Vermögen komplett auf ihre Schwester über. Habgier ist eines der häufigsten Motive für Mord.«

»Für die Mordkommission ist der Fall erledigt?«

»Der Abschlussbericht des ermittelnden Kommissars wird in einigen Tagen fertig sein und dem Untersuchungsrichter vorgelegt werden. Das Resümee lautet Selbstmord.«

Der Hagere schloss das Fenster und verließ den Verhörraum. Im Türrahmen drehte er sich um. »Übrigens, du hast als einen der drei schillernden Immobilieninvestoren den Notar erwähnt. Der ist gestern Abend mit seinem Ferrari bei Regen gegen eine Felswand gekracht. Tot. Hatte ordentlich Alkohol im Blut.«

»Welch ein Zufall«, rief Carlos hinterher.

Dem Hageren war bewusst, dass er sich in einer Zwickmühle befand. Die Mitarbeiter hatten bei der Untersuchung von Doreens Tod geschlampt. Wenn er den Fall wieder aufrollen oder gar gegen seine Mitarbeiter ermitteln würde, hätte er auf Mallorca verspielt. Er vermutete, dass Carlos als gelernter Mordermittler eigene Untersuchungen anstellen würde. Deshalb entschloss er sich, erstmal nichts zu unternehmen, jedoch seine Antennen auszufahren. Für etwas waren die Jahre bei der Internen gut gewesen. Miguel hatte gelernt, im Stillen zu agieren.

Etwas später blätterte Cleo auf ihrem Smartphone die Tageszeitung Diario de Mallorca durch. Fast täglich nutzte sie diese Informationsquelle, um ihre Spanischkenntnisse auf dem Laufenden zu halten. Die Schlagzeile über den Tod des Notars übersah sie nicht. Sofort informierte sie Ben, Sam, Eitelfritz, Lisa und Nele darüber.

Am späten Nachmittag quälte sich das Taxi durch schmale Gassen im Altstadtviertel nördlich der Kathedrale von Palma. Eine Weile zockelte es im Schritttempo einer Pferdekutsche hinterher, in der sich zwei Touristen eines der Kreuzfahrtriesen die Sehenswürdigkeiten Palmas zeigen ließen. Der Kutscher bot seine ganze Fahrkunst auf, um das Gefährt durch enge, rechtwinklige Kurven zu lenken. Der Hufschlag der Rösser hallte durch die Gasse, wenn ihre Eisen auf das Pflaster schlugen.

Vor einem unscheinbaren Stadthaus stieg Lisa aus dem Taxi und stakste in brütender Hitze über Kopfsteinpflaster zum Eingang. Nach ihrem Klingeln öffnete sich eine Hälfte des imposanten Holztores und sie trat in eine andere Welt ein. Stille, Kühle und nüchterne Eleganz erwarteten sie im Innenhof. Marmorsäulen, Steinmosaike als Fußboden und eine großzügige Treppe entführten den Besucher in eine vergangene Zeit. Aus einem Fischmaul plätscherte Wasser in einen verspielten Brunnen.

Lisa stolzierte schnurstracks auf die Glastür im Erdgeschoß zu, neben der das polierte Bronzeschild der Privatbank glänzte. Die Nachricht vom Tod des Notars hatte sie bereits verarbeitet. *Dem Banker fühle ich auf den Zahn.* Sie liebte es, sich zu verkleiden und in andere Rollen zu schlüpfen. In diesem Moment war sie nicht das Pin-up Girl vom Badeausflug, sondern brachte die attraktive und vermögende Serienwitwe auf die Bühne. Sie trug ein dunkelgraues, hautenges Kostüm mit schwarzen Strümpfen und High Heels. Die sündhaft teure Mascara betonte die Wimpern. Ihr Schmuck war reduziert, aber auserlesen. Ihr schweres Parfum hieß nicht nur Desire, es sollte auch Begierde wecken.

Wenig später betrat sie, wegen ihres engen Rocks in gemächlichen Trippelschritten, das stattliche Büro im repräsentativen Palais. Fresken an der hohen Decke, schwere Vorhänge, erlesene Seidenteppiche und barocke Gipsverzierungen an den Wänden zeugten von der Historie und Grandezza des Prunkbaus. Geschmackvoll waren dazu moderne Designermöbel ausgewählt worden.

Vor Lisa stand im dunkelblauen Anzug mit mittelbraunen Schuhen und blauem Hemd das Klischee eines südeuropäischen Bankiers. Nur war alles eine Spur distinguierter. Rahmengenähte Budapester aus edlem Leder. Das Sakko einen

Hauch zu eng und die zwei Rückenschlitze eine Winzigkeit zu lang. Exakt so, wie man es im Londoner Bankenviertel trug. Das einzige Entgegenkommen, was er sich angesichts der tropischen Temperaturen zubilligte, war ein hellblaues Hemd, statt dem dunkelblauen. Seinen bleistiftdünnen Oberlippenbart verstand der Señor als Erkennungszeichen der iberischen Upperclass.

Sein Stammbaum mit dem wohlklingenden Familiennamen ließ sich auf dem spanischen Festland bis ins frühe Mittelalter zurückverfolgen. Sein Pech war es, dass die meisten seiner Vorfahren nur die Zweit- oder Drittgeborenen waren und durch das gnadenlose spanische Erbrecht außer einem klangvollen Familiennamen kaum materiellen Besitz anhäufen konnten. Deshalb besaß er keine Bank, sondern arbeitete für sie. Dabei war sein Adelstitel Marqués, was so viel wie Landgraf bedeutete, ein unbezahlbarer Türöffner durch die Fassade in den innersten Kreis der einflussreichsten mallorquinischen Familien.

Der Marqués, Mitte Fünfzig, bot Lisa einen Platz an und deutete auf die Sitzecke. Mit einem Lächeln erwiderte sie seine Geste. In kurzen Schritten trippelte sie vor ihm über knarrende Holzdielen dorthin. Sie hatte ihre Haare stramm anliegend hochgesteckt, damit der nackte Hals und Nacken den Blick des Bankers wie ein Magnet anzog.

Lisa übernahm sofort die Initiative. »Ganz herzlichen Dank, dass Sie mich so kurzfristig empfangen. Sie wurden mir empfohlen.«

»Von wem?«

»Meinem Berater in Genf von der größten Privatbank des Kantons. Er hat mir ihr Haus empfohlen.«

»Für Wealth Management sind wir die beste Wahl auf der Insel.«

»Ich weiß, Ihr Ruf eilt Ihnen voraus. Insbesondere Ihre Vertraulichkeit. Nennen wir es Verschwiegenheit.«

Lisa schlug ihre Beine bewusst langsam übereinander, was den Blick des Bankers dorthin wandern ließ.

»In welchem Bereich möchten Sie sich engagieren? Aktien, Anleihen, Devisen oder Rohstoffe? Global oder spezielle Regionen?« Der Marqués fuchtelte mit seinen Händen.

»Nichts von dem. Da bin ich schon gut aufgestellt. Zu Ihnen komme ich wegen lokaler Investments.«

Der Banker krauste seine Stirn.

»Mich interessiert nur die Assetklasse Immobilien. Und nur auf der Insel. Dafür brauche ich einen Experten. Deshalb komme ich zu Ihnen.«

»Was wollen Sie erwerben?«

»Ich dachte nicht an Kauf, sondern an Immobilienentwicklung. Dort steckt das größte Potenzial.«

»Große Projektentwicklungen auf der Insel sind rar.«

»Aber es gibt sie.«

»Das sind Off-Market-Investments hinter verschlossenen Türen.«

»Genau an die dachte ich.«

»Sie heißen so, weil sie außerhalb des allgemeinen Marktes stattfinden. Quasi hinter den Fassaden.«

»Deshalb komme ich zu Ihnen!«

Der Banker quittierte Lisas Bemerkung mit hochgezogenen Augenbrauen. »Das ist unmöglich.«

Lisa senkte den Kopf, schaute ihn aus dem Augenwinkel an und säuselte: »Wollen Sie mich enttäuschen?«

»Selbstverständlich nicht. Ich meinte, es wird ungemein schwer.«

»Aber nicht unmöglich.«

»Haben Sie etwas Konkretes im Auge?«

»Ich habe von Paguera gehört.«

»Wollen Sie dort ein Luxusapartment kaufen?«

»Nein. Ich möchte früher einsteigen und nur in die Projektentwicklung investieren.«

Der Banker seufzte. Lisa lächelte, als erahnte sie die Gedanken ihres Gegenübers. »Es darf auch ein ähnliches Projekt in einem anderen Ort sein. Hauptsache exklusiv, in einzigartiger Lage und kein Klein-Klein.«

»Woher sind Sie so vortrefflich über Paguera informiert?«

Bewusst überging Lisa diese Frage. »Falls etwas Derartiges aufgrund Ihrer Verbindungen zustande kommt, werde ich weitere Vermögenswerte in der Schweiz abziehen und Ihrer Obhut anvertrauen.«

Danach drehte sich das Gespräch um Belangloses. Lisa spielte auf der Klaviatur ihrer femininen Reize und der Marqués schmolz dahin. Am Ende vereinbarten sie ein baldiges Treffen und Lisa verließ die noble Privatbank.

Dafür, dass er mit dem Notar gerade einen Spezi verloren hat, war er erstaunlich gefasst. Dem Duplikat von Omar Sharif war nichts anzumerken. Das kann er halt, der Landadel.

Lisa grinste bei dem Gedanken, wie der Banker eiligst zum privaten Smartphone greifen, sich über sie erkundigten und dem Bauunternehmer Bericht erstatten würde. *Die Hühner sind aufgescheucht.*

KAPITEL 20

Nächstenliebe

Der nächste Tag war bei Lisa, Ben, Sam und Eitelfritz dick im Kalender angestrichen. An zwei Samstagen im Jahr veranstaltete die Cáritas Española mit einer mallorquinischen Hilfsorganisation einen medizinischen Tag, eine Anlaufstelle für diejenigen, die durch das soziale Netz gefallen waren und in der Parallelwelt hinter den glamourösen Fassaden Mallorcas ihr Dasein fristeten. Ursprünglich war diese Hilfe für Obdachlose gedacht gewesen. Doch über die Jahre fanden sich mehr und mehr Flüchtlinge, Straßenverkäufer, Unsichtbare und sozial Benachteiligte, oftmals Frauen mit Kindern, ein. Teilweise herrschte ein babylonisches Sprachengewirr. Die Palette reichte von Arabisch bis Zulu. Die Hilfe war kostenlos. Mit jeder Krise nahm der Andrang zu. Während der COVID-Pandemie hielt die Organisation dem nicht immer stand. Doch die Einsatzbereitschaft der Freiwilligen machte das wett. Für die Untersuchung, Beratung und Erstversorgung der Hilfsbedürftigen stellten sich Ärzte, Krankenschwestern und Unterstützer zur Verfügung.

Schon damals hatte es in keinem anderen nicht deutschsprachigen Ort in Europa so viele Deutsche ohne Bleibe gegeben wie in Palma. An jenem Tag hatte die Leiterin der Cáritas eine Deutsch sprechende Gruppe zusammengestellt und so standen sich die vier in ihren weißen Kitteln, neugierig was da kommen würde, gegenüber. Sie wurden ins kalte Wasser geworfen und beinahe vom Andrang überrollt. Doch Sam schaffte Ordnung. Mit seiner Statur, der festen Stimme und einer Strategie wurde aus dem Chaos ein wohlgeordneter Ablauf. Der erste Tag schweißte zusammen und hatte ihre Freundschaft wachsen lassen.

Fortan konzentrierte sich Lisa auf Frauen und Kinder. Eitelfritz kümmerte sich um dermatologische Beschwerden und steckte den Patienten hin und wieder Geld zu. Ben ließ sich vom Lieblingspillendreher im Vorfeld begehrte Medikamente und Hygieneartikel zuschicken. Sam hatte ein Arrangement mit seinem Hospital getroffen. Für dringende Fälle durfte er Termine in der Klinik vergeben, bei denen er die Patienten kostenlos behandelte.

Eines Tages war Alfred, ein Hamburger Zahnarzt im Ruhestand, zu ihnen gestoßen. Lisa hatte ihn wegen seiner aristokratischen Umgangsformen Sir Freddy getauft. Mit den grauen, bis zum Kinn gehenden Koteletten und der aufrechten Körperhaltung entsprach er ihrer Vorstellung eines englischen Lords.

Offiziell war die Anlaufstelle von acht bis zwölf Uhr geöffnet. Doch es dauerte jedes Mal länger. Besonders im Januar, wenn feuchte Kälte die Insel im Würgegriff hatte. Dann war es auf Mallorca als Obdachloser nicht romantischer als in der alten Heimat. Innerhalb der Deutschsprachigen, die in der langen Warteschlange geduldig auf medizinische Hilfe warteten, stellten diese Gestrandeten die größte Gruppe. Für sie war die Illusion vom leichten Leben unter südlicher Sonne nicht in Erfüllung gegangen. Für etliche Obdachlose waren Alkohol und Drogen die gängigen Begleiter. Der jahrelange Missbrauch stand ihnen ins Gesicht geschrieben.

Auch gescheiterte Auswanderer und abgestürzte Abenteurer fanden sich unter den Hilfesuchenden. Mit großen Plänen hatten sie die Sonneninsel betreten. Sie wollten frei und selbstständig agieren. Doch aus Träumen wurden Albträume, aus Chancen Risiken. Hinter gequältem Lächeln verbargen sich gebrochene Schicksale und Tragödien, die von keinem Privatsender in ihren Auswanderer-Soaps geschönt und bejubelt werden konnten.

So wie bei Schlüssel-Dieter. Er roch nicht nach Schnaps. Die Nähte seiner Cargohose waren eingerissen und die abgelatschten Sandalen fielen ihm fast von den Füßen. Den Schlüsselbund der letzten Wohnung in Deutschland trug er um den Hals. Der Autoschlüssel seines Sechszylinders, der längst verschrottet war, gehörte auch dazu. Erinnerungen an eine bessere Vergangenheit, als sein Import von chinesischem Plastikspielzeug noch florierte. Doch irgendwann war er falsch abgebogen. Nach privatem Konkurs und Scheidung hatte er auf Mallorca einen Neuanfang versucht und war zum zweiten Mal gescheitert, auch, weil er die Sprache nicht beherrschte.

Weil seine wenigen Gelegenheitsjobs danach nicht mehr für die Miete gereicht hatten, war Schlüssel-Dieter auf der Straße gelandet. Einige Zeit hatte er sich mit einem Seifenblasen-Unterhaltungsprogramm für Kinder an öffentlichen Plätzen durchgeschlagen. Als ihm eine bulgarische Schlägertruppe schmerzhaft deutlich gemacht hatte, dass für derartige Darbietungen in Palmas Innenstadt nur ihre Organisation zuständig sei, war diese Einnahmequelle versiegt. Danach hatte er seinen Arbeitsplatz auf den Bürgersteig verlegt. Mit einem dreisprachigen Pappschild, das er immer bei sich trug, bettelte er um Almosen.

Gegen Mittag war Schlüssel-Dieter an der Reihe. Sam behandelte nicht nur den juckenden Ausschlag an Füßen und Waden, sondern schenkte dem Patienten gleichfalls Aufmerksamkeit. Der Arzt hörte zu, gab Hygienetipps, händigte eine Tube Hautcreme aus und schrieb Schlüssel-Dieter eine Telefonnummer mit Filzstift auf den Unterarm. Unter dieser Rufnummer war in Palma eine Hilfsorganisation zu erreichen, die es sich zum Ziel gesetzt hatte, Obdachlose nach Deutschland zurückzuholen, dort zu betreuen und wieder in die Gesellschaft zu integrieren. *Ruft er an oder endet er auf der Insel mit einem Armenbegräbnis.* Sam grübelte, während Schlüssel-Dieter mühsam zum Ausgang schlurfte.

Seine nächste Patientin beantwortete diese Frage in einer Weise, die einen nachdenklichen Arzt zurückließ. Die Deutsche war Stammkundin der medizinischen Sprechstunde und bei jedem Besuch hatte sich ihr Zustand verschlechtert. Weil die sichtlich ausgemergelte Obdachlose dringend eine intensive Langzeitbehandlung benötigte, die ihr das spanische Gesundheitswesen nicht ermöglichte, riet ihr Sam eindringlich zurückzukehren. Die Antwort seiner Patientin fiel eindeutig aus. »Nach Deutschland? Ich habe dieses Land verlassen, weil ich Gründe hatte. Ich könnte zurückgehen. Ins Land der Vollkaskomentalität. Dort wäre ich körperlich besser versorgt. Aber ich kapituliere nicht. Es war mein Wille, nach Mallorca auszuwandern. Ich werde hier sterben.«

Neben der medizinischen Versorgung und Beratung waren die Ärzte oftmals als Seelsorger und Ratgeber gefragt, was Lisa mit einem »Hier sind wir mehr Streetworker als Weißkittel.« kommentierte. Einige der Hilfesuchenden waren glücklich, mit jemanden in der Muttersprache zu kommunizieren. Andere benötigten Rat, um sich durch den Dschungel des spanischen Gesundheitswesens zu kämpfen. Geschlagene Mütter suchten mit Kindern einen sicheren Zufluchtsort.

Am Nachmittag, als der letzte Hilfesuchende verarztet worden war, saßen die fünf unter einem ausgeblichenen Sonnenschirm auf dem von der sengenden Sonne aufgeheizten Asphaltparkplatz vor dem Behandlungszentrum der Cáritas Española, einer verfallenen Schuhfabrik, an deren Fassade der Beton abbröckelte. Wo früher vom Klebstoff benebelte Arbeiter mit veralteten Gerätschaften in der stickigen Fabrikhalle Gummisohlen aufklebten, Frauenhände Stoffsandalen verzierten und auch samstags bis zur Dunkelheit gewerkelt wurde, war die Cáritas mit Verwaltung und Lager eingezogen und hatte notdürftig einige Behandlungsräume eingerichtet. Es fehlte das Geld, dem Gemäuer die dringend benötigte Verjüngungskur überzustülpen.

»Wenn ich nach einem dieser heftigen Behandlungstage nach Hause fahre, will ich glauben, dass es nicht schlimmer kommen kann. Ein halbes Jahr später werde ich eines Besseren belehrt.« Sir Freddy nippte an seiner eiskalten Limo. Den Arztkittel hatte er achtlos über einen Campingstuhl geworfen. Sein rosa Golfshirt mit den drei Streifen hing wie ein durchweichter Lappen über den Schultern.

»Ich bewundere diese Frauen. Egal, was ihnen angetan wurde, sie behalten ihren Stolz.« Lisas Patientinnen wirbelten ihre Gedanken durcheinander. Die flehenden Kinderaugen würden Lisa noch einige Zeit begleiten.

Wortlos saß Sam daneben. Seine Gedanken waren weit weg. Hautnah hatte er am eigenen Leib erfahren, wie Unschuldige Opfer kriegerischer Auseinandersetzungen wurden. Diese Erinnerungen an seelische und körperliche Wunden ließen ihn nicht los, gerade waren sie wieder präsent.

Ein Gespräch kam nur schwer in Gang. Erst nach und nach berichtete jeder über markante Fälle, die er zuvor behandelt hatte. Dann ergriff Eitelfritz das Wort. »Für mich ist heute nicht der Tag, um mit euch im Beachclub zu versacken. Ich verpisse mich. Meine Vespa wartet.« Auch den anderen war nicht danach, gemeinsam einen vergnüglichen Abend zu verbringen und so verabschiedeten sie sich. Nur Lisa und Sir Freddy blieben sitzen.

»Du gefällst mir heute nicht. Ich vermisse deine aristokratische Attitüde. So machst du dem Spitznamen keine Ehre.«

»Entschuldige. Ich habe mich gehen lassen. Aber wenn du richtig was auf die Fresse kriegst, fällt das Aufstehen schwer.«

»So schlimm?«

Sir Freddy nickte.

»Möchtest du darüber reden?«

Er schüttelte den Kopf. Sein leerer Blick starrte ins Nichts. Eine bedrückende Stille lag in der Nachmittagshitze über dem Asphalt. Lisa wollte grade aufstehen und sich verabschieden, als es aus Sir Freddy herausquoll: »Viel Geld ist in diesen Tagen den Bach herunter gegangen.«

Lisa grübelte, wie sie reagieren solle. Sie entschied sich für die humorvolle Variante. »Hamburger Zahnarzt, Praxis mit Elbblick in Blankenese. Das klingt eher nach Jackpot als nach Geldsorgen.«

Sie hatte erreicht, was sie wollte. Sein Lächeln kehrte zurück. »Du hast ja recht. In Anbetracht des Elends, was wir heute erlebt haben, jammere ich auf hohem Niveau.«

Jetzt war Lisas Neugier geweckt. Sie wollte alles wissen. »Börse?«

»Nee, nee. Immobilien.«

»Schuster bleib bei deinen Leisten.«

»Wir wurden betrogen.«

»Das kommt mir bekannt vor. Ist euch auch ein nasses Grundstück angedreht worden?«

»Nein. Alles war legal und professionell. Mit Freunden habe ich bei Port de Sóller Baugrund erworben, um dort eine Apartmentanlage zu errichten. Seriöse Rechtsanwälte, Architekten und Steuerberater haben die Abwicklung übernommen. Die Baugenehmigung liegt vor. Mit der Bebauung zögern wir seit zwei Jahren, weil wir auf den richtigen Zeitpunkt warten wollen. Aus heiterem Himmel hat die vorherige Regierung der Balearen die Gegend in eine Umweltzone umgewidmet, in der nur geringe Bebauung gestattet ist. Über Nacht ist unser Grundstück nur noch einen Bruchteil wert.«

»Darf die Regierung so etwas tun?«

»Nach Meinung unserer Berater darf sie das nicht. Uns bleibt nur der Rechtsweg, was ein langes und teures Verfahren mit ungewissem Ausgang bedeutet.«

»Kommt sowas häufiger vor?«

»Immer wieder mal. Ein Beispiel gefällig? Ein deutscher Promi-Makler hatte ein Grundstück erworben, das als Baugrund ausgewiesen war. Danach schritt urplötzlich die Regionalregierung ein und stufte das Gebiet als geschützt und nicht bebaubar ein. Der Makler ließ sich das nicht gefallen und klagte. Der oberste Gerichtshof in Spanien hat ihm über Sechzig Millionen Euro als Schadenersatz zugesprochen, weil das damalige Bauverbot unrechtmäßig verhängt wurde. Mit Zinsen über sechsundneunzig Millionen.«

»Eine wahnsinnige Summe für den Haushalt der Balearen. Diese Steuergelder werden doch an anderen Stellen fehlen. Wie viel Gutes könnte damit im Sozialbereich oder Wohnungsbau erreicht werden?« Lisa schäumte. »Wir haben doch soeben mitbekommen, wie etliche Inselbewohner im Schatten des Wohlstands hausen.« Sie schüttelte den Kopf. »Und das Kabinett verpulvert einen irrwitzigen Betrag.«

»Kommt auf Mallorca immer mal wieder vor. Des Öftern nach Wahlen, wenn die Regierung von links nach rechts oder andersrum wechselt. Dann übertreffen sich die Wahlsieger schon mal im radikalen Kurswechsel und erlassen Vorschriften, welche die Anordnungen ihrer Vorgänger ins Gegenteil verkehren. Dass daraus Jahre später Ansprüche gegen den Staat resultieren können, wird in Kauf genommen.«

»Die Zeche wird später bezahlt und nach etlichen Jahren wird es nicht gelingen, die damaligen Verantwortlichen am Schlafittchen zu packen. Das ist die Sauerei.«

»Ich hoffe, bei dir dauert es nicht so lange, bis es mit dem Bau losgeht.«

»Der Architekt führt bereits Gespräche mit der neuen Regierung, um ein langwieriges Gerichtsverfahren zu vermeiden. Dazu kontaktiert er die wichtigen Leute. Die, die hinter den Fassaden das Sagen haben.«

»Ich wünsche dir Glück.«

Die beiden letzten Tage waren heftig. Sam ist weicher, als seine harte Schale es vermuten lässt. Und während wir in ausgelassener Stimmung vereinbaren, dem Banker, Javier Martín und dem Notar auf die Pelle zu rücken, fährt der keine zehn Kilometer von uns entfernt gegen eine Felswand. Nele schüttelte den Kopf. Sie hatte sich nochmals alle Unterlagen vom Fußboden in Werners Arbeitszimmer vorgenommen, jedoch nichts Verwertbares entdeckt.

Nun ackerte sie den Laptop ihrer Schwester durch. *Entweder waren Doreens Kenntnisse der digitalen Welt beschränkt oder sie war äußerst geschickt vorgegangen, um Unberechtigte zu verwirren. Sie liebte es, Unterordner einzufügen und diese wiederum in anderen Unterordnern abzulegen.*

An den unmöglichsten Stellen entdeckte Nele auf Doreens Festplatte Dokumente und Notizen. *So ein Chaos habe ich noch nie gesehen, selbst bei meinen hinterlistigsten Klienten nicht.*

Plötzlich stutzte Nele. Eine Notiz war überschrieben: »Ich liebe Karat.« Sie wusste, dass das Gegenteil zutreffend war. Sie selbst war ein Fan einer der bekanntesten Bands der DDR. Immer noch war *Über sieben Brücken musst du gehn* eines ihrer Lieblingslieder. Doreen hingegen konnte weder mit dieser Rockmusik noch mit der des Klassenfeindes etwas anfangen. Ihre Vorliebe waren damals die schmachtenden Lockigen mit den weit aufgeknöpften Seidenhemden, dem schmalzigen Blick und den überdimensionalen Hemdenkragen.

Kann das ein Hinweis sein? Nele klappte den Laptop zu, lehnte sich zurück und summte ihr Lieblingslied. Wie eine kaputte Schallplatte begann sie das Lied immer wieder von vorn.

Ohne konkreten Anlass ging sie ins Wohnzimmer im Erdgeschoss. Über der edlen Musikanlage hing ein offenes Regal, in dem CDs akkurat aufgereiht waren. In einem Durchschnittshaushalt wäre dieses Aufbewahrungsmöbel von einem schwedischen Massenhersteller gefertigt worden. Nicht so bei Werner. Bei ihm hing Exquisites von einem italienischen Designer für den dreißigfachen Preis an der Wand.

Zwei Drittel waren mit der Sparte Klassik gefüllt, besondere Mitschnitte von einzigartigen Solisten, Dirigenten und Orchestern. Nele wusste, dass Werner keinen Bezug zur klassischen Musik hatte. Er hatte es für angebracht gehalten, sie zur Schau zu stellen.

Neles glitt über die CDs. Sie drehte den Kopf zur Seite, huschte mit dem Finger darüber und überflog die Titel. Außerhalb des Bereichs der klassischen Musik entdeckte sie einen bunten Mix. Plötzlich blieb ihr Finger hängen. *Das ist es. Karat!*

Sie öffnete die Plastikhülle und schob den Silberling in die Musikanlage. Nichts tat sich. Sie nahm die CD aus der Anlage, wischte sie ab und legte sie wieder ein. Als zum zweiten Mal keine Musik zu hören war, nahm sie die CD erneut heraus, griff sich eine andere aus dem Bereich Klassik und schob sie in die Musikanlage ein.

Nach wenigen Sekunden ertönte die Ouvertüre zu Beethovens Neunter aus den nicht sichtbaren Lautsprechern und füllte das riesige Wohnzimmer aus. Nele entfernte die CD aus der Musikanlage und legte erneut Karat ein. Wieder nichts.

Mit einem Runzeln auf der Stirn griff sich Nele den Silberling, eilte die Treppe in den ersten Stock hinauf, klappte Doreens Laptop in Werners Arbeitszimmer auf, schob Karat ins Laufwerk und wartete auf die Musik. Doch kein Ton ertönte. Dafür öffnete sich eine Datei, die Nele in Erstaunen versetzte. *Meine Schwester hat den Stick gefunden, den Inhalt auf die CD kopiert und sie geschickt versteckt. Wahrscheinlich hat sie den Stick anschließend entsorgt, denn ihr war klar, wie brisant dieser Fund war.*

KAPITEL 21
Einmal falsch abgebogen

Wie fast an jedem Sonntag stand der Bauunternehmer am
nächsten Vormittag inmitten seiner Freunde am Tresen der
Bar in Palmas Altstadt. Genauso wie deren Vorväter palaverten sie im mit dunklem Holz vertäfelten Traditionslokal
an der Rambla über Fußball, Politik, Klatsch und wie zufällig
in Zweiergesprächen über Geschäftliches. Sie pflegten dieses
Relikt, denn hier trafen sich die tradierten mallorquinischen
Familien, die Strippenzieher hinter den Fassaden. Einige
der Dynastien besaßen stattliche Immobilien und Hotelanlagen, andere Weingüter oder Reedereien. Die nie versiegende
Quelle ihres Erfolgs war seit Jahrzehnten der Tourismus. Ihre
Großväter waren erstmals in den fünfziger Jahren zusam-
mengekommen. Als Vorbild hatten sie sich an den *Socieda-
des Gastronómicas*, den legendären, ausschließlich Männern
vorbehaltenen, baskischen Kochclubs in der Altstadt von San
Sebastian orientiert. Diese seit dem Ende des 19. Jahrhunderts
bestehenden verschworenen Gemeinschaften, in denen Mit-
gliedschaften teilweise vererbt werden, gelten als traditions-
bewusst und pflegen die Männerbündelei.

Wie immer trugen die Granden gedeckte Anzüge und hellblaue
Hemden, selbstverständlich mit alten Manschettenknöpfen,
die schon der Großvater sonntags in dieser Bar trug. Wer bei
dem Frühschoppen dabei sein durfte, hatte es auf Mallorca
geschafft. Auch bei den Getränken hielten sie die Tradition
hoch. Fast alle tranken Wein von der Insel. In der Clique war
Bier am Sonntagvormittag verpönt. Erste Trinksprüche machten die Runde. Sie galten dem Wahlsieg ihrer konservativen
Partei in den letzten Regionalwahlen der Balearen. »Den Ver-

räter Sanchez mit seinen Salonlinken und Jungpionieren jagen wir in Madrid auch noch aus der Regierung.« wurde nicht gerufen, aber fast jedem spukte dieser Satz im Kopf herum.

Äußerlich war Javier nichts anzumerken. Er überspielte seine innere Unruhe wegen des Todes des Notars. Wie immer war er gesellig und zu Scherzen aufgelegt. An diesem Ort, in dieser Runde fühlte er sich geerdet.

Als sein Smartphone vibrierte, verflog sein Lächeln und er verschwand in den hinteren Teil der Bar. Auf der Toilette verriegelte er die Tür, schloss die Augen und atmete einige Mal tief durch. Dann las er die SMS. »Gehen Sie in die Carrer dels Angels.«

Javier steckte sein Smartphone ein, tupfte sich die Schweißperlen von der Stirn und verließ die Bar. Die grelle Sonne blendete ihn, als er die Rambla entlang schritt. Für die bunten Rosensträuße der Blumenstände im Schatten der Platanen hatte er keinen Blick. Zu sehr war er damit beschäftigt, sich auszumalen, was ihn erwartete. Nach zweihundert Metern bog er in eine Nebenstraße ab. Kurz danach zweigte ein schmaler Weg ab. Javier blieb kurz stehen, denn er konnte niemand erblicken. Langsam schritt er weiter. Als er die Hälfte der schattigen Gasse durchschritten hatte, bemerkte er die junge Frau mit den schwarzen Haaren im Torbogen. Wie immer trug sie eine abgewetzte, blaue Jeans und ein weißes T-Shirt. Mit einer Kopfbewegung forderte sie ihn auf, zu ihr zu kommen. Dort reichte sie ihm das Telefon. Diesmal mit einem Lächeln. »Bitte sehr.«

»Guten Tag, hier spricht Javier Martín.«

»Bitte entschuldigen Sie meine Störung. Sie können gleich zu ihren Freunden zurück. Es ist nur eine Kleinigkeit«, begann der Baske höflich. »Für mich war es eine Freude, als REAL und ich als Investor unser Arrangement besiegelt haben. Dass es anfangs zwischen uns etwas gerumpelt hat, kann passieren.«

»Wir haben einen Fehler gemacht.«

»Vergessen. Leider haben sich die Reihen bei REAL deutlich gelichtet. Der deutsche Bauträger hatte einen Badeunfall und der Notar verstarb vor drei Tagen bei einem tragischen Autounfall. Mein Beileid zum Tod Ihres Bekannten.«

»Vielen Dank.«

»Ich freue mich auf die weitere Zusammenarbeit mit Ihnen. Allerdings ist es unerlässlich, für die ehrgeizigen Projekte, die wir gemeinsam realisieren werden, einen Notar von der Insel mit ins Boot zu nehmen. Ich verlasse mich auf ihre Auswahl.«

»Ich werde für den richtigen Ersatz sorgen.«

»Bedenken Sie dabei, dass wir bald handlungsfähig sein müssen, sehr bald.«

»Das wird zügig erledigt.«

»Sie werden die richtige Entscheidung treffen, davon bin ich überzeugt. Entschuldigen Sie wegen der Dringlichkeit der Angelegenheit nochmals die Störung am heiligen Sonntag.«

Diesmal legte der Baske nicht gleich auf und Javier durfte sich mit einem »Ich wünsche Ihnen noch einen wundervollen Sonntag.« verabschieden.

Auf dem Rückweg zur Bar war Javier so in Gedanken versunken, dass er den freundlichen Gruß eines entfernten Verwandten, der den Weg kreuzte, nicht erwiderte. Kopfschüttelnd drehte sich der Großcousin um, denn Javier war für seine perfekten Umgangsformen berühmt.

Als er die Bar betrat, hatte der Frühschoppen den Höhepunkt erreicht. In Zweierreihen standen die Repräsentanten der altehrwürdigen mallorquinischen Gesellschaft vor dem Tresen. Fast jeder hielt ein Glas in der Hand und bemühte sich, die Lautstärke seines Nachbarn zu überbieten.

Während der leidenschaftlichen Diskussion über die aus ihrer Sicht unverdiente Niederlage von Real Mallorca im spanischen Pokalfinale Copa del Rey gegen Athletic Bilbao im letzten Jahr war Javier inmitten seiner Freunde nicht anzumerken, dass er sich unwohl fühlte. Er lachte, scherzte und schmiss eine Runde.

Der Banker, der in dieser Clique nur Marqués genannt wurde, gehörte auch zum erlauchten Kreis. Er trat an Javier heran, zupfte ihn am Ärmel und raunte ihm ins Ohr: »Lass uns in den Hof gehen.« Die beiden verließen die Bar durch die Hintertür.

»Was gibt's?« Javiers mürrisches Gesicht spiegelte seine Laune wider, als sie neben den miefenden Mülltonnen innehielten.

»Eine attraktive Schweizerin hat mich besucht.«

»Na toll.«

»Ich habe mich über sie erkundigt. Als mehrfache Witwe hat sie doppelt und dreifach geerbt, hinterher davon allerdings auch etliches in den Sand gesetzt. Sie will auf Mallorca Geld anlegen.«

»Eine neue Kundin. Na und?« Javier war nicht bei der Sache.

»Sie hat gezielt nach dem Projekt in Paguera gefragt und war bestens informiert. Woher wusste sie das?«

Javier zuckte mit den Schultern. »Frag sie doch.«

»Habe ich. Die ist mit allen Wassern gewaschen. Gibt nichts preis.«

»Zufall!« Javier verdrehte die Augen.

»Glaub ich nicht.«

»Ich habe andere Sorgen. Der Notar ist gerade mal drei Tage tot. Merkwürdiger Unfall. Jetzt erzähl ich dir mal was wirklich Wichtiges.« Um sich zu vergewissern, dass sie allein im Hof waren, schaute sich Javier um, trat dicht an den Kumpel heran, legte seinen Arm auf dessen Schulter und schilderte flüsternd die beiden Telefonate mit dem Basken. Am Ende fasste er zusammen: »Der Baske macht Druck.«

»Ich habe immer gesagt, dass wir in Paguera zu Potte kommen müssen, und zwar schnell, sehr schnell. Mach, was der Baske sagt. Ich brauche die Kohle, dringend.«

»Wieder mal verzockt? Was war es diesmal?«

»KI-Aktien.«

»Du solltest endlich mal in Immobilien vor der Haustür investieren! Folge dem weisen Rat unserer Großväter. Mit dem Betrieb einer Kneipe am Ballermann verdienst du gutes Geld, mit dem Vermieten des Lokals an den Wirt ein Vermögen.«

In diesem Moment öffnete einer der Freunde die Hoftür und rief: »Wo bleibt ihr denn?«

»Wir kommen.« Javier legte den Arm auf die Schulter seines Kumpels und die beiden gesellten sich wieder zur Clique.

Pünktlich um zwölf Uhr löste sich die Gesellschaft auf. In Grüppchen spazierten alle nach Hause. Auf der Plaza Major verabschiedete sich Javier von den zwei Freunden, die ihn begleitet hatten, und marschierte allein in Richtung Plaza de Quadrado. Nach wenigen Minuten erreichte er das Stadthaus mit der Fassade aus braunem Sandstein. Vor dem mit Eisenbeschlägen kunstvoll verzierten Holztor hielt er inne und atmete tief. Kraftlos drückte er das schwere Tor auf und trat durch einen Rundbogen ein, wo ihn ein immergrüner, kühler Patio erwartete. Das großzügige Wohnhaus wurde seit Generationen von der Familie bewohnt. Momentan waren viele Zimmer unbenutzt. Javier, seine Jugendliebe und Ehefrau Nuria, die betagte Mutter und Dolores, die Perle des Hauses, waren die einzigen Bewohner. Die Tochter lebte mit ihrem Ehemann und einem Enkelkind in Barcelona und der Sohn studierte in Madrid. Die Eltern hofften inständig, dass er nach dem Studium auf die Insel zurückkehren und in Javiers Unternehmen einsteigen würde.

»Pünktlich wie immer«, begrüßte ihn Nuria liebevoll mit einem Kuss. Der Geruch des einheimischen Kräuterlikörs entging ihr dabei nicht.

»Ist Großmutter bei der Arbeit?«

»Die zwei werkeln schon den ganzen Vormittag. Dolores hat einen Capón besorgt.«

»Der kastrierte Hahn wird gerne trocken.«

»Warte die Füllung ab. Außerdem wird er mit Speck umwickelt.«

»Ich habe kaum Hunger.«

»Ist dir etwas auf den Magen geschlagen? Etwa der Schnaps?«

»Nein, nein.« Javier wischte sich die Stirn und blickte auf das dunkle Parkett. Dann schaute er seiner Ehefrau in die Augen. »Ich brauche deinen Rat.«

Nuria musterte ihn. »Du schaust genauso aus wie beim Antrittsbesuch bei meinen Eltern. Mit großen Augen, unsicher und verängstigt. Lass uns nach oben in dein Arbeitszimmer gehen.«

Dort angekommen, druckste Javier herum und holte weit aus. Nuria ließ ihn ausreden und hörte zu. Nach weitläufiger Einführung kam ihr Ehemann zum Kern. »Vor einigen Jahren fing es im Immobiliengeschäft an, nicht mehr gut zu laufen.«

»Ich weiß. Du hast gesagt, dass man keine Baukräne mehr sieht.«

»Die Bolschewiken in der Balearenregierung hatten die Baugesetze drastisch verschärft.«

»Na, na. Es gab auch andere Gründe.«

»Deshalb sind der Marqués, der Notar und ich mit dem Deutschen ins Geschäft mit der Projektentwicklung eingestiegen.«

»Ich kenne REAL, auch Werner und Bianca.«

»Eines Tages trat Jeff Mendes, ein Amerikaner mit spanischen Wurzeln, an uns heran. Er war gerade als langjähriger Chef eines der größten globalen Tourismuskonzerne in Pension gegangen. Er hatte Investoren um sich geschart und suchte Projekte auf Mallorca. Für uns gab es nicht viel zu überlegen, denn wir hatten die lokale Expertise und er das Geld. Mit ihm konnten wir Immobilien in einer ganz anderen Liga realisieren. Für uns war das ein Sechser im Lotto.«

»Da konntet ihr nicht widerstehen.«

»Alles klang gut. Wir vier hätten so ein Projekt wie in Paguera allein nie stemmen können. Mit dem Kapital von Jeff konnten wir sofort loslegen. Es war perfekt.«

»Wahrscheinlich konntet ihr vor Testosteron kaum gehen.«

»So ähnlich.« Javier atmete durch. »Als die Verträge für Paguera unterzeichnet waren, lud Jeff uns ein. Er avisierte eine exklusive Überraschung.«

Nuria kniff die Augen zusammen. »Da bin ich gespannt.«

»In Palma gingen wir an Bord einer Sechzig-Meter-Yacht mit dem Heimathafen Georgetown, die vorher noch nie in balearischen Gewässern gesichtet worden war. Wir fuhren aufs Meer und die Party begann. Alles vom Feinsten. Als Höhepunkt sollte eine Zusatzvereinbarung unterzeichnet werden, welche die Gewinnverteilung zwischen uns manifestiert. Ganz knapp, nur eine Seite, mehr ein symbolischer Akt. Die Zweihundert-Euro-Champagnerflaschen lagen schon auf Eis. Plötzlich eröffnete uns Jeff, dass er nur als Statthalter für den wahren Investor, der im Moment den Raum betrat, handelte. Dieser Geldgeber, der augenscheinlich der Eigner der Megayacht war, begrüßte uns äußerst freundlich und erläuterte uns, dass er vollständig im Hintergrund bleiben und mit uns weitere Projekte abwickeln wolle.«

»Wer ist dieser Mann?«

»Ein Moment noch.«

»Aha«

»Egal. In diesem Moment kannst du nicht mehr zurück. Selbstverständlich haben wir unterschrieben. Wie gesagt, es war ein symbolischer Akt. Es gibt nur ein Exemplar davon. Wohl war mir bei der Unterschrift nicht. Ich fühlte mich vom Geldgeber überrumpelt.«

»Rück schon raus, wer ist es?«

»Sein bürgerlicher Name wird dir kaum etwas sagen. Man nennt ihn den Basken.«

Die Überraschung stand Nuria ins Gesicht geschrieben. »Das ist mal ne Hausnummer. Auf der einen Seite großes soziales Engagement, auf der anderen Seite munkelt man von zwielichtigen Quellen seines Vermögens.«

»Ich will es gar nicht wissen.«

»Wie ging es weiter?«

Javier stand auf, schlurfte wie ein Gebrechlicher die wenigen Schritte über knarrende Dielen zum Fenster, schaute in den Innenhof und fuhr fort: »Schlecht. Da ist noch etwas.«

»Nur raus damit. Leg alles auf den Tisch.«

»Eigentlich war REAL zu diesem Zeitpunkt schon beendet. Wir drei und Werner hatten uns zerstritten. Doch die Gelegenheit, nochmal groß einsteigen zu können, wollte sich keiner entgehen lassen. Deshalb wurde REAL fortgesetzt.«

»Weshalb hattet ihr euch zerstritten?«

»Wir hatten zwei Immobilien an einen Käufer verkauft. Ein Bauplatz war suboptimal.«

»Habt ihr etwa wieder versucht, einem Fremden ein nasses Grundstück anzudrehen?«

Javier schaute weiter nach draußen und nickte.

»Hat wohl nicht geklappt!«

Wieder nickte das Häufchen Elend.

»Wo ist das Problem? Dann hättet ihr das Grundstück halt zurückgenommen.«

»Haben wir auch. Doch der Käufer war ein Malteser mit russischem Hintergrund, der keinen Spaß verstand.«

»Seid ihr bekloppt, einem Russen mit haufenweise Geld ein unsauberes Grundstück zu verscherbeln.«

»Damals wussten wir doch nicht, wer kaufen würde.«

»Männer!« Nuria schlug die Hände vors Gesicht. »Ihr könnt den Hals nicht voll genug kriegen. Und dann?«

»Der Malteser war not amused. Hat uns die Pistole auf die Brust gesetzt und eine knackige Entschädigung verlangt.«

»Richtig so. Blödheit wird bestraft!«

»Hau nur drauf.«

»Ist doch wahr. Ihr habt bezahlt.«

»Na klar.« An dieser Stelle hielt es Javier für angebracht, seine Ehefrau nicht noch mit dem Streit zwischen Werner und den drei Mallorquinern wegen der Aufteilung des Verlustes zu belasten.

»Ich verstehe allerdings nicht, was diese Sache mit dem Basken zu tun hat?«

»Irgendwie hat der Baske von der Geschichte mit dem nassen Grundstück Wind bekommen. Er hat uns angerufen. Mir klingen seine Worte noch in den Ohren. ›Idioten! Anfänger! Dilettanten! Ihr habt versucht, einen, der weiß, wie's geht, zu bescheißen. Wenn wegen diesem Kleingeld irgendetwas schief läuft, seid ihr dran. Ich will seriöse Partner. Profis, die in der Champions League spielen, und keine Hütchenspieler, die alte Omas bescheißen und dabei an den Falschen geraten.‹ Das war deutlich.«

»Der hat euch zu Recht den Hosenboden versohlt.«

Javier drehte sich zu Nuria um. »Ich weiß. Eine Ansammlung von Pleiten, Pech und Pannen. Alles nicht gut, aber irgendwie erledigt. Sorgen bereitet mir das Gefühl, am Haken des Basken zu hängen.«

»Wie meinst du das?«

»Er hat mir heute Vormittag eine SMS zugeschickt. Der Baske wusste, wo ich bin.«

»Das ist keine Kunst. Jeder weiß, dass du dich am Sonntag vor der Kirche drückst und lieber mit deinen Kumpels rumhängst.«

»Ich werde aus ihm nicht schlau. Einmal lobt er dich und nächstes Mal erschreckst du vor seiner Kälte. Und dann sind da noch die drei Toten.«

»Zwei Unfälle und ein Selbstmord. So hast du es mir erzählt.«

»Merkwürdige Zufälle.«

Nuria lächelte Javier an. »Du siehst Gespenster. Wie oft hat mir der Notar bildhaft geschildert, welch brenzlige Situationen er mit dem Ferrari aufgrund seines außergewöhnlichen Fahrkönnens gemeistert habe. Jeder kannte die Übertreibungen. Wenn Alkohol und Überschätzung des Reaktionsvermögens auf kurvige Landstraßen und Starkregen treffen, kann das Ergebnis tragisch sein.«

»Mag sein. Trotzdem finde ich kaum Ruhe. Ich fühle mich, als wäre ich durch die Unterschrift auf der Yacht nur einmal falsch abgebogen und rase nun ohne Bremsen auf den Abgrund zu.«

»Hey, hey, so schlimm ist es nicht.« Nuria tat einen Schritt nach vorn. »Gegen dein Unwohlsein können wir was tun. Einerseits mit dem wundervollen Mittagessen von Großmutter und Dolores und andererseits mit der Gewissheit, dass du mir auch künftig alles erzählen kannst. Ich stehe stets auf deiner Seite und gemeinsam werden wir immer eine Lösung finden.«

Sie nahm ihren Ehemann in den Arm und flüsterte ihm ins Ohr: »Denke daran, dass an unserer Familie nichts hängen bleiben darf, hörst du, nicht der Hauch einer Schande.«

Javier kannte die Entschlossenheit seiner Ehefrau. Den letzten Satz hatte er nicht zum ersten Mal gehört. Ihm war klar, dass er alles tun musste, damit die Fassade keinen Kratzer abbekam.

KAPITEL 22
Zarte Gefühle

Schweigend saßen sie nebeneinander und schauten vom Fels-vorsprung in El Toro aufs Meer, wo Segelboote kreuzten und blankgeputzte Motoryachten ihr Sonntagsgewand zur Schau stellten. Sam hatte sofort zugestimmt, als Nele ihn angerufen und gebeten hatte, sie an den Ort, wo Doreen vor drei Wochen umgekommen war, zu begleiten. Er hatte Nele mit dem Geländewagen am späten Nachmittag abgeholt. Zur Trau-erbewältigung wollte er gerne seinen Beitrag leisten. Doch nun war er überfordert. Sein Hals war trocken und so sehr er auch überlegte, ihm fiel kein passender Satz zur Gesprächs-eröffnung ein. Als Letztes hatte er »Ich habe mich gefreut, dass du angerufen hast.« verworfen.

Nach einer Weile, die Sam wie eine schmerzhafte Ewigkeit vorkam, beendete Nele die Stille. »Das Paellaessen vor drei Tagen war klasse und hat mir gut getan. Deine Kochkünste und Gastfreundschaft haben mich von der Trauer abgelenkt. Du bewohnst ein bezauberndes Anwesen in herrlicher Land-schaft.«

»Das ist mir bewusst.«

»Eine Frage habe ich noch. Wieso hat es dich nach Mallorca gespült?«

»Als meine Entscheidung, die Navy zu verlassen, gefallen war, benötigte ich Abstand. Von Kameraden hatte ich gehört, dass ein ehemaliger Marineoffizier in Palmas Altstadt eine Kultbar betreibt. Die wollte ich mir ansehen.«

»Kultbar?«

»Texas Jack's war eine typisch amerikanische Kneipe mit Bier aus den USA, Country Music und dem vielleicht schärfsten Chili con Carne im Mittelmeerraum. Für mehrere Jahrzehnte war sie der Treff für amerikanische Marinesoldaten, deren Schiffe Palma damals regelmäßig ansteuerten. Dann brannte die Hütte. Zum Dank haben die Soldaten militärische Erinnerungsstücke an die Wände genagelt.«

»Welche?«

»Schwarz-Weiß-Fotos von Zerstörern und Flugzeugträgern, Flaggen, ihre Dienstabzeichen und Plakate. Die Decke war mit schwarzen Baseballcaps übersät, auf deren Vorderseite der Name der Kriegsschiffe in Goldbuchstaben geprägt war. Nach dem Ende des Vietnamkriegs kam es vor, dass ehemalige Soldaten nach Palma reisten, um ihre Orden an die Wand zu heften.«

»Krass«

»Du kannst es dir auf YouTube ansehen.«

»Das werde ich tun. Und, sah es tatsächlich so aus?«

»Leider existierte Texas Jack's nicht mehr, als ich es aufsuchen wollte. Schade. Dafür hat mich Mallorca in seinen Bann gezogen.«

»Womit?«

»Dem Klima, den abgeschiedenen Ecken der Insel, Palmas pulsierendem Leben, dem Licht, der Unerschütterlichkeit, die meine Finca ausstrahlt, und der Weltoffenheit Mallorcas.« Sam runzelte die Stirn. »Doch wie geht es dir?«

»Letzte Nacht habe ich kaum geschlafen. Zu viel ist gestern passiert.«

»Was?«

»Zuerst habe ich den Chef angerufen. Wegen der auf meinem Schreibtisch in der Leipziger Steuerfahndung liegen gebliebenen Arbeit habe ich ein schlechtes Gewissen. Seit Wochen habe ich eine groß angelegte Razzia vorbereitet. Nun war ich nicht dabei. Ich wollte wissen, ob sie erfolgreich war.« Neles Finger klopften auf den Tisch. »Mein Chef hat mich nur knapp informiert. Er hat mir dringend geraten, Urlaub zu nehmen und hierzubleiben. Wegen meiner Überstunden und der vielen Urlaubstage, die ich nicht genommen habe. Was versteht der denn schon? Wie soll das gehen? Ich kann doch jetzt nicht Ferien machen.«

»Das hat dein Chef anders gemeint.«

»Ich liebe meinen Beruf.«

»Das habe ich auch mal gedacht.«

Nele stutzte. Sie registrierte Sams traurigen Unterton. »Womöglich hat mein Chef Recht. Na ja, jetzt bleibe ich erstmal auf Mallorca. Der Mord an meiner Schwester muss aufgeklärt werden.«

Sam nickte.

»Ich habe mich gestern nochmals durch Doreens Unterlagen gewühlt und mich mit dem Logo beschäftigt. Nach langer Suche im Internet war ich erfolgreich und habe es identifiziert.«

»Das sagst du so nebenbei. Glückwunsch. Hilft es weiter?«

Nele schüttelte den Kopf. »Es ist das Erkennungszeichen eines spanischen Herstellers von edlem Papier. Über den habe ich recherchiert. Ich kann keine Verbindung zu Werner oder Doreen erkennen. Das bringt uns nicht weiter. Diese Spur können wir vergessen.«

»Schade. Es klang so vielversprechend.« Wie ein beruhigender Blues drückte Sams Bariton Mitgefühl aus.

Nele wischte ihre dunkelbraunen Haare aus dem Gesicht, strich ihr buntes Sommerkleid zurecht und drehte sich zu Sam. Die Pilotenbrille verhinderte, dass sie seine Augen erkennen konnte. »Dafür habe ich Brisantes entdeckt. Es kann der Schlüssel sein!« Nele beugte sich zu ihm. »Ich bin mir nicht sicher, ob ich dich und die anderen mit hineinziehe.«

Sams richtete den Oberkörper auf, nahm die Sonnenbrille ab und legte seine Hand auf Neles Unterarm. Ihm fiel ihr blasses Gesicht mit den Augenringen auf. Seine Stimme klang klar und kräftig. »Don't worry. Jeder hat das für sich zu entscheiden. Ich lasse dich in dieser Situation nicht allein. Schon gar nicht, wenn es gefährlich wird. Und was die anderen angeht, die sind alt genug. Sie haben vor drei Tagen bekräftigt, dass sie das durchziehen.«

»An diesem Ort wurde Doreen umgebracht. Das spüre ich. Ich finde den Mörder. Das bin ich meiner Schwester schuldig.«

»Ich bin dabei. Nun aber raus mit deinen Neuigkeiten.« Sam zog seine Hand zurück.

Aus Nele sprudelte es heraus. »Ich habe gefunden, wonach alle suchen.« Euphorisch schilderte sie, wie sie die CD am Vortag entdeckt hatte.

»Die Zusatzvereinbarung. Du hast sie gefunden?«

Nele schaute sich um. Weit und breit war niemand zu erkennen. Dann kramte sie ihr Handy aus der Handtasche hervor, suchte das Foto und hielt es Sam hin.

Mit zusammengekniffenen Augen versuchte Sam zu lesen. »Das Foto ist unscharf. Was steht drin?«

»Die Vereinbarung ist in Spanisch. Mit Google Translate habe ich es hinbekommen. Solche Absprachen kenne ich. Letztlich regelt sie die Gewinnverteilung zwischen dem Investor und REAL, bestehend aus dem Bauunternehmer Javier, dem Notar, dem Banker sowie Werner.«

»Mach's nicht so spannend.«

»Das Geld kommt vom Investor. Der trägt die Risiken der Investitionen und erhält den Löwenanteil vom Gewinn. Die anderen vier sind die Strohmänner, werden dafür üppig entlohnt und haben nichts zu melden. Der Investor tritt nicht nach außen auf, er bleibt diskret im Hintergrund.«

»Wer ist der Investor?«

»Da bringt uns die Zusatzvereinbarung nicht weiter. Es werden keine Namen genannt.« Nele schüttelte den Kopf. »Die beiden Parteien werden als REAL und der Investor bezeichnet.«

»Und die fünf Unterschriften?«

»Werners Signatur habe ich identifiziert. Sie kenne ich. Die anderen können alles heißen. Die vom Investor ist nur ein Kringel.«

»Shit. Wieder eine Sackgasse.« Sam ballte eine Faust.

Nele genoss den Augenblick. Sie lächelte. »Außer dem Foto war noch eine Notiz von meinem Schwager auf der CD. Darin hat er beschrieben, wie er das Foto geschossen hat.«

»Da bin ich gespannt.«

»Letztlich wurden Werner und seine drei Kumpane vom Investor überrumpelt. Nach der Unterschrift auf einer Megayacht in der Bucht von Palma begaben sich die fünf vom großen Salon auf das Achterdeck, wo Champagner und

Havanna-Zigarren gereicht wurden. Als es danach wieder in den Salon ging, war auf dem polierten Edelholztisch, auf dem vorher die Zusatzvereinbarung zurückgelassen worden war, bereits für das Abendessen eingedeckt. Offensichtlich hatte der Investor die Vereinbarung in der Zwischenzeit in Sicherheit bringen lassen.«

Sam knirschte mit den Fingern.

»Jetzt kommt's. Als die Vereinbarung unterschrieben war und sich alle nach draußen begaben, verabschiedete sich mein Schwager auf die Toilette. Auf dem Rückweg lag die Zusatzvereinbarung mutterseelenalleine auf dem runden Holztisch und Werner hat sie quasi im Vorbeigehen mit seinem Handy fotografiert. Noch bevor sie der Investor in Sicherheit gebracht hat.«

»Clever. Bringt uns aber nicht weiter.«

»Doch. In der Notiz, die mein Schwager über die seltsame Vertragsunterzeichnung angefertigt und mit dem Handyfoto der Zusatzvereinbarung auf der CD gespeichert hatte, spricht er im letzten Satz nicht mehr vom Investor, sondern nennt ihn den Basken.«

»Wow. Das ist mal was. Doch wer ist der Baske?«

»Wenig überraschend hat mich das nicht losgelassen. Deshalb habe ich letzte Nacht kaum geschlafen. Ich bin auf eine schillernde Figur aus dem Baskenland gestoßen. Mehr hat das Internet nicht hergegeben. Morgen zapfe ich meine Kontakte in Leipzig an. Dann weiß ich mehr.«

»Wir! Wir wissen dann mehr.«

»Na klar. Ist mir nur so rausgerutscht.«

»Keine Sololäufe mehr!«

»Verstanden. Allerdings war da schon ein Alleingang.« Kleinlaut beschrieb Nele, wie sie die letzten Ziele aus dem Navi ihrer Schwester abgefahren und dabei von einem weißen Seat verfolgt worden war. Mit ihrem unschuldigsten Lächeln bat sie Sam: »Eventuell kannst du dich bei deinem Polizeifreund nach dem Nummernschild erkundigen.«

»Gewiss. Ich werde Carlos ansprechen.« Seine Miene verfinsterte sich. »Wenn es zutrifft, dass du verfolgt wurdest, bekommt das Ganze eine andere Dimension. Du musst vorsichtiger sein. Keine Alleingänge mehr.«

»Damit sind wir bei meinem letzten Punkt.«

»Noch was?« Sam schob den, mit der an den Seiten leicht hochgedrückten Krempe, braunen Strohhut mit einem Zeigefinger aus seinem Gesicht.

»Igor hat mich angerufen. Du weißt schon, der maltesische Nachbar. Er hat mich zum Essen eingeladen. Soll ich hingehen?«

»Wo trefft ihr euch?«

»Nicht bei ihm. Zum Mittagessen im Restaurant in Palma.«

»Es spricht nichts dagegen. Allerdings werde ich morgen den ganzen Tag operieren. Wenn du mich in der Nähe haben willst, solltest du es verschieben.«

»Vielen Dank für dein Angebot und deine Hilfe. Ich gehe allein dorthin und werde vorsichtig sein. Ich gebe die trauernde Schwester. Mal sehen, was er von mir will. Schließlich steht er auf der Liste der Verdächtigen ganz oben.«

Beiden hatte das Gespräch gut getan. Nele fühlte sich geborgen. *Er versprüht Verlässlichkeit.* So fiel die Entscheidung leicht, den Nachmittag gemeinsam fortzusetzen und Essen zu gehen. Nele schlug ein bei Einheimischen beliebtes Strandlokal in der Nähe vor. Ihre Schwester hatte es gemocht es, Werner weniger.

Kurze Zeit später nahmen sie auf der Terrasse vom Restaurant El Toro Platz. Da das Mittagsgeschäft schon vorüber war, ergatterten sie einen der begehrten, am Wasser stehenden Tische. Das Lokal lag gegenüber der Hafeneinfahrt zum Port Adriano und war der komplette Gegenentwurf zu den mondänen Lokalitäten der dortigen Mittelmole mit ihren Möchtegern-Promis. Das El Toro war ein Gesamtkunstwerk aus bodenständiger Küche ohne Schnickschnack, hier und da abgeblätterter Ölfarbe an den Deckenbalken, sympathischer Bedienung, Stammkunden, zivilen Preisen und bombigem Ausblick. Sonntags kam der Koch bei den zahlreichen Paellabestellungen der Familientische damit kaum hinterher.

Die beiden hatten sich versprochen, am Tisch nicht mehr über Doreens Tod zu sprechen. Sam berichtete ausführlich vom vorherigen Gesundheitstag bei der Cáritas Española einschließlich Sir Freddy und Schlüssel-Dieter. Bei der zweiten Flasche vom vorzüglichen Hauswein gab Nele Geschichten aus der Kindheit mit ihrer Schwester zum Besten. So blieben sie länger, als gedacht und genossen die Leichtigkeit.

KAPITEL 23
Cooler Malteser

Voller Tatendrang saß Nele am nächsten Morgen im Bademantel mit einem Kaffeebecher in der Hand auf der Terrasse. Ganz gegen ihre Gewohnheiten nahm sie sich nach dem Aufstehen Zeit. Sie lehnte sich im Stuhl zurück und legte ihre Füße auf einem Hocker ab. Ihr Blick glitt über die Bougainvillea-Hecke zum Horizont und blieb an einem der Kunstwerke im Garten ihrer Nachbarin hängen. Einer dieser Schrotthaufen, wie Werner die Skulpturen bezeichnet hatte, zog ihre Aufmerksamkeit auf sich. Bisher hatte Nele die Metallskulptur als zwei nebeneinanderstehende Kugeln, die sich berührten und an der Unterseite abgeflacht waren, betrachtet. Nun fiel ihr auf, dass die Künstlerin große Teile der Oberfläche herausgeschnitten hatte. Deshalb sah sie nun einen liegenden Buchstaben B und sofort kreisten ihre Gedanken um das Logo. Nach kurzem Grübeln verwarf Nele die Idee, in dem verrostetem Kunstwerk einen Hinweis auf das Logo zu sehen.

Zum ersten Mal seit dem Tod ihrer Schwester war sie beschwingt in den Tag gestartet. Nele hatte ausgiebig geduscht, reichlich Zeit mit der Morgentoilette verbracht, sich auf dem Handy die Vorhersage für den heißen Sommertag angeschaut, zielsicher ein ärmelloses Kleid für das Rendezvous mit Igor auf dem Bett bereitgelegt und die passenden Ballerinas ausgewählt.

Nun ließ sie die Verabredung mit Sam am Vortag Revue passieren. Die Zweisamkeit hatte mehr losgetreten, als sie sich eingestehen wollte.

Kurz vor Neun griff Nele zum Telefon, legte es wieder zur Seite und überlegte. Sie grübelte, ob sie Bernie anrufen solle.

Vor vier Jahren war sie ihm auf einem Wochenendlehrgang im Erzgebirge das erste Mal begegnet. Um sich kennen zu lernen und Schwerpunkte einer Zusammenarbeit zu definieren, hatten sich dort sächsische Steuerfahnder und Kriminalbeamte getroffen. Als ein Resultat dieser dienstlichen Fortbildung war daraus eine heftige Romanze zwischen Nele und Bernie entstanden.

Für Nele war es mehr gewesen als eine Affäre. Doch nach wenigen glücklichen Wochen hatte sie akzeptieren müssen, dass Bernie verheiratet war, drei Kinder hatte und eine Geliebte suchte, die abrufbereit zur Verfügung stand. Daraufhin hatte Nele schmerzvoll die Konsequenzen gezogen und das Verhältnis beendet. Seitdem hatten die beiden nur noch einmal wegen eines dienstlichen Kontakts telefoniert.

Zittrig wählte sie seine Telefonnummer im Landeskriminalamt. Doch ihre Ängstlichkeit war unbegründet. Bernie war gut drauf, fast aufgekratzt, nachdem er Neles Stimme erkannt hatte. Er verhielt sich wie ein langjähriger Freund.

Nele gab vor, während dienstlicher Ermittlungen auf den Basken gestoßen zu sein und bat um Informationen auf dem kurzen Dienstweg. Bernie sagte sofort zu, seinen Kontaktmann bei Europol anzurufen und sich umgehend wieder zu melden. Nachdem Nele aufgelegt hatte, entglitt ihr ein tiefer Seufzer.

Kurze Zeit später telefonierte Nele mit Lisa, denn sie hatten sich mit Cleo am Nachmittag in einem Café in der Fußgängerzone Palmas mit anschließendem Shoppen verabredet. Nele spürte Vorfreude, denn sie hatte sich entschieden, bei der Auswahl der Klamotten dem Rat der beiden zu folgen. Lisa versprach, pünktlich zu erscheinen.

Verärgert saß Carlos in seinem Büro am Rechner. Sam hatte ihn am Morgen angerufen und gebeten, den Halter des weißen Seats zu ermitteln. Doch Carlos war in eine Sackgasse geraten. Der Wagen war auf eine Autoleasingfirma in Madrid zugelassen, die das Fahrzeug langfristig an einen Autoverleih in Barcelona vermietet hatte. Dort hatte man ihm mitgeteilt, dass der Seat in der fraglichen Zeit für einen Monat an einen Mieter ausgeliehen worden sei. Leider stellte Carlos bei seiner Recherche fest, dass weder die dort hinterlegte Adresse noch der Nutzer existent waren.

Doch damit gab er sich nicht zufrieden. Im Gegenteil, sein Jagdinstinkt war geweckt. Carlos erwischte Sam zwischen zwei Operationen in der Klinik, ließ sich von ihm das Foto schicken, das Nele von ihrem Verfolger gemacht hatte, und gab es in den Polizeicomputer ein. Treffer. Ein alter Bekannter mit zwei Pässen, einem weißrussischen Vater und einer spanischen Mutter, der als Beruf Privatermittler angab. Er war einmal auffällig geworden, als er vor drei Jahren wegen einer Körperverletzung in Marbella zu einer geringen Bewährungsstrafe verurteilt worden war. Bevor sich Carlos wieder seiner eigentlichen Arbeit zuwandte, rief er Sam an und teilte das Ergebnis mit.

Mit deutlich mehr Make-up als sonst bei ihr üblich bestieg Nele am Mittag vor dem Haus ihrer Schwester ein Taxi. Während der Fahrt schaute sie sich mehrmals um. Doch sie entdeckte kein Auto, das als Verfolger infrage gekommen wäre. An der Plaza España ließ sie sich absetzen, um den restlichen Weg zum Boutiquehotel in der Altstadt zu Fuß zurückzulegen. Unterwegs rief Sam an und teilte ihr mit, was Carlos berichtet hatte.

*Ein weißrussischer Schnüffler verfolgt mich also. Ob Igor da-
hintersteckt?* Gedankenversunken bahnte sich Nele ihren Weg
durch die schmale Fußgängerzone und sprühte Parfüm nach.
Für die Sonderangebote des Ausverkaufs hatte sie keinen
Blick.

»Sie sehen bezaubernd aus. Ich freue mich, dass Sie Zeit für
einen Lunch gefunden haben.« Auf der Dachterrasse stand der
blendend aussehende Endvierziger im hellgrauen Sommeranzug mit geöffnetem Hemd und dezentem Einstecktuch vor
Nele. Igor streckte seine Hand aus. Er hatte das angesagteste
Rooftop Restaurant Palmas ausgesucht. Auf neun Tische
kamen sechs fesche Kellner, alle mit blondem Undercut, die
mit der Dringlichkeit von Ambulanzärzten über die Terrasse
eilten. Der Durchtrainierte, der Nele an den Tisch gebracht
hatte, rückte ihren Stuhl zurecht.

»Im Sommer bevorzuge ich dieses Restaurant. Soeben haben
wir die 35-Grad-Marke geknackt. Hier sitzt man bei leichter
Brise im Schatten über den Dächern und es gibt Ecken, wo
man ungestört ist. Darf ich Ihnen einen Aperitif anbieten?«

*Diesmal versucht er die Nummer mit seinem Russisch nicht
mehr bei mir. Im Gegenteil, in seinem Englisch versteckt er
den russischen Akzent.* »Nein danke. Mit einem Wasser bin
ich zufrieden.«

Nele warf einen Blick auf die Speisekarte. *Sie sieht anders aus
als die von gestern Nachmittag am Strand in El Toro. Auch die
Preise. Hier wimmelt es von Nachhaltigkeit, Regionalität und
fair gehandelten Produkten.*

»Darf ich Ihnen etwas empfehlen?«

»Sehr gerne.«

»Die Bowls sind erstklassig.«

»Als das gleiche früher auf einem Teller serviert wurde, hat es keiner angerührt. Jetzt sind alle nach Bowls verrückt.«

Igor schmunzelte.

»Ich nehme den Kabeljau mit Tomatenmarmelade.« *Zuhause hat er wahrscheinlich schon etliche Widersacher im untersten Schacht seiner Mine entsorgt und auf Mallorca ist Achtsamkeit sein Lebensprinzip.*

»Der Bacalao ist exzellent. Dazu nehmen wir einen Albariño.« Danach kondolierte Igor nochmals, bot Hilfe an und erkundigte sich intensiv nach Neles Wohlbefinden. Außer, dass er seinen Vater vor zwölf Jahren bei einem tragischen Unfall verloren habe und ihren Schmerz daher mitfühlen könne, gab er von sich nichts preis.

Wie bei der ersten Begegnung fiel Nele auf, dass Igor ihre Schwester Doreen nannte, obwohl sie jeder auf der Insel nur als Bianca kannte. Nele hielt es für angebracht, ihren charmanten Gastgeber noch nicht mit dieser Tatsache zu konfrontieren.

Trotz ihrer Anspannung genoss Nele den Fisch. Das beste Stück vom Kabeljau war auf der Oberseite mit einem Tomaten-Chutney bedeckt worden, dessen milde Currynote fabelhaft mit der Süße der Tomate harmonierte. Wie nebenbei kam Igor beim Essen auf Doreens Tod zu sprechen. »Hat die Polizei den tragischen Tod ihrer Schwester abgeschlossen?«

»Gewiss. Ein Untersuchungsrichter hat das Ergebnis der Policia Nacional bestätigt. Selbstmord.«

»Zweifeln sie immer noch?«

»Mehr denn je.«

»Sie müssen es akzeptieren. Sonst frisst es Sie auf.«

Jetzt nicht. Mein rechtes Auge wird jetzt nicht zucken. Das kolossale Mannsbild überfährt mich kein zweites Mal. Ich bleibe souverän und gehe in die Offensive. Nele suchte den Augenkontakt. »Ich arbeite dran. Jedoch passieren merkwürdige Dinge.«

»Was meinen Sie damit?«

Nele kramte ihr Repertoire hervor. Wenn sie vorbereitet war, beherrschte sie in Vernehmungen die ganze Bandbreite, von einfühlsam bis knallhart. In diesem Moment kam es für sie drauf an, gelangweilt zu wirken. »Vor ein paar Tagen hatte ich in Palma einiges zu erledigen. Dabei fiel mir ein weißer Seat auf, der mich verfolgte.«

»Das haben sie sich eingebildet.«

»Sicherlich nicht.« *Das muss sitzen.* »Ein weißrussischer Schnüffelhund hatte meine Fährte aufgenommen.« Nele fixierte Igor. Doch sie konnte partout keine auffällige Reaktion feststellen, kein Augenlid zuckte bei ihm.

»Wahrscheinlich hat das nichts zu sagen.« Igor lächelte die Situation weg. »Möchten Sie ein Dessert?«

»Nein danke. Als Nachtisch nehme ich noch einen Schluck Wein.«

Igor schenkte nicht selber ein. Vielmehr reichte sein Blickkontakt zum Kellner, der sofort herbeieilte und nachschenkte. Doreens Nachbar hob das Glas und stieß mit Nele an. »Die Umstände, unter denen wir uns kennengelernt haben, sind sehr, sehr traurig. Ich vermag Ihren Schmerz über den Tod der geliebten Schwester nur zu erahnen.«

Nele nickte.

»Wo haben Sie so exzellent Englisch gelernt?«

Nele verschwieg das Jahr, das sie nach dem Abi zwecks Sprachunterricht in England verbracht hatte. »In der Schule halt.«

»Ich versichere Ihnen, dass es mir eine Freude ist, sie kennengelernt zu haben und als künftige Nachbarin an meiner Seite zu wissen.«

Dem Süßholzraspler fahre ich gleich in die Parade. »Naja, als Nachbarin scheint Ihnen nicht allzu viel an mir zu liegen. Täusche ich mich, oder hatten Sie mir nicht ein Kaufangebot für das Haus unterbreitet?«

»Dazu stehe ich immer noch. Das gilt aber nur für den Fall, dass Sie sich entscheiden, die Immobilie zu veräußern. Dann, und nur dann, wäre es mir eine große Freude Ihnen ein großzügiges Angebot zu unterbreiten. Wie gesagt, es wäre mir wesentlich lieber, mit Ihnen Tür an Tür zu wohnen, als Ihr Grundstück zu erwerben.«

»Wieso sind Sie an dem Anwesen interessiert?«

»Mehr und mehr Familienmitglieder und Geschäftspartner möchten mich auf Mallorca besuchen. Ihr Haus würde sich als Dependance anbieten, für Gäste und Personal. Sogar im Winter.« Igor schmunzelte.

»Das ist verständlich. Hier ist es im Januar fast fünfundzwanzig Grad wärmer als in Stockholm oder Jekaterinburg.« In diesem Moment meinte Nele, in seinem Gesicht eine Reaktion bemerkt zu haben. *Er soll nur wissen, dass ich mich über ihn erkundigt habe.*

»So weit ist es ja noch nicht. Ich dränge Sie zu nichts. Ich bin jederzeit für Sie da.«

»Das weiß ich zu schätzen und ich danke Ihnen für die heutige Einladung, Ihr Mitgefühl und das großzügige Angebot.«

»Jederzeit gerne. Darf ich Sie nach Hause bringen oder irgendwo absetzen? Mein Fahrer wartet in der Nähe.«

»Ich würde ihr komfortables Angebot gerne annehmen. Jedoch bin ich mit zwei Freundinnen verabredet und bleibe in Palma.«

Vor dem Hotel schlug Nele den Weg zum Café ein, wo sie mit Cleo und Lisa verabredet war. Auf dem Weg dorthin verarbeitete sie den Lunch und schaltete ihr Handy ein. *Seinen Spitzenplatz auf meiner Liste der Mordkandidaten hat er souverän verteidigt. Diesen Stier muss man an den Hörnern packen und durch die Luft wirbeln.*

Als Erstes tauchte auf ihrem Smartphone eine Nachricht von Lisa auf. In ihrer eigenen Art brachte sie es auf den Punkt. »Shoppen gecancelt. Feuer unterm Dach bei Cleo und Ben.«

Mist. Was soll ich jetzt in Palma? Ich fahre zurück. Ich hätte das Angebot vom Malteser annehmen sollen und wäre geschmeidig im Bentley mit wohlriechendem Leder nach Hause chauffiert worden. Missmutig stiefelte Nele zur nächsten Hauptstraße, winkte sich ein Taxi herbei und rumpelte in einem versifften Skoda nach Son Vida.

Während der Fahrt meldete sich der Ex-Lover und Kripobeamte Bernie bei Nele und berichtete, was seine Recherche ergeben hatte. Danach handelte es sich bei dem Basken um eine zwielichtige Figur, der die Öffentlichkeit mied. Für einige war er ein Krimineller, der sein Immobilienimperium auf dubiose Weise erschaffen hatte. Für andere, insbesondere im spanischen Norden, hatte er mit seinen großzügigen Förderungen eines baskischen Fußballklubs und des Museums in Bilbao sowie dem sozialen Engagement das Zeug zu einem Volkshelden. Die Scharmützel mit den spanischen Strafverfolgungsbehörden endeten nach intensiven juristischen Auseinandersetzungen stets mit der Einstellung der Verfahren. Allerdings befand sich der Name des Basken wegen des Verdachts der Geldwäsche auf einer Watchlist von Europol.

Nele bedankte sich für die prompte Reaktion, was Bernie mit einer Essenseinladung quittierte, die sie diplomatisch ausschlug.

KAPITEL 24
Der Einbruch

Bens Morgen war mit renitenten Patienten, Baulärm von der Straße und einem Blick auf sein Bankkonto unerfreulich verlaufen. Gerade als er seine eigenwillige Dienstuniform abgelegt und es sich auf der Luftmatratze im Pool für eine kurze Pause bequem gemacht hatte, war die Luft mit einem lauten Knall aus dem Plastikteil entwichen. Als Cleo dies mit einem spitzen Kommentar zur Überladung der Matratze kommentiert hatte, war Bens üble Laune wie ein Korken aus der Champagnerflasche herausgeschleudert worden und hatte ein hitziges Streitgespräch zwischen den beiden entfacht. Danach hatte sich Cleo schmollend zurückgezogen und das Treffen mit Lisa und Nele abgesagt.

Zwei Stunden später lag zwar noch immer Rauch in der Luft, doch die beiden brachten es fertig, dem anderen wieder zuzuhören. Das Feuer war gelöscht, hatte jedoch ihre Konflikte offengelegt. Cleo offenbarte, dass sie sich langweilte und nach Inhalten suchte. Erstmals überwand sich Ben, vertraute sich jemanden an und gestand ein, dass ihm seine finanzielle Situation zu schaffen machte. Gemeinsam kamen sie einer Lösung näher. Beide hielten die Idee, nach einem Job für Cleo Ausschau zu halten, für genial.

Angesichts des schmutzigen Taxis entlohnte Nele den Chauffeur ohne Trinkgeld und stieg aus dem schäbigen Skoda.

Sie schloss die Tür zur Villa auf, stellte ihre Handtasche in der Garderobe ab und betrachtete ihr Gesicht im Spiegel. Dabei meinte sie, ein Knarren im ersten Stock wahrgenommen zu haben und hielt kurz inne. Als sie kein weiteres Geräusch hörte, zog sie ihre hochhackigen Schuhe aus und schlich barfuß durch den Flur in Richtung Salon.

Schlagartig verharrte Nele an der Marmortreppe, die in den ersten Stock führte, als sie im Wohnzimmer die einen halben Meter weit geöffnete Schiebetür zur Terrasse bemerkte. In diesem Moment sprang der Eindringling die Treppe hinunter und schubste Nele rabiat zur Seite. Sie versuchte, sich mit den Händen abzustützen, fiel jedoch gegen eine Wand und dann zu Boden. Der Einbrecher rannte durch das Wohnzimmer, riss die Gardine zur Seite, hetzte durch den Garten, sprang über den Zaun und entkam zwischen den Schrotthaufen der Nachbarin.

»Sind Sie sicher, dass sie nicht ins Krankenhaus gebracht werden wollen?«

Nele lag unterm Sonnenschirm auf der Designerliege. Um ihre rechte Hand hatte sie ein Handtuch gebunden, in dem Eiswürfel für Kühlung sorgten. »Nein. Mir ist nichts passiert. Mit der Hand bin ich an der Wand abgerutscht, als ich versucht habe, mich abzustützen.«

»Und sonst? Tut es woanders weh? Sind sie auf den Kopf gefallen?«

Nele verneinte.

Mit seinen Nikotinfingern zog der Hagere einen angekauten Bleistift aus dem Leinensakko und machte sich in einem zerknitterten Notizbüchlein Notizen. »Meine Kollegen haben das Haus und den Garten durchsucht. Verwertbare Spuren haben sie nicht gefunden. Auch nicht an den Scheiben. Wahrscheinlich trug der Eindringling Handschuhe.«

»Vielleicht«

»Konnten Sie den Einbrecher erkennen?«

Nele schüttelte den Kopf.

»Was hatte er an?«

Sie überlegte. »Er trug einen dunklen Trainingsanzug und Turnschuhe. Über dem Gesicht hatte er eine schwarze Skimaske.«

»Größe?«

»Kann ich nicht sagen.«

»Figur? Geschlecht?«

Nele zuckte mit den Schultern.

»Hautfarbe? Haarfarbe?«

»Es ging so schnell.«

»Bilder, Schmuck, Geld. Sie haben den Kollegen gesagt, dass nichts fehlen würde.«

»Ich bin einmal durchs Haus gegangen und habe grob geschaut. Auf den ersten Blick ist alles da. In diesem Haus kenne ich mich aber nicht aus.«

»Wenn Ihnen später auffällt, dass Sachen gestohlen wurden, schicken Sie mir bitte eine Mail.«

»Mache ich.«

»Offenkundig Beschaffungskriminalität. Kommt in Son Vida schon mal vor.«

»Am helllichten Tag?«

»Gerade dann, wenn die Besitzer beim Golfen, Shoppen, Lunchen oder auf ihrer Yacht da draußen sind.« Der Hagere zeigte zu einem der weißen Punkte auf dem Meer.

185

»Die Alarmanlage! Sie ist nicht losgegangen!«

»Das kommt immer wieder vor. Genauso wie andersrum. Die Kollegen werden alarmiert, fahren hin und nichts ist passiert. Diese verdammte Elektronik.«

»Alles sehr merkwürdig.«

»Ich fasse zusammen.« Mit ernstem Gesicht überflog Comandante Miguel López seine Notizen. »Nach erster Durchsicht fehlt im Haus nichts. Außer einem Trainingsanzug, Turnschuhen und einer Maske können Sie keine Angaben zum Täter machen. Das ist nicht viel.«

»Leider. Was unternehmen Sie jetzt?«

Gelangweilt zündete sich der Hagere eine Filterlose an. Während er sprach, atmete er den Rauch aus. »Erwarten Sie keine Ringfahndung nebst Flughafenüberwachung.«

Nele presste die Lippen zusammen und erkannte sich nicht wieder: »Von Ihnen sowieso nicht!«

Der Hagere blickte Nele missmutig an, blieb aber ruhig.

Einmal in Fahrt, legte Nele nach. »Wie beim Mord an meiner Schwester. Der wurde blitzartig als Selbstmord abgetan.«

»Ein unabhängiger Untersuchungsrichter hat den Tod ihrer Schwester als Suizid eingestuft. Damit ist der Fall abgeschlossen. Ich erlebe immer wieder, dass nahe Angehörige Selbstmorde selten akzeptieren können.«

»Besonders wenn Indizien dagegen sprechen!«

»Das ist Ihre Auffassung.«

»Und in diesem Fall soll Beschaffungskriminalität vorliegen? Sieht es an derartigen Tatorten nicht anders aus? Durchwühlte

Schränke. Betten und Kleidung auf den Fußböden. Herausgerissene Schubladen.«

»Nicht immer.«

»Und hier? Alles ordentlich, als ob niemand bemerken sollte, dass ein Einbruch stattgefunden habe. Können Sie sich vorstellen, dass der Eindringling gezielt nach etwas gesucht hat?«

Der Hagere ließ sich nicht aus der Reserve locken. »Wahrscheinlich hatte er gerade erst angefangen, als Sie ihn überrascht haben.«

»Übrigens, Sie sind eine Dreiviertelstunde nach ihren Kollegen eingetroffen. Ist es auf Mallorca üblich, dass sich der Leiter der Mordkommission persönlich einschaltet, wenn ein Einbruch vermutet wird, weil ein Junkie über den Zaun springt und ein Haus durchwühlt?«

»Ich hatte in der Nähe zu tun, als ich im Polizeifunk vom Einbruch gehört habe. Bei uns packt jeder mit an.«

Nachdem der Hagere mit seinen beiden uniformierten Kollegen verschwunden war, vergewisserte sich Nele, dass alle Türen und Fenster im Erdgeschoss geschlossen und verriegelt waren. Die Eingangstür schloss sie zweimal ab und ließ den Schlüssel stecken. Im Untergeschoß überprüfte sie ebenfalls die Fenster zu den Lichtschächten, obwohl Werner vor jedem dieser Kellerfenster ein stabiles Eisengitter hatte anbringen lassen. Auch die Durchgangstür zur Garage schloss sie zweimal ab und ließ den Schlüssel von innen stecken.

Danach vergewisserte sich Nele im Obergeschoss, dass alle Balkontüren und Fenster geschlossen waren. In Doreens Badezimmer setzte sie sich auf den Rand der freistehenden

Badewanne, seufzte, schluckte eine Kopfschmerztablette, die sie in einer gut sortierten Schublade voller Medikamente und Alltagshelfer gefunden hatte, und starrte mit leerem Blick in den Wandspiegel. Was sie dort erblickte, gefiel ihr nicht.

Mit schweren Schritten schlurfte Nele in das Gästezimmer und schloss die Tür hinter sich. Vom großzügigen Doppelbett hatte sie jeden Morgen den Blick über die anderen Grundstücke auf das Meer genossen. Doch in diesem Moment war es ihr zu grell. Sie ließ die elektrischen Jalousien bis auf einen Spalt herunter, kuschelte sich auf dem roten Sofa, das in der Ecke stand, unter einer Kaschmirdecke ein und schloss die Augen.

Eine Stunde später saßen sich Sam und Ben in der Bar, die auf der anderen Straßenseite der Klinik lag, gegenüber. Vor allem nach Feierabend war die Eckkneipe ein beliebter Treffpunkt im Quartier und entsprechend voll. Ben hatte seinen Freund angerufen, weil ihm nach Quatschen zumute war. Er schilderte nicht nur den Streit mit Cleo, der ihn sichtlich aufwühlte, sondern holte weit aus. Sam hörte geduldig zu und gab erst Ratschläge, als er fühlte, dass Ben alles losgeworden war. »In den letzten Wochen hast du mich überrascht. Du hast dich verändert. Schau nicht so skeptisch. Positiv verändert.«

»Konkret?«

»Du bist ernster geworden und ich habe das Gefühl, das hat mit Cleo zu tun. Gerade hast du es bestätigt.«

»Anfangs wollte ich es nicht wahrhaben. Sie bedeutet mir eine Menge. Ich erkenne mich nicht wieder. Der Haussegen hängt schief und ich leide darunter.«

»Das spürt man. Deshalb ist dir der Streit so nahe gegangen.« Sam beschrieb die Kleinigkeiten, die ihm in letzter Zeit aufgefallen waren, und gab Ratschläge. »Cleo darfst du keinesfalls unterschätzen. Sie sucht noch. Lass ihr Zeit. Unterstütze sie.«

»Sie sagt, sie langweile sich.«

»Da habe ich genau das Richtige für Cleo. Gegenüber, in meiner Klinik, wird für den Bereich Beauty eine attraktive Empfangsdame mit Köpfchen gesucht, die Spanisch, Englisch und Deutsch spricht. Die Kandidatin ist für die Terminkoordination verantwortlich und nebenbei die Visitenkarte dieses Bereichs. Dafür gibt es tipptopp Bezahlung bei zwanzig Wochenstunden.«

»Klingt verlockend. Das gebe ich weiter.«

»Sie wäre finanziell nicht mehr von dir abhängig und eurer Haushaltskasse tut's gut.«

In diesem Moment klingelte Bens Smartphone und Cleo berichtete über den Einbruch: »Nele hat angerufen und die Neuigkeit überbracht.«

Nachdem Ben aufgelegt hatte, stand ihnen die Fassungslosigkeit im Gesicht. »Shit. This is a red flag. We have to care.« In seiner Erregung verfiel Sam ins Englische.

Aufgeregt diskutierten sie, was zu veranlassen sei. Schließlich entschieden sie, dass sich Ben zu Hause um Cleo kümmern und Sam sich sofort zu Nele aufmachen solle.

Kurz darauf donnerte Sam mit seinem Geländewagen in Richtung Son Vida, wobei er pausenlos telefonierte.

Mit quietschenden Bremsen stoppte er vor dem Doppelhaus, stürmte die Stufen zur rechten Eingangstür hinauf und klingelte nachdrücklich. Es dauerte eine Weile, bis er vernahm, wie das Schloss zweimal aufgeschlossen wurde und sich die Tür einen Spalt öffnete. Augenblicke später standen sie sich im Flur gegenüber und Sam breitete seine Arme aus. Dankbar nahm Nele diese Einladung an und schlüpfte in die warme Umarmung. Während die Köpfe aneinander lehnten und sich ihre Körper anschmiegten, verharrten sie wortlos. Keinem war nach Sprechen zumute. Jeder genoss den Moment.

Im Wohnzimmer kümmerte sich Sam fürsorglich um Nele. Akribisch untersuchte er ihre Hand, versorgte die Schürfwunde und kühlte das Handgelenk. In Werners Barschrank war Sam fündig geworden und hatte für jeden einen dreißig Jahre alten Rum eingeschenkt. Vorher hatte er Nele einen Tee zubereitet.

Sam bedrängte Nele nicht. Er ließ sie so viel preisgeben, wie ihr gut tat. Er bohrte nicht nach. Genauso, wie er als Soldat nach blutigen Gefechten zivilen Opfern geholfen hatte.

Je mehr Nele los wurde, desto lockerer wurde sie. Den Lunch mit Igor beschrieb sie in kräftigen Farben und über die Taxifahrt im schäbigen Skoda statt im dahingleitenden Bentley lachte sie. Während ihrer Schilderung des Einbruchs wurde sie zwar ernster, änderte ihren Tonfall jedoch nicht. Sam hörte heraus, dass sie Distanz zu dem Geschehenen gewonnen hatte.

Als es sich um die Bewertung des Einbruchs und des überraschenden Auftauchens des Hageren am Tatort drehte, waren sie sich einig. Beide Sachverhalte stuften sie nicht als zufällig ein.

Je mehr die zwei darüber diskutierten, desto intensiver zweifelten sie an Doreens Selbstmord. Schließlich legte Sam einen weiteren Mosaikstein auf den Tisch. »Die Zusatzvereinbarung geht mir nicht aus dem Kopf. Irgendetwas stimmt nicht.«

»Was meinst du damit?«

»Gestern hast du erzählt, dass die Vereinbarung auf dem Schiff in der Bucht von Palma von allen fünf nur einmal unterschrieben und hinterher vom Basken eingesammelt wurde.«

Nele nickte.

»Folglich gibt es nur ein Original, das sich höchstwahrscheinlich im Besitz des Basken befindet.«

Wieder stimmte Nele zu.

»Versuche, dich daran zu erinnern, was der Bauunternehmer Javier beim Abendessen im Celler Sa Premsa zu dir gesagt hat.«

»Dass er die Grundstücksurkunde nebst einer Zusatzvereinbarung benötige.«

»Genauer«, zischte Sam im Befehlston.

Nele starrte ihn entgeistert an. So kannte sie ihn nicht.

Sam hatte verstanden und sein Bariton, der beruhigende Blues, kam wieder zum Vorschein. »Genauer, bitte. Es ist wichtig.« Gefühlvoll legte er seine Hände auf ihre.

»Ich habe ihn gefragt, wofür er die Unterlagen benötige. Als Belangloses für die Buchhaltung hat er es bezeichnet.«

»Gut. Aber was genau hat er gesagt? Wollte er das Original der Grundstücksurkunde?«

»Ja. Das Original.«

»Und wie hat er die Zusatzvereinbarung genannt?«

Mit leerem Blick stierte Nele auf die Wand. Sam wartete ab. Dann quoll es aus ihr hervor: »Nach dem Notartermin hätten sie eine Zusatzvereinbarung unterschrieben, von der Werner auch eine erhalten habe. Die sollte ich finden.«

Sam ließ Neles Hände los und streckte seine nach oben. »Exakt. So hast du es mir auch letzte Woche erzählt.«

Nele verstand nichts. Doch sie spürte Sams unbändigen Willen und einen Elan, den sie ihm nicht zugetraut hatte.

»Javier hat dich gebeten, ihm die Zusatzvereinbarung auszuhändigen.«

Nele schaute skeptisch. »Ja. Worauf willst du hinaus?«

»Anscheinend hatte der Baske die Feier zur Unterzeichnung minutiös geplant. Von der beeindruckenden Yacht bis zum Zweihundert-Euro-Schampus. Er wollte Macht demonstrieren und sie mit der Unterzeichnung der Vereinbarung manifestieren. Wie eine Blutsbrüderschaft unter Männern. Und ehe sich die anderen vier versehen hatten, war das Original der Vereinbarung verschwunden. Es gibt nur ein Exemplar davon!«

»Wow. Das habe ich übersehen.«

Sam genoss den Moment und schmunzelte. »Gern geschehen.«

»Doch warum hat er mich explizit danach gefragt?«

»Dafür gibt es zwei vorstellbare Begründungen. Beide führen zu Werner. Möglichkeit eins, jemand hat ihn beim Fotografieren beobachtet und wusste deshalb, dass Werner im Besitz eines Fotos der Vereinbarung war.«

»Deinem Tonfall entnehme ich, dass du daran nicht glaubst. Warum nicht?«

»Wenn es jemand gesehen und dem Basken gesteckt hätte, hätte der nicht wochenlang gewartet, um sich dann dafür zu interessieren. Der Baske hätte die Brisanz sofort erkannt und umgehend gehandelt. Für Werner wäre es auf der Stelle äußerst ungemütlich geworden und er hätte es später in seiner Notiz über die Feier und das Fotografieren erwähnt.«

»Die andere Alternative?«

»Nicht angenehmer. Niemand hat bemerkt, wie Werner das Foto geschossen hatte. Er hat den Wert der Vereinbarung erkannt und sie mit der Notiz zusammen versteckt. Womöglich wollte er diesen Trumpf noch in der Hinterhand behalten.«

Nele spürte, wie sich ihr Puls beschleunigte. Ihr Hals war trocken. Mit sorgenvollem Blick sah sie in Sams wache Augen. »Ich habe nichts gefunden, was darauf hindeutet.«

»Ich vermute, durch seinen plötzlichen Tod kam es nicht mehr dazu.«

»Sondern?«

»Ab hier fängt die Spekulation an. Die Einzige, die dieses Geheimnis kannte, war deine Schwester.«

Nele riss die Augen auf. »Doreen?«

»Wollte sie diesen Trumpf zu Geld machen?«

Nele atmete tief. »Mir ist etwas aufgefallen. Bei den Bankkonten. Sowas schaue ich mir immer an. Berufskrankheit. Die zwei waren knapp bei Kasse. Das hat mich überrascht. Ich kannte Werners aufwändigen Lebensstil mit opulenten First Class Reisen, Maßanzügen, üppigen Spenden und großzügigen Einladungen.«

»Seine Yacht einschließlich der Bestellung der neuen nicht zu vergessen.«

»Auf der anderen Seite hat er mit Immobilien ordentlich Kohle gemacht.«

»Das nasse Grundstück hat ihn finanziell in die Bredouille gebracht.«

Sam zog die Augenbrauen hoch.

»Ich habe mir die wütenden Mails, die zwischen ihm und seinen drei mallorquinischen Geschäftspartnern wegen Igors Forderung zwecks Rückabwicklung des nassen Grundstücks hin und her gegangen sind, nochmal angesehen. Kurz darauf hat Werner zwei Millionen Euro an einen Anwalt in Madrid überwiesen. Das war sein Anteil an Igors Forderung. Dafür hat er das Wertpapierdepot leergeräumt. Danach war Ebbe in der Kasse.«

»Yeah! Zusammen acht Millionen. Igor hat sie ordentlich bluten lassen.« Sam trank den Rum mit einem Schluck aus und fügte nachdenklich an: »Was ist, wenn deine Schwester das rausgefunden hat und Werners Handyfoto der Zusatzvereinbarung zu Geld machen wollte?«

»Ich mag gar nicht daran denken.«

Nach und nach schoben sie die dunklen Wolken beiseite. Als sich die Hitze des Tages zurückzog, wechselten sie auf die Terrasse, zündeten Windlichter an und Lachen blitzte auf.

Sam schlug vor, dass Nele mit ihm auf seine Finca fahren und dort die nächsten Tage verbringen sollte. Doch Nele lehnte ab. Daraufhin einigten sie sich, dass Sam die Nacht im anderen Gästezimmer verbringen würde.

KAPITEL 25

Ungebetene Besucher

In der Nacht warf sich Sam hin und her, was nicht an der Matratze lag. Im Gegenteil. Sie verführte zum Schlummern. Vor zwanzig Jahren wäre ihm das nicht passiert. Damals war er trainiert gewesen, nächtelang auf hartem Boden im Halbschlaf zu dämmern und gleichzeitig ungewöhnliche Geräusche wahrzunehmen. Nun zollte er seinem Alter Tribut. Einerseits fühlte er sich verpflichtet, Nele nach dem Einbruch zu beschützen und deshalb wach zu bleiben. Andererseits übermannte ihn immer wieder die Müdigkeit. So wechselten sich Schlaf- und Wachphasen die ganze Nacht ab.

Gerädert stand er gegen sechs Uhr auf, dehnte sich ausgiebig, zog sich an und schlich auf Zehenspitzen in die Küche. Auch dort vermied er unnötigen Lärm. Als er den ersten Schluck vom doppelten Espresso in sich hineinsog, spitzte er die Ohren. Unwillkürlich versetzten die Geräusche auf der Treppe seinen Körper in Alarmbereitschaft und die antrainierten Verhaltensweisen standen reflexartig bereit. Muskeln spannten sich an.

Augenblicke später entlud sich die Anspannung so schnell, wie sie gekommen war. »So früh habe ich nicht mit dir gerechnet.«

»Guten Morgen. Ich bin Frühaufsteherin. Die Nacht war eh nicht toll.« Verschlafen hielt sich Nele mit einer Hand am Küchenblock fest und schüttelte ihren ungekämmten Kopf. Die Fältchen unter den Augen warfen dunkle Schatten. Ihre schlapprige Schlafanzugjacke hing über der halblangen Pyjamahose.

»Kaffee?«

Nele nickte.

Sam mühte sich mit der opulenten Espressomaschine. »Ein mächtiger Apparat. Eher was für die Bar an der Ecke. Profiqualität.«

»So war Werner eben.«

»Jeder Schnickschnack ist da. Alles blitzt, wie frisch aus dem Laden.« Sam musterte die Küche und nickte.

»Doreen konnte damit nichts anfangen. Kochen war nicht ihr Ding. Als ich mal den Backofen benutzen wollte, musste ich innen erstmal die Schutzfolie abziehen.«

»Schwarz?«

Mit einem Augenaufschlag signalisierte Nele Zustimmung und Sam reichte ihr die Espressotasse. »Noch ist es kühl. Lass uns den Kaffee draußen trinken.«

Verschlafen trottete Nele hinterher. Sie wunderte sich, als Sam über die Terrasse in den Garten schlenderte und mittendrin stehen blieb. Der feuchte Atem des Tagesanbruchs lag über Son Vida. Morgennebel hing in den Pinien. Noch durchbrach der pulsierende Herzschlag der Hochsaison nicht die Stille. Mallorca erwachte in diesen Minuten.

»Herrlich. Ein strahlender Sommertag bricht an.« Sam atmete tief und deutete über das Meer zum Horizont, wo die mit Brummis proppenvoll beladene Fähre aus Valencia den Nachschub für die gefräßige Insel zum Hafen schipperte. »Die Versorgung rollt an.«

Dieser Hauch von Romantik erreichte Nele nicht. Sie war nicht bei der Sache. Zu sehr war sie damit beschäftigt gewesen, den Muntermacher während des Gehens nicht im Garten zu verschütten. Nun schlürfte sie genussvoll.

»Ich habe nachgedacht.« Sams Bariton verdunkelte sich, das Kneipenraue klang durch.

»Ich auch.«

»Bist du schon aufnahmebereit?«

»Na klar. Mit dem Kaffee!« Nele lächelte.

»Dann los. Was Einbrüche angeht, bin ich kein Experte. Aber mein Gefühl sagt mir, dass irgendetwas nicht stimmt.«

»Meine Bedenken habe ich dem Hageren gestern mitgeteilt. Doch der hat es als Firlefanz abgetan und geht von Beschaffungskriminalität aus.«

»Was ist, wenn der Eindringling nichts stehlen wollte, sondern etwas mitgebracht hat?«

Nach diesem Satz war Nele hellwach. Mit ungläubigen Augen schaute sie Sam an. »Was meinst du?«

»Ungebetene Besucher. Wanzen beispielsweise.«

Nele schluckte. Sofort war ihr die Tragweite dieser Bemerkung bewusst. »Wow, das wäre ein Ding.«

»Ich sage nicht, dass es so war. Aber nachprüfen sollte man das.«

Vor Schreck fiel Nele die Kaffeetasse auf den Rasen. Reaktionsschnell hob Sam sie auf. »Der Tasse ist nichts passiert.« Er schaute ernst drein. »Mir ist klar, was ich mit einer derartigen Vermutung bei dir auslöse. Aber es gibt zu viele Ungereimtheiten. Warum ist die Alarmanlage nicht losgegangen?«

»Schon gut. Ich hab's kapiert. Ich rechne mit allem.«

»Ich helfe dir. Wir ziehen das durch.« Der sanfte Bariton war wieder präsent.

Am liebsten hätte Nele ihren Beschützer umarmt. Doch sie traute sich nicht. »Danke. Einfach klasse.« Mehr brachte sie nicht heraus. Wortlos standen sie sich einige Sekunden gegenüber. Dann hatte Nele sich wieder gefangen. »Jetzt erst habe ich geschnallt, weshalb wir den Morgenkaffee mitten im Garten getrunken haben.«

»Eins lernt man beim Militär sofort. Unterschätze deinen Gegner niemals.«

»Diese Lektion habe ich kapiert.« Nele rieb sich die Augen. »Wie sehr sich mein Leben verändert hat. Vor drei Wochen habe ich den schockierenden Anruf von der hiesigen Polizei erhalten. Seitdem ist etliches auf mich eingeprasselt. Ich werde verfolgt und überfallen. Womöglich ist das Haus verwanzt. Wo bin ich da reingeraten?« Sie schluckte. »Doch wie geht's weiter? Soll ich das Haus durchsuchen?«

»Keinesfalls. Da muss ein Profi ran. Als Erstes spreche ich mit Carlos. Wenn der abwinkt, können wir uns immer noch an einen Fachmann wenden.«

»Klingt gut.«

»Da ist noch etwas. Du hast mir vorgestern die Zusatzvereinbarung auf deinem Smartphone gezeigt.«

»Ich habe sie fotografiert, als ich mir die CD auf dem Laptop angesehen habe.«

»Lösche sie bitte auf deinem Handy.«

»Guter Hinweis. Erledige ich sofort. Bei mir wandert sowieso nichts in die Cloud. Berufsbedingte Vorsicht.«

»Um so besser. Jetzt muss ich aber los. Der Dienstag ist immer voll. Um Acht habe ich die erste OP. In der Mittagspause rufe ich dich an. Dann sehen wir weiter. Sei vorsichtig.«

Nele brachte Sam zur Haustür. Ungelenk verabschiedeten sie sich. Ein Handschlag wäre zu kühl gewesen, eine innige Umarmung zu intim.

Zwei Stunden später hatte das Thermometer die Fünfundzwanzig-Grad-Marke überschritten. Ein heißer Sommertag kündigte sich an. Javier wartete in seinem klimatisierten SUV mit den dunklen Scheiben an einer Ampel und telefonierte. »Komm zu meiner Baustelle in Santa Ponsa. Sofort. Wir müssen reden.«

»Schon wieder? Ist grad schlecht. Wir haben uns doch erst vorgestern beim Frühschoppen gesehen«, wandte der Marqués ein.

Javier schlug auf das Lenkrad und die Hupe schrillte. »Fahr zu, grüner wird's nicht!«

»Geht es nicht am Telefon?« Der Banker blieb gelassen. Er kannte die Wutausbrüche seines Geschäftspartners.

»Nein!«

»Worum geht's?«

»Frag nicht. Es ist wichtig.«

»Ich mach mich auf den Weg. Dauert aber.«

Seit der Baske in sein Leben getreten war, war Javier in einen Strudel geraten, gegen den er sich mit aller Kraft zur Wehr setzte. In seinem Schädel hämmerte es. Zu viel donnerte auf ihn ein. Derartiges war er nicht gewohnt. Er wollte Ordnung schaffen.

Als er den fünften Kreisverkehr in Santa Ponsa erreichte, bog er nach links ab, anstatt auf den Hügel zur Baustelle zu fahren.

Wenig später stieg Javier im Hafen aus, schlenderte einen der Stege entlang und blieb vor Loreen stehen. Er erinnerte sich an die Ausflüge mit der Yacht, als sie noch ihm gehörte. Ihm war nicht bewusst, weshalb es ihn nach Port Adriano gezogen hatte und was er hier suchte. Gedankenversunken stierte er minutenlang auf sein ehemaliges Schiff.

»Sie steht zum Verkauf. Sind Sie interessiert?« Der junge Mann, der sich durch den Aufdruck auf dem T-Shirt als Mitarbeiter eines Schiffsbrokers zu erkennen gab, riss ihn aus seinen Gedanken. »Nein, nein. Kein Interesse. Vielen Dank.« Javier drehte sich um und hastete den Steg zurück. Dabei blieb er mit einem Fuß an einer Bohle hängen und stolperte. Glücklicherweise konnte er sich an einem Metallschild festhalten und den Sturz ins Wasser vermeiden.

Vom Hafen schlug Javier nicht den direkten Weg zur Baustelle ein, sondern durchquerte El Toro. Am Ende des Orts hielt er seinen Wagen auf der Straße neben der Steilküste an und schlenderte einige Meter Richtung Meer. Nicht weit von ihm pausierten mehrere Mountainbiker in bunten Radshirts und diskutierten lautstark ihre bisherige Tour. Javiers Gedanken kreisten um Werner und seine Frau. Ihm war bewusst, dass beide unweit dieser Stelle umgekommen waren. Er fragte sich, was ihn hierher gezogen hatte.

Zehn Minuten später stand er im ersten Stock des Rohbaus auf der Baustelle und ließ seinen Blick über die Malgrats-Inseln schweifen. Ein betuchter Schwede hatte das Grundstück zu einem stolzen Preis erworben, das Haus abreißen lassen, einen angesagten Architekten beauftragt und Javier den Bauauftrag erteilt. Aufträge wie diese waren für die lokalen Bauunternehmer keine Seltenheit. Immer öfter wurden auf Santa Ponsas Hügeln Grundstücke mit dem Zweck erworben, die vierzig Jahre alte Villa abzureißen und mit einer zeitgemäßen zu bebauen. Besonders begehrt waren derartige Parzellen auf der »Ensaimada«. Die Einheimischen hatten den Hügel oberhalb der Bucht von Santa Ponsa so getauft, weil sich seine Straßen kreisförmig nach oben zogen und so der mallorquinischen Plunderschnecke aus hauchzartem Strudelteig mit Schweineschmalz ähnelten.

Der lukrative Auftrag war bis auf den Termindruck des Auftraggebers für Javier normales Tagesgeschäft. Schon bei Abschluss des Vertrags war er sich im Klaren darüber gewesen, dass der garantierte Fertigstellungstermin nur gehalten werden könne, wenn sowohl samstags als auch in der Ferienzeit auf der Baustelle geackert werden würde. Allerdings widersprachen die lokalen Bauvorschriften der Gemeinde wegen der Lärmbelästigung der Nachbarschaft diesen Aktivitäten. Folglich waren Ärger und vergleichsweise geringe Bußgelder vorprogrammiert gewesen.

Diesmal hatte sich der unmittelbare Nachbar beschwert. Er hatte die spektakuläre Villa mit traumhaftem Ausblick für vier Wochen zum Hochsaisontagespreis von fünfzehnhundert Euro gemietet, sich wegen des Baulärms bei der Vermietungsagentur beschwert und mit deftiger Mietkürzung gedroht. Die Agentur hatte sich nach zwei erfolglosen Gesprächen mit dem Bauleiter an die örtliche Polizei gewandt.

Als Erstes hatte Javier nach seinem Eintreffen auf der Baustelle den Bauarbeiter aus der Pinie zurückgepfiffen, der in schwindelnder Höhe ungesichert mit einer kreischenden Motorsäge hantierte, um überflüssige Äste zu entfernen. Danach verbot er seinen Mitarbeitern die Benutzung des in die Jahre gekommenen Elektrokrans in der nächsten Stunde, denn das alte Gefährt ächzte und stöhnte gewaltig.

Zur verabredeten Zeit erschien die Obrigkeit. Javier und sein Bauleiter diskutierten mit den beiden Polizisten der Policia Local die Situation. Routiniert spielte Javier den Baulärm herunter. Auch die Ordnungshüter beherrschten das Ritual. Am Ende einigte man sich darauf, dass von der Baustelle während der zweistündigen Mittagsruhe keinerlei und in der übrigen Zeit nur geringe Lärmbelästigung ausgehen dürfe. Die Polizisten wiesen abschließend darauf hin, dass Javiers Bauunternehmen mit einem Bußgeld zu rechnen habe. Er hatte es bereits einkalkuliert.

Als der Marqués eine halbe Stunde später auf der Baustelle eintraf, saß der Bauarbeiter mit der kreischenden Motorsäge aufs Neue in der Pinie und pfiff der Elektromotor vom Kran wieder aus dem letzten Loch. »Lass uns spazieren gehen. Hier ist es zu laut«, begrüßte der Banker seinen Geschäftspartner.

»Entschuldige meinen Ton am Telefon, aber mir brennt so viel auf der Seele, was ich mit dir zu besprechen habe«, bedauerte Javier.

Während sie auf der Schattenseite die ruhige Nebenstraße mit den prächtigen Villen entlang schlenderten, beschwatzten sie die neuesten Gerüchte über geplante Immobilienprojekte auf der Insel. Den exzellenten Ausblick auf die Bucht von Santa Ponsa nahmen sie nicht wahr. Zu sehr waren sie darin vertieft, die möglichen Deals der Konkurrenz zu ergründen.

Dann kam Javier auf den Punkt. »Den Basken werde ich nicht los. Egal woran ich denke, er taucht immer auf. Und wenn ich ihn mal einen halben Tag aus meinen Gedanken verbannt habe, ruft er mich an und bestellt mich an einen blöden Ort.«

»Ganz geheuer ist der mir nicht. Allein die Eile mit einem neuen Notar. Weshalb? Alle notariellen Verträge für unser Projekt in Paguera sind unterzeichnet.«

»Über diese Hektik habe ich auch schon gegrübelt. Mit Paguera kann das nichts mehr zu tun haben. Möglicherweise ein neuer Deal.«

»Kann sein«, pflichtete der Marqués bei. »Was konkret bereitet dir Sorgen?«

»Bei der Deutschen komme ich nicht weiter. Im Gegenteil. Ich habe ihr Fünftausend Euro für die Zusatzvereinbarung angeboten. Jetzt verlangt sie das Doppelte. Was soll ich tun?«

»Meinst du, sie hat etwas gefunden?«

Der wohlbeleibte Javier atmete tief. Mit einem schneeweißen Taschentuch aus feinstem Leinen wischte er sich Schweißperlen von der Stirn. Auf seinem hellblauen Hemd zeichnete sich Feuchtigkeit ab. »Ich kenne sie nicht und kann sie nicht einschätzen. Mann, ist das heute heiß.«

»Ist sie naiv oder abgebrüht?« Dem Marqués schien die Hitze nichts auszumachen. Zwar hatte auch er sein Sakko im Auto gelassen, doch trug er im Gegensatz zu Javier sogar einen Schlips. Aufrecht stolzierte er ohne Schweißflecken neben dem schwitzenden Elend.

»Schwer zu sagen. Auf jeden Fall habe ich nichts über sie rausbekommen. In Deutschland habe ich keine Kontakte.«

»Weiß der Baske schon von ihrer Forderung?«, wollte der Marqués wissen.

»Noch nicht.«

»Dann sag es ihm. Soll er doch seine Quellen nutzen, um Informationen über Werners Schwägerin zu beschaffen. Er will doch unbedingt Werners heimliches Foto von unserer Vereinbarung in seinen Besitz bringen.«

»Gute Idee.«

Schweigend gingen die beiden weiter. Vor einem schmiedeeisernen Eingangstor blieb Javier stehen und deutete mit der Hand auf eine dreistöckige Villa im hinteren Teil des Grundstücks hin. »Schau dir die verspielten Ornamente und barocken Brüstungen an. Lebendige Unikate.«

»Diesen Kitsch will doch heute keiner mehr sehen.«

»Jetzt schießen überall die weißen Pappschachteln mit den kolossalen Fensterfronten aus dem Boden. Gesichtslose Verbrechen. Auch nicht besser.« Javier drückte seine Ablehnung mit einer abfälligen Handbewegung aus.

»Wenn es mit den Bolschewiken in der Regionalregierung weiter gegangen wäre, hättest du künftig nur noch Lehmhütten bauen dürfen. Glücklicherweise ist die Episode mit den Grünen und den Kommunisten auf den Balearen vorbei.« Der Marqués schaute zum Himmel.

»Vor über vierzig Jahren war dies eine der ersten Villen auf dem Aussichtshügel. Mein Vater hat sie gebaut. Ich habe damals in Madrid studiert und hier in den Semesterferien auf der Baustelle Steine geschleppt. Mann, habe ich geschwitzt.«

»Dein Vater war streng.«

Javier legte eine Hand auf die Schulter seines Geschäftspartners und lachte. »Hätte dir auch nicht geschadet.«

Der Marqués verkniff sich eine Antwort. Schweigend schlenderten sie weiter. Nach einer Weile wurde Javier ernst. »Zu viele Tote. Erst Werner, dann seine Frau und nun der Notar. Zwei Unfälle und ein Selbstmord. Wer ist der Nächste?«

»Du siehst Gespenster. Werner war körperlich nicht mehr fit und beim Notar, dem Angeber, hat es mich nicht überrascht, dass es ihn bei Nacht, im Starkregen, mit Alkohol in seinem Sportwagen zerlegt hat.«

Javier blieb stehen, drehte sich zum Marqués und blickte durch ihn hindurch. »Der Baske hat uns in der Hand.«

Der Banker schaute grimmig. »Geht's auch ne Nummer kleiner?«

»Wir haben Loreen während der Probefahrt durchsucht. Wenn die Polizei anfängt zu bohren, wird sich der Schiffsmakler an uns erinnern.«

»Na und? Weshalb sollte die Polizei bohren? Wir entstammen ehrenwerten Familien. Unsere Transaktionen waren nicht immer ganz sauber. Aber so ist es halt in der Immobilienbranche. Wir sind doch keine Gangster, die mit Maschinenpistolen aus fahrenden Autos ballern!«

»Wir nicht.« Javier wischte sich mit dem Taschentuch über das Gesicht. »Aber womöglich andere.« Er zuckte mit den Schultern. »Was soll das Geschiss mit dem Handy? Wieso dieser Aufwand? Warum ruft mich der Choleriker nicht direkt an?«

»Show. Eitelkeit. Will er uns einschüchtern? Fürchtet er, abgehört zu werden? Was weiß ich.«

»Du hast gut reden. Du musst ja nicht flitzen, wenn die SMS kommt.« Der Bauunternehmer seufzte.

Der Marqués spürte, dass er Javier nicht von dessen dunklen Gedanken befreien konnte.

KAPITEL 26
Gewinn verdoppelt

Eine halbe Stunde später saß Javier vor der Baustelle mit laufendem Motor in seinem SUV. Mit Getöse pustete die Klimaanlage wohltuende Kühle in den Innenraum. Der Bauunternehmer grübelte einige Minuten. Dann entschied er sich für eine Pause. Er durchquerte Santa Ponsa und steuerte eine Strandbar am Ende des Ortes an.

Dort fand er auf dem staubigen Parkplatz eine Lücke und legte die letzten Meter zu Fuß zurück. Der Chiringuito lag am Ende eines Felsvorsprunges. Die Betreiber hatten zwischen den Felsen Plateaus errichtet, Tische mit Strohdächern darüber aufgestellt und Sonnenliegen arrangiert. Aus einer winzigen Hütte versorgten sie ihre Gäste mit Getränken, Eis und kleinen Gerichten. Am Wasser hatten die Gastgeber mit schlichten Holzgestellen Liegeflächen für die Sonnenanbeter gezimmert. Mittels zwei Metallleitern tauchten die Badegäste vom Felsen ins kühle Nass ein.

In der Saison war die Strandbar ein beliebter Treffpunkt, da sie abseits und direkt am Wasser lag. Als Zugabe verwöhnte sie den Besucher mit einem fantastischen Rundumblick. Dieser war besonders begehrt, wenn die Sonne unterging. Dann war die Bude rappelvoll und die Gäste saßen nicht nur an den Tischen, sondern auch auf den Felsen. Zu dezenten karibischen Klängen aus den Lautsprechern schlürften Liebespaare Rumcocktails, schmiegten sich aneinander und genossen den Sonnenuntergang.

Als Javier sich kurz vor Mittag an einem der Tische im Schatten niederließ, lief der Badebetrieb auf vollen Touren.

Kinder standen vor dem Tresen an, um sich ein Eis oder eine kalte Limo zu kaufen. Als er noch überlegte, was er trinken wolle, rief seine Assistentin irritiert an. Sie teilte ihm mit, dass eine Frau angerufen und sich eindringlich danach erkundigt habe, wo der Bauunternehmer in der nächsten Stunde zu erreichen sei. Die Assistentin versicherte ihrem Chef, dass sie keinerlei präzise Auskünfte erteilt, sondern lediglich mitgeteilt habe, dass er am Vormittag im Südwesten der Insel unterwegs sei. Javier beruhigte seine Mitarbeiterin, in dem er betonte, dass sie alles richtig gemacht habe.

Er ahnte, was passieren würde. Und richtig, keine fünf Minuten später las er die freundliche Einladung auf seinem Smartphone, nach der er sich in einer Stunde auf dem Autowaschplatz am Ende des Gewerbegebiets Son Bugadelles einfinden möge. Javier wusste sofort, wohin er sich zu begeben hatte. Das Ziel lag am nördlichen Ende von Santa Ponsa.

Eigentlich hatte Javier sich als Nächstes eine in die Jahre gekommene Villa in Palmanova ansehen wollen. Von einem befreundeten Makler hatte er den Tipp erhalten, dass die Immobilie im Rahmen einer Erbauseinandersetzung demnächst auf den Markt kommen werde. Als Bauunternehmer war er nur am Grundstück interessiert, um das Alte abzureißen und einen Neubau zu errichten. Doch die Immobilie musste warten. Javier entschied sich, die Mittagspause in der Strandbar zu verbringen und bestellte.

Zur gleichen Zeit räkelte sich Sam auf dem Dach der Klinik im Liegestuhl. Er hielt eine Dose Cola in der Hand und döste in seiner Mittagspause. In einer spontanen Aktion hatten Kollegen im Vorjahr Liegen und Tische aufgestellt und als Sonnenschutz eine Plane zwischen zwei Wände gespannt.

Wegen des pittoresken Blicks über die vielfarbigen Ziegeldächer Palmas und der leichten Brise war das Provisorium zum beliebtesten Treffpunkt des Klinikpersonals avanciert. Die vollen Aschenbecher zeugten vom regen Besuch der Raucher.

Nach einem kurzen Schwatz mit einer Kollegin kletterte Sam über ein Kühlaggregat, suchte sich einen Platz, an dem er ungestört war, lehnte sich mit dem Rücken an einen Schornstein und rief Carlos an.

Nachdem sie über die Hitzewelle und Fußball getratscht hatten, bat Sam um Hilfe. Der Polizist nahm den beunruhigten Unterton wahr und sagte zu. Sie verabredeten sich für den frühen Abend bei Sam.

Eine knappe Stunde später bog Javier bei der BP-Tankstelle in das Industriegebiet ein. Möbelhäuser, Fliesenhändler, Bootswerften, Kfz-Reparaturbetriebe, Weinhändler und andere Geschäfte des täglichen Bedarfs zogen an ihm vorbei. Gewerbeparks als Ansammlung verschiedenster Betriebe, wie es sie in Spanien zu Tausenden gab; alles wild durcheinander, aber effizient und mit einem gewissen Charme. Im zuständigen Rathaus von Calvia planten die Visionäre bereits, die von Schlaglöchern übersäten Straßen neu zu asphaltieren, Grünflächen anzulegen und mehr Lifestyle-Firmen anzusiedeln. Son Bugadelles sollte vom natürlich gewachsenen Cluster zum Design District aufgepeppt werden. Derartige Veränderungen lockten Glücksritter an. Investoren, Bankiers, Fondsmanager und Bauunternehmer umkreisten Son Bugadelles bereits wie Motten das Licht. Deshalb kannte sich Javier in diesem Gewerbegebiet aus.

Am Ende der Straße bog er auf den Autowaschplatz ein, eine große asphaltierte Fläche mit überdachten Boxen, in denen die

Autos mittels Dampfstrahler gesäubert oder mit einem Industriestaubsauger gereinigt wurden. Über dem Asphalt flimmerte die Mittagshitze. Keine der Selbstbedienungsboxen war belegt.

Javier fuhr ans Ende der Grundstücksgrenze, stellte seinen Wagen im Schatten einer Hauswand ab und schaltete den Motor aus. Die Klimaanlage ließ er laufen. In Gedanken ging er die Strategie durch, die er sich in der Chiringuito zurechtgelegt hatte. Diesmal wollte er Stärke zeigen und Fragen stellen.

Kurze Zeit später klopfte die junge Frau ans Fenster. Wie immer trug sie ein weißes T-Shirt und eine blaue Jeans. Javier stieg aus. Die Frau reichte ihm ein Smartphone, umkurvte den SUV und zündete sich zwischen Wagen und Hauswand eine Zigarette an.

»Guten Tag, hier ist Javier.«

»Ich hörte, dass Sie im Südwesten zu tun haben. Ich hoffe, es hat gepasst.«

Javier bildete sich ein, einen freundlichen Unterton wahrzunehmen. Außerdem fiel ihm auf, dass er nicht wie beim letzten Anruf geduzt wurde. Beides ließ ihn mutig werden. »Ich habe den nächsten Termin verschoben«, log er. »Ein neuer Notar steht bereit. Aber wozu diese Eile? Für Paguera sind alle entscheidenden Verträge notariell abgeschlossen.«

»Das erkläre ich demnächst. Ich habe entschieden, dass es für das Projekt in Paguera bei der verabredeten Summe für REAL bleibt.«

Wieder hatte es der Baske geschafft, Javier mit den ersten Sätzen zu verunsichern. Zögerlich fragte er nach: »Was meinen Sie damit?«

»Da REAL nicht mehr aus vier Personen besteht, sondern nur noch aus Ihnen und dem Marqués, bekommt jeder das Doppelte. Wenn Sie meinen, die Witwe des Notars soll auch einen Anteil erhalten, wird halt durch drei geteilt. Dann ergattern Sie statt der Hälfte nur ein Drittel vom Kuchen. Es ist Ihre Entscheidung.«

Javier hatte sofort geschnallt, dass er seinen Anteil mal eben verdoppeln könne. »Die Witwe entstammt einer wohlhabenden Familie und sein Notariat war eines der bestgehenden auf Mallorca. Außerdem könnte die Witwe Fragen stellen, wenn sie im Nachhinein einen stolzen Betrag erhält, der nicht über das Notariat verbucht werden kann.«

»Sie haben recht. Das Risiko von unangenehmen Nachfragen sollten wir vermeiden. Ich akzeptiere Ihre Entscheidung. Dann erhält jeder von ihnen das Doppelte.« Der Baske legte eine Pause ein. Javier überlegte, ob er sich bedanken müsse. Bevor er antworten konnte, fuhr der Baske fort: »Obwohl der Milestone für die Auszahlung noch nicht erreicht ist, erhalten Sie und der Marqués in der nächsten Woche eine Million als Abschlag. Als Patron fördere ich meine Geschäftspartner und verlasse mich auf sie.«

Javier hatte keine Zeit lange zu überlegen. »Das ist äußerst großzügig. Vielen Dank.«

»Und jetzt zu Ihrer Frage wegen der Eile. Demnächst wird ein neues Projekt aus der Taufe gehoben. Paguera ist dagegen Kleckerkram. Dort gibt's richtig Kohle zu verdienen. Dafür benötige ich REAL einschließlich eines vertrauenswürdigen Notars.«

Javier verkniff sich die Frage, worum es sich handele. Er ahnte, dass er keine Antwort erhalten würde und bemühte sich um Professionalität. »Der Notar steht bereit. Ich kenne ihn seit meiner Jugend. Erstklassige mallorquinische Familie. Eine Bitte habe ich noch.«

»Nur zu.«

»Werners Schwägerin ist mir nicht geheuer. Sie wickelt den Nachlass ab. So wie wir es besprochen haben, habe ich sie gebeten, neben anderen Dingen nach der Zusatzvereinbarung zu suchen und sie mir auszuhändigen.«

»Wir hatten vereinbart, sie nicht zu bedrängen.«

»Genau das habe ich getan. Ich habe die Sache heruntergespielt und ihr etwas von der Rückgabe der Originalurkunden wegen der Steuer vorgegaukelt. Als sie nicht zog, habe ich ihr später fünftausend Euro für Ihre Bemühungen angeboten.«

»Verstehe«

»Als ich sie das letzte Mal angerufen habe, hat sie ihre Forderung auf Zehntausend erhöht. Was soll ich tun? Ich habe versucht, mir über Werners Schwägerin Informationen zu beschaffen. Bin aber nicht weit gekommen. Könnten Sie mal recherchieren?«

»Kein Problem. Gibt's sonst noch was?«

»Nein«

»Gut. Dann gehen wir wieder an die Arbeit. Auf Wiedersehen, bis bald.«

Diesmal ließ der Baske eine Erwiderung zu. »Ich wünsche Ihnen einen angenehmen Tag«, verabschiedete sich der Bauunternehmer. Der Baske hatte ihn wiedermal verblüfft und die grimmigen Ahnungen, die Javier mit dem Marqués am Vormittag noch diskutiert hatte, davongejagt.

Etwas später griff Igor zum Telefon, rief den Weißrussen an und kam gleich auf den Punkt. »Du hast schon bessere Arbeit abgeliefert. Sie hat dich erkannt. Wie konnte das passieren?«

»Ich habe es geahnt, als sie in der Sackgasse angehalten hat. Da saß ich in der Falle. Professionelle Vorgehensweise von ihr.«

»Wie kann sie dich identifiziert haben?«

»Über das Kennzeichen nicht. Das ist safe. Hat sie meinen Namen erwähnt?«

»Nein. Sie hat dich als weißrussischen Schnüffelhund tituliert. Ich glaube, sie wollte auf den Busch klopfen. Gefällt mir. Faszinierende Frau.«

»Was ist zu tun?«

»Weitermachen. Unterschätze sie nicht. Wechsle das Auto. Behalte sie aus der Distanz im Blick. Ich will noch mehr über sie erfahren.«

»In Ordnung. Wie unterhaltet ihr euch eigentlich? Russisch, Englisch oder Deutsch?«

»Ich soll nicht wissen, dass sie Russisch spricht und sie darf nicht mitbekommen, das ich ein bisschen Deutsch verstehe. Ich hatte ein Kindermädchen, das zur Hälfte Deutsche war. Da bleibt nur Englisch.«

»Echt crazy.«

KAPITEL 27
Hilf mir

Zwei Stunden später ließ es Sam auf dem Autobahnring krachen. Der Rückspiegel seines Geländewagens vibrierte mit dem wackelnden Hula-Mädchen auf dem Armaturenbrett im Takt der Bässe um die Wette. ZZ Top hämmerte Sams Lieblingssong aus den Lautsprechern. Das war seine Art, sich auf dem Heimweg nach einem harten Arbeitstag im OP zu entspannen.

Tagsüber hatte Sam zweimal mit Nele telefoniert und sie überredet, für einige Tage auf seiner Finca Unterschlupf zu suchen. Nun wollte er eine Stunde vor ihr eintreffen, um das Haus und ein Gästezimmer auf Vordermann zu bringen. Danach war der Besuch von Carlos eingeplant und abends stand Ablenkung bei Eitelfritz auf dem Programm.

»Autsch«, stöhnte Nele, als sie sich beim Verschließen der Kellertür einen Nagel abbrach. Zu ihrer Sicherheit verriegelte sie vor der Abfahrt sorgfältig alle Türen und Fenster im Haus ihrer Schwester und überprüfte die Alarmanlage. Auf der Fahrt zur Finca in Bunyola vergewisserte sie sich mehrfach, dass niemand ihrem Mini folgte. Sie ging so gewissenhaft vor, dass sie den Kreisel an der Autobahnabfahrt dreimal umrundete und die Fahrzeuge hinter ihr dabei im Blick behielt.

Als sie bei Sam eintraf, war der damit beschäftigt, das Gästezimmer zu saugen. »Wir waren uns doch einig, dass ich diese Dinge übernehme«, quittierte Nele die Reinigungsaktion, nahm ihm den Staubsauger aus der Hand und richtete sich im Gästezimmer ein.

Kurze Zeit später knatterte Carlos mit der liebevoll restaurierten Moto Guzzi auf den Hof und wurde von Sam mit großem Hallo willkommen geheißen. Über Neles Einzug war er sichtlich überrascht.

Sam hatte auf die Schnelle einige Tapas gezaubert und sie mit Wein und Wasser auf der überdachten Terrasse aufgetischt. Die drei kamen flugs auf die Geschehnisse der letzten Tage zu sprechen.

Als Erstes machte Carlos deutlich, dass er sich nur einschalten wolle, wenn ihm alle Informationen vorgelegt werden würden. »Wenn ich mich hier einmischen soll, muss ich alles wissen. Wirklich alles!«

»Die Sache stinkt zum Himmel und du hast doch schon Witterung aufgenommen. Du kannst nicht anders. Gib´s zu«, beschwichtigte Sam. »Selbstverständlich legen wir alles auf den Tisch. Wir brauchen dich.«

Carlos zog die Augenbrauen hoch. »Na gut, dann legt mal los.«

Nele und Sam schilderten ihre Sichtweise. Sie fingen beim Auffinden von Doreens Leiche an und endeten beim Weißrussen. Zwischendurch hakte Carlos nach. »Wer wusste, dass Nele nach dem Mittagessen zum Shopping verabredet war und deshalb nicht zu Hause sein würde?«

»Igor«, antworteten Sam und Nele wie aus der Pistole geschossen.

»Sonst noch jemand?«

Nele druckste herum. »Cleo und Lisa auch. Aber die kommen nicht infrage!«

»Soso. Wir waren uns einig, alle Fakten auf den Tisch zu legen. Die Bewertung erfolgt später«, machte Carlos unmissverständlich klar.

Nele nickte missmutig und drückte ihm eine Kopie der Zusatzvereinbarung, die sie von Werners Handyfoto angefertigt hatte, in die Hand. »Javier hat mich ausdrücklich danach gefragt, obwohl es nur ein Exemplar gab.«

»Weil es die Verbindung zum Basken dokumentiert«, schob Sam ein.

Augenblicklich zog Carlos die Augenbrauen hoch, weil er die Dimension erfasste. »Ein Hochkaräter. Der Baske zieht aus dem Hintergrund seine Fäden. Akribisch ist er darauf bedacht, vor aller Welt als Mäzen und Saubermann dazustehen. Wenn eine derartige Absprache an die Öffentlichkeit käme, wäre es für ihn äußerst unangenehm. Teile der spanischen Presse warten nur darauf, zwielichtige Größen der Halbwelt als Meute vor sich her zu treiben.« Carlos nahm die Vereinbarung in die Hand und inspizierte sie genau. »Welche Unterschrift soll seine sein?«

Nele beugte sich nach vorn und tippte mit dem Zeigefinger auf die unterste Signatur. »Die da.«

»Das ist Gekritzel«, urteilte Carlos.

»Macht nichts. Wenn das bei der Presse landet, legt sie los. Und wenn die anderen, die unterschrieben haben in die Zange genommen werden, fällt garantiert einer um.« Sam ballte seine Faust. »Außerdem ist es sicherlich ergiebig, die Geldflüsse für die Projekte unter die Lupe zu nehmen. Woher stammt die Kohle tatsächlich?«

Carlos lehnte sich zurück. Er trank einen Schluck Wasser. Die anderen beiden warfen sich Blicke zu. Sie ließen ihn in Ruhe nachdenken. Carlos war sich bewusst, mit wem er sich anlegen würde. Der Baske war ein anderes Kaliber als das, was er üblicherweise auf dem Tisch hatte.

Nele legte nach. Sie reichte Carlos den Vermerk, den sie mit der Vereinbarung gefunden hatte. »Ich habe Werners Notiz für dich übersetzt. Sie belegt, dass der Baske als Patron die Fäden zieht.«

Carlos ließ sich Zeit. Mehrmals überflog er die Notiz. Neles Puls raste. Sie nestelte an ihren Haaren. *Nun mach schon. Sag endlich was. Wie viel Zeit brauchst du noch? Hilf mir bitte!*

Nach einer Weile fällte er sein Urteil. »Die Vereinbarung sieht nach einer illegalen Gewinnabsprache aus. Könnte Bandenkriminalität sein.«

Sam zwinkerte Nele zu.

»Und wenn man sich die Geldquellen für die Projekte ansieht, würde es mich nicht wundern, wenn man auf Geldwäsche stößt. Bandenkriminalität und Geldwäsche. Beides Delikte, die in meinen Zuständigkeitsbereich fallen. Bei den Größenordnungen bleibt mir nichts anderes übrig, als offiziell zu ermitteln. Die Papiere nehme ich gleich mit. Die deutsche Version der Notiz deines Schwagers benötige ich noch.«

»Danke. Danke.« Nele fiel ein Stein vom Herzen.

In diesem Moment legte Sam nach. »Wir haben noch was.«

»Wundert mich nicht.«

»Nele hat einen Einbrecher auf frischer Tat ertappt.«

»Das habt ihr erwähnt und ich habe davon gehört.«

»Merkwürdigerweise erschien der Hagere am Tatort. Weshalb? Könnte er etwas damit zu tun haben?«, traute sich Sam.

»Diese Frage habe ich überhört!« Der grimmige Gesichtsausdruck von Carlos ließ keinen Zweifel an seiner Abscheu zu.

Sam entschuldigte sich umgehend für die Frage und Nele hatte einige Mühe, die Situation zu retten. Sie schenkte nach und goss Sam dabei ungeschickt Rotwein über seine Shorts. Während Sam leicht verschnupft im Haus verschwand und sich umzog, nutzte Nele die Gelegenheit, die Aufmerksamkeit auf andere Themen zu lenken. Intensiv erkundigte sie sich nach der Familie von Carlos, was zur Entspannung der Situation beitrug.

Als Sam zurückkam, waren die Wogen halbwegs geglättet und Nele sprach ihre eigentliche Absicht an. »Ich komme auf den Einbruch zurück. Es ist nichts gestohlen worden. Kein bisschen war umgeschmissen oder durchwühlt.« Sie atmete tief. »Wir befürchten, dass eher etwas hinterlassen wurde.«

Carlos grübelte und nickte. »Ich kann mir vorstellen, was ihr meint.«

Nele fasste sich ein Herz. »Jetzt, wo offiziell ermittelt wird, kannst du uns bitte jemanden vorbeischicken, der mal nachschaut?«

»Okay. Ich schicke einen Spezialisten vorbei.«

Da es so gut lief, wurde Nelc mutiger und sie kam auf Javiers halbtägige Probefahrt mit Loreen zu sprechen. Sie hielt es für eine gute Idee, dem Schiffsmakler Druck zu machen, um die Identität des zweiten Passagiers zu erfragen. Carlos sprang sofort darauf an, dem Makler einen Besuch abzustatten. Ihm gefiel der Gedanke, im Umfeld der Verdächtigen Unruhe zu stiften.

Bei der anschließenden Verabschiedung fiel die Umarmung zwischen Sam und Carlos intensiv aus. Der kleine Zwist war vergessen.

Während sie der Moto Guzzi hinterher winkten, lobte Sam: »Den hast du um den Finger gewickelt.«

»Sorry für den Rotwein auf der Hose. Aber das musste sein. Selbstverständlich wasche ich sie.«

»Nicht nötig, sie ist bereits in der Waschmaschine.«

»Wie ein eingespieltes Paar«, rutschte es Nele heraus. Sofort wechselte sie das Thema. »Deine Finca und die Umgebung sind eine Pracht.«

»Bunyola hat mein Herz im Sturm erobert. Hier habe ich Wurzeln geschlagen. Deshalb pflanze ich jedes Jahr einen Baum.«

»Du sollst prominente Nachbarn haben.«

»Sir Richard Branson betreibt hier sein Luxushotel und Michael Douglas lebt mit Catherine Zeta-Jones zehn Kilometer entfernt. Mir ist das egal.«

KAPITEL 28
Der Zirkus kommt in die Stadt

Während das Festkomitee im großen Salon tagte, lagen die beiden Frauen auf der Dachterrasse, genossen die sanfte Brise vom Meer, die über der Stadt für die ersehnte Abkühlung sorgte, und ließen sich vom funkelnden Nachthimmel bezirzen. Kneipenmusik und das Stimmengewirr auf den Gehsteigen untermalten die ungewöhnliche Atmosphäre. Santa Catalina pulsierte und hob in eine lange Sommernacht voller Lust auf Abenteuer ab.

Nele war vom Stadthaus mit dem Patio und seinem verschnörkelten Springbrunnen sichtlich angetan. Bisher hatte sie davon nur gehört. Cleo hatte beim fürsorglichen Hausherrn Getränke geordert, die Eitelfritz mit leckeren Häppchen umgehend auf der Terrasse serviert hatte.

Die beiden plauderten über dies und das. Cleo schilderte ihre Überlegungen zu Sams Jobangebot in der Klinik, das sie reizte. Nele beschrieb, wie ihre Welt durch den Tod ihrer Schwester aus den Fugen geraten sei. »Ich bin seit zwei Wochen auf Mallorca. In dieser Zeit hat sich mein Leben total verändert. Manchmal träume ich, auf einem Karussell zu sitzen und endlos darauf zu warten, dass es anhält und ich absteigen kann.«

Zwischendurch aalten sie auf den Liegen und taxierten den funkelnden Nachthimmel. »Welcher wohl der hellste Stern ist«, wollte Cleo wissen.

Dann kamen sie auf das Festkomitee zu sprechen und Nele wurde ihre Fragen los. Wieder einmal wurde sie von Cleos tiefgründigen Urteilen, die sie der jungen Persönlichkeit nicht zugetraut hatte, überrascht. »Oberflächlich betrachtet handelt es sich um Klamauk, wenn sich Mediziner amerikanische Uniformteile aus dem Koreakrieg überstreifen, in Rollen schlüpfen, einen Kinofilm aus den Siebzigern anhimmeln und dabei die Dialoge wortgetreu mitsprechen.«

»Stimmt«

»Doch dahinter steckt mehr. Ich hab's erst nicht verstanden. Ben hat es mir erklärt. Zum einen stellt die Filmsatire schonungslos die Sinnlosigkeit eines Krieges dar. Zum anderen steht der Zusammenhalt der zufällig zusammengewürfelten Charaktere für wahre Freundschaft. Wenn eine Bedrohung von außen droht, stehen die Guten zusammen und füreinander ein. Das ist die zweite Botschaft von MASH!«

»Wow«

»Über das Jahr sind sie harmlos. Aber wehe, wenn das Wochenende naht. Dann flippen sie aus und schlüpfen in ihre Rollen.«

»Hast du auch eine?«, wollte Nele wissen.

»Nee. Die Wichtigsten sind vergeben. Sam mutiert dann zum Lieutenant Colonel Henry Blake, dem Chef des Feldlazaretts. Aus dem Telearzt Ben wird der Gaudibursche Captain Hawkeye Pierce und Fritz trägt als Sergeant Klinger Frauenkleider.«

»Und Lisa?«

»Die schlüpft in ihre Paraderolle. Als Major Margaret Houlihan, Spitzname Hot Lips, ist sie die Chefin der Krankenschwestern und wird von den männlichen Offizieren umworben.«

»Wie im richtigen Leben.«

»Einmal im Jahr zelebrieren die vier ihren höchsten Feiertag. Mittlerweile ist es in Teilen von europäischen Medizinerkreisen angesagt, dabei gewesen zu sein. Die Aufkleber, die jährlich angefertigt werden, sind heiß begehrt, speziell die mit Lisas Kussmund im Original.«

»Echt krass.«

»An dem Wochenende wackeln die Wände!«

»Ob ich dabei sein darf?«, sinnierte Nele.

»Logisch. Keine Frage. Wir gehen als Krankenschwestern. Tolle Perspektive, bei dem Männerüberschuss.«

Ein Stockwerk tiefer tagte das Festkomitee, um dem Event den letzten Schliff zu geben. Sam war in seinem Element. »Die Zutatenliste ist vollständig, das Damenprogramm steht.«

»Welches Damenprogramm? Das ist Geschlechterdiskriminierung«, haute Lisa dazwischen.

»In Deutschland darfst du sowas nicht schreiben, sonst holt dich die Sprachpolizei«, witzelte Ben.

Sam stand auf. »Also Rahmenprogramm. Die wissenschaftlichen Fachthemen sind den Teilnehmern bereits übermittelt worden, damit sie sich vorbereiten können. Erstens. Brüste aus Rio, Zähne in Budapest runderneuert und der Hintern in Shanghai gepolstert. Was bleibt noch für den deutschen Facharzt übrig? Stürzt er in eine Sinnkrise? Soll er die Bestellung des neuen Porsches stornieren?«

»Genau. Endlich geben wir Praxistipps«, warf Eitelfritz ein.

»Zweitens. Ab welcher Brustvergrößerung unterliegen die neuen Brüste bei der Rückkehr aus Brasilien der deutschen Einfuhrumsatzsteuer?«, fuhr Sam stoisch fort.

»Toll. Bei so viel Ernsthaftigkeit wird das Finanzamt die Reisekosten unserer Gäste als Fortbildung anerkennen«, ergänzte Ben.

»Drittens. Goa und Kamasutra, Tantra und Lichtsex. Fesselspiele unterm Christbaum aus therapeutischer Sicht mit praktischen Anwendungsbeispielen. Das Auditorium ist angehalten, mitzuwirken.« Sam grinste.

»Prima. Lebenshilfe für den Alltag.« Ben war in seinem Element. »Wir brauchen noch was Sportliches. Ein Mikadoturnier.«

»Nee, was Künstlerisches. Musik. Ein Konzert wäre passend«, schlug Eitelfritz vor.

»Quatsch. Wenn die ersten grölen, holt irgendein Möchtegernbarde sowieso seine Klampfe raus«, kommentierte Lisa. »Eine Lesung!«

Wie aus der Pistole geschossen schlug Ben vor: »Professor Brinkmann liest aus Arztromanen.«

»Der aus der Schwarzwaldklinik?«

»Der ist doch schon tot.«

»Dann liest eben Schwester Hot Lips aus Arztromanen. Mit Häubchen, weißem Kittel und schwarzen Strapsen«, schlug Eitelfritz vor.

»Das schaffe ich.« Lisa nickte.

»Gekauft. Das Programm steht. Das Festkomitee hat entschieden.« Der Oberst setzte sich. »Ben, wie sieht es bei unseren Gästen aus?«

»Die Teilnahmebedingungen sind wieder knallhart. Nur Ärzte oder so etwas ähnliches sind zugelassen. Meine Mailbox ist übergequollen. Hunderte Bewerbungen. Lisa und ich haben zwanzig ausgewählt. Wie immer waren äußerst kreative dabei. Einer hat sich als Facharzt für Rauschmittel ausgegeben, der entsprechende Gratisproben verteilen wollte. Ein anderer bot an, ein Kind mit Hot Lips zu zeugen.«

»Sein Foto war vielversprechend, es zeigte George Clooney«, bestätigte Lisa.

»Und einer wollte mich mit einer Armeejacke bestechen, von der er behauptet hat, sie sei von Hawkeye bei den Dreharbeiten getragen worden. Zumindest hat sie so gestunken, als sei sie schon im Koreakrieg im Einsatz gewesen.« Ben kniff die Augen zusammen und schüttelte seinen Kopf. »Der ist nicht dabei.«

»Wonderful. Die Vorbereitungen sind abgeschlossen und der Zirkus kann in die Stadt kommen. Darauf stoßen wir mit einer Runde Martinicocktails an.« Sam deutete auf die wohlsortierte Bar in einer Ecke des großen Salons und Eitelfritz machte sich sofort ans Werk.

Umsichtig umkurvte Nele im Licht der Scheinwerfer des Geländewagens gegen Mitternacht die Schlaglöcher. Sie hatte rechtzeitig angeboten, die Fahrt auf die Finca in Bunyola zu übernehmen, damit Sam bei den Cocktails mithalten konnte.

»Dafür, dass du noch nie so ein Schlachtschiff gelenkt hast, machst du es tadellos«, lobte Sam.

Wenig später saßen sie auf der überdachten Terrasse. Beiden war nach Reden zumute. Sam hatte das Licht im Haus gelöscht,

Kerzen auf dem Boden angezündet und eine Flasche vom Rotwein geöffnet, den ein Nachbar produziert.

»Die Sommernacht ist voller Leben. Du musst nur hinhören«, flüsterte Sam.

»Ich höre nichts, nur Stille.«

»Genau. Das ist es. Die Natur schweigt nie. Jede Stille verfügt über verschiedene Klangfarben und Geräusche.«

»Welche?«

»Soeben hat es im Unterholz geraschelt, vermutlich Wildkatzen auf der Jagd. Bald kommen Fledermäuse. Du kannst sie zwischen den Feigenbäumen erkennen. Wenige Menschen können sie sogar hören.« Sam deutete auf die Silhouetten der ausladenden Laubbäume. »Am lautesten zirpen die Zikaden. Das kennst du.«

»Stimmt. Jetzt höre ich es auch.«

»Höre nur genau hin, dann erklingt ein Konzert. Die Eule und die Nachtigall setzen erst später ein. Dafür müssen wir noch warten.«

»Du kennst dich bestens aus.«

»Die endlose Weite des mittleren Westens war mein Spielplatz.«

Nele bemerkte, den nachdenklichen Unterton. *Wenn Sam von sich aus nichts von seiner Jugend oder Familie erzielt, frage ich ihn nicht danach. Cleo hat mir erzählt, dass sein Vater und Opa noch leben. Womöglich ist das Verhältnis zur Offiziersfamilie belastet, weil er als hochdekorierter Oberst die Navy verlassen hat. Ich warte, bis er es mir erzählen möchte.*

Nach einer Weile übernahm Nele die Initiative. »Am Wochenende lasst ihr die Sau raus.«

Sam lachte. »Einmal im Jahr darf das sein. Raus aus dem abgestandenen Alltagstrott. Das ist unser Ventil. Verrückte Mediziner und MASH, das passt zu uns. Bens Vater hat uns als Ärzte mit Grenzen tituliert. Der Ausdruck gefällt mir.«

»Ich empfinde euch nicht als verrückt, sondern als seriös und hilfsbereit, mit einer klitzekleinen Macke.«

»Vielen Dank für das Klitzeklein. Ein deutsches Wort, das ich seit der Kindheit nicht mehr gehört habe. Meine Mutter hat es selten benutzt.«

Scheiße! Das wollte ich nicht. Keine Erinnerungen. Sonst heule ich noch wegen meiner Schwester. Ich wechsle das Thema. »Welches Band verbindet euch?«

»Die Unabhängigkeit. Wenn ich wollte, könnte ich morgen meine Zelte abbauen.« Sam hob die Hände. »Keine Bange. Das habe ich nicht vor. Im Gegenteil, hier fühle ich mich down to earth.«

»Die Hilfsbereitschaft verbindet euch auch.«

»Wir helfen nicht nur zweimal im Jahr bei der Behandlung der Obdachlosen. Fritz gibt Geld. Ben beschafft laufend Medikamente. Ich bin glücklich, dass mich die Klinik bei den unentgeltlichen Operationen großzügig unterstützt. Und Lisa hilft, wann immer sie gebraucht wird. Wir reden nicht darüber.«

»Ganz im Gegensatz zu den Nobelschröders oder dem Briefadel in seinem Zuckerbäckerschloss. So viel habe ich in meiner kurzen Zeit auf Mallorca schon mitbekommen.«

»Durch unser MASH-Festival kommt ordentlich was zusammen. Die Teilnehmer lassen sich den Spaß was kosten. Das geben wir an lokale Hilfsorganisationen weiter. Die wissen am besten, wo's fehlt.«

Ein Blick auf die Uhr ließ Nele erschrecken. »Ups, so spät. Ich habe morgen, äh heute, einiges vor. Und du? Musst du nicht auch früh ran?«

»Nein. Der Mittwoch ist ein kurzer Arbeitstag. Ich operiere nicht. Was hast du vor?«

»Auch ich statte dem Schiffsmakler einen Besuch ab und hake mal nach, wie es um den Verkauf von Loreen steht.«

»Sei bitte vorsichtig. Rufe sofort an, wenn es ein Problem gibt.«

»Danke für deine Unterstützung.«

»Am späten Nachmittag könnten wir an den Strand fahren. In die Wellen hüpfen und danach einen Fisch vom Grill genießen.«

»Tolle Aussichten. So machen wir das.«

Sie löschten die Kerzen, verriegelten die Türen und stiegen die Treppe in den ersten Stock hinauf. Am Treppenabsatz standen sie sich eine Weile gegenüber. Durch ein Fenster beleuchtete der Vollmond den Flur.

»Ich bin froh, dass du dich entschieden hast, nicht mehr allein im Haus deiner Schwester zu wohnen. Hier wirst du sanft schlafen, auch in der ersten Nacht.«

Nele neigte ihren Kopf zur Seite. »Wieso tust du das für mich?«

Sam überlegte. Jetzt durfte er nichts Falsches sagen. »Doreens Haus tut dir nicht gut. Too much vibrations. Außerdem kann ich hier besser auf dich aufpassen.«

Nele erkannte sich nicht wieder. »Noch ein Grund?«

Sam lachte und wich aus. »Das Leben muss prickeln. Abenteuer gibt es nicht nur bei Karl May. Auch im wahren Leben begegnen sie dir. Du musst sie nur erkennen! Schlaf gut.«

»Gute Nacht.«

Jetzt war die Zeit für eine Umarmung reif. Wortlos genossen sie für einen kurzen Moment Nähe und Zärtlichkeit. Danach verabschiedeten sich in ihre Zimmer.

KAPITEL 29
Das Weichei

Die Sonnenstrahlen kitzelten Cleo im Gesicht und ließen sie erwachen. Rosenduft schlug ihr entgegen. Vorsichtig öffnete sie ihre Augen. Ein üppiger Strauß roter Rosen erwartete sie neben dem Bett. Mit der linken Hand tastete sie unter die andere Bettdecke und entdeckte nichts. Ben war schon aufgestanden.

Minuten später hatte Cleo ihre schwarzen Haare zusammengebunden, sich geschminkt und ein weißes Sommerkleid aus Leinen angezogen. Mit einer roten Rose in der Hand schlenderte sie zum Tisch auf der Terrasse. »Schau mal, welch hinreißende Rosen ich erhalten habe.«

»Wer das wohl war?«

»Wahrscheinlich der Tangotänzer. Was will er mir damit sagen?«

»Nichts, denn der kann es nicht gewesen sein. Juan mit seinem zotteligen Schnauzer und er kommen erst um Neun«, kommentierte Ben scheinbar teilnahmslos, während er weiter auf sein Smartphone blickte. »Dann tänzelt er wieder mit der kreischenden Motorsense.«

Cleo setzte sich auf Bens Schoß, legte einen Arm um seinen Hals, küsste ihn und ließ ihn an der Rose riechen. »Hoffentlich gibt sich der Wohltäter noch zu erkennen, denn ich bin ein sittsames Mädchen und möchte mich bei ihm angemessen bedanken.«

»Manchem Spender schwebt kein sittsames Mädchen vor.«

»Mir darf er seine Gelüste offenbaren«, hauchte ihm Cleo ins Ohr und setzte sich auf einen Stuhl.

»Wenn das kein Anreiz für den Wohltäter ist. Muss aber noch warten. Jetzt wird gefrühstückt.« Ben hatte bereits Orangen ausgepresst und Müsli sowie Jogurt aufgetischt. »Heute wird es glühend heiß. Deshalb schlage ich vor, dass wir zackig in die Drei-Finger-Bucht aufbrechen. Jetzt ist noch wenig los. Wenn es um Zehn oder Elf voll wird, fahren wir zurück. Unterwegs kaufen wir ein und essen bei uns im Schatten am Pool. Die Gärtner sind dann weg.«

»Klingt toll. Ich nehme eine Luftmatratze aus dem Pool mit. Vorher stelle ich den beiden kalte Cola im Eiskübel unter den Olivenbaum.«

»Von Zwei bis Sieben habe ich Sprechstunde.«

»So lange? Normalerweise arbeitest du mittwochs doch nur drei Stunden.«

»Ab jetzt nicht mehr. Ist besser fürs Portemonnaie.«

»Apropos Geldbörse. Ich habe mich entschieden, den Empfangsjob in Sams Klinik anzunehmen, wenn sie mich haben wollen. Vom Strand rufe ich wegen eines Vorstellungs-termins an.«

Ben war die Freude über Cleos Entscheidung anzusehen.

Wie mit Nele und Sam vereinbart, machte sich Carlos am Vormittag auf den Weg zum Schiffsmakler im Port Adriano. Dort ließ er sich ausgiebig Zeit und schlenderte gemächlich durch den Hafen. Überall wuselte es. Auf dem proppenvollen Werftgelände standen die Yachten dicht an dicht auf dem Trockenen. Sie verbargen ihre Schönheit unter weißen Plastikplanen, die das gesamte Schiff umspannten. Lediglich einige Aufbauten und der Kiel schauten hervor. Hinter den Planen hörte man die Werftarbeiter, wie sie mit schwerem Gerät Farbe abschliffen oder hämmerten. Hin und wieder flackerten weiße Lichtblitze von Schweißarbeiten auf.

Typisch für die Hochsaison pulsierte das maritime Leben ebenfalls in den beiden Hafenbecken. Zahlreiche fleißige Helfer wienerten die Prachtstücke auf Hochglanz. Vor den Stegen zu den mondänen Pötten stauten sich die Kleintransporter der Handwerker und Zulieferer. An der Schiffstankstelle herrschte reger Betrieb und durch die Hafeneinfahrt bugsierten die Boote vorsichtig aneinander vorbei. Ab und zu brummte der dumpfe Ton eines Signalhorns durch den Hafen.

In den Bars und Restaurants auf der Mittelmole bereitete man sich auf die Mittagszeit vor. Mit Staubsaugern erhielten Loungemöbel ihren letzten Schliff, wurden Tische eingedeckt und Glasscheiben blitzblank geputzt. Überall ertönte Musik. Die Lautsprecher der Bars liefen sich warm, aus einem Lieferwagen mit heruntergedrehten Scheiben quoll Techno und auf einigen Achterdecks dudelten leise die beliebtesten Songs der Charts.

Carlos liebte diese Atmosphäre. Es roch nach Meer, Ferien und Lebensfreude. Hier und dort blieb er vor einer der Yachten stehen und sah sich am illustren Prunk satt. Ihm war bewusst, dass der Eigner ein potentieller Krimineller sein könnte, gegen den er oder Kollegen in anderen Ländern eines Tages ermitteln würde. Doch er konnte Berufliches und Privates trennen. Und im Moment war privat. Sein Blick fiel auf das quirlige Strandleben neben dem Hafen. In Gespräche vertieft, saßen dort Großeltern auf gestreiften Campingstühlen unter ausgeblichenen Sonnenschirmen. Daneben stapelte sich der Tagesproviant in Kühlboxen. Die Enkel spielten im Sand oder tobten lauthals im Wasser. Sonnenhungrige dösten eingeölt auf Handtüchern. Stand-up-Paddler übten außerhalb des abgetrennten Badebereichs. Über allem wachten zwei Rettungsschwimmer der spanischen Wasserwacht in ihren leuchtend orangenen Shirts auf dem rot-weißen Holzturm.

Eine Viertelstunde später war er wieder im Dienst, betrat das Büro des Schiffsmaklers und fragte direkt nach der ominösen Probefahrt mit Loreen. Der schnöselige Makler gab vor, sich nicht erinnern zu können. Doch Carlos ließ nicht locker und bohrte weiter.

»Unsere vermögenden Kunden erwarten Diskretion. Schon deshalb darf ich Ihnen keine Auskunft geben«, lautete die Antwort.

Nun reichte es Carlos. »Vor einem Jahr gab es aufgrund einer Anzeige gegen Sie einen Verdacht auf Geldwäsche beim Kauf einer Yacht zu einem erhöhten Kaufpreis. Das Schiff wurde ein Vierteljahr später zum gleichen Preis nach Malta weiterverkauft.« Sein Mitarbeiter hatte den Fall schon abgeschlossen, da mit hoher Wahrscheinlichkeit Geld gewaschen worden war, vor Gericht aber keine stichhaltigen Beweise hätten vorgelegt werden können. Einer jener Fälle, wo Carlos machtlos war. Doch das erzählte er dem Schiffsmakler nicht. Im Gegenteil, er erhöhte den Druck. »Wenn Sie mit der Information nicht rausrücken, werde ich Ihnen durch einen Uniformierten immer wieder Vorladungen in die Hand drücken lassen, bevorzugt, wenn sie auf einer Yacht mit einem potentiellen Kunden ein Verkaufsgespräch führen. Sowas spricht sich im Hafen schnell rum und wird ihren vermögenden Klienten, die, wie Sie selbst sagen, Diskretion erwarten, kaum gefallen. Deshalb wiederhole ich meine Frage ein letztes Mal. Wer hat Javier Martín auf der Probefahrt begleitet?«

Im Handumdrehen knickte der arrogante Makler ein. Er schloss eine Schreibtischschublade auf, fischte den richtigen Jahreskalender heraus, blätterte darin und erinnerte sich wieder, denn er kannte den Marqués. Die beiden liefen sich bei den Events über den Weg, wo sich die Schönen und Reichen Mallorcas tummelten. Vor kurzem waren sie sich auf der alljährlichen Schiffsmesse in Palma begegnet, wo sich der Banker bevorzugt an potentielle Kunden heran schmiss.

Auf dem Weg in sein Büro rief Carlos vom Auto aus Sam an und informierte ihn, dass der Marqués der zweite Mann auf der Probefahrt gewesen war. Umgehend leitete Sam die Information an Nele weiter.

Zur gleichen Zeit kreuzten Lisa und der Marqués im feudalen Stadtpalais der Privatbank in Palmas Altstadt ihre Klingen. Beide trugen ihre Paradeuniform. Lisa hatte sich aufgedonnert und Lippenstift sowie Nagellack im gleichen Blutrot gewählt. Trotz der Sommerhitze trug sie ein schwarzes, eng anliegendes Kostüm. Ihr Dekolleté gab eine Nuance mehr preis, als beim ersten Besuch. Einen ausladenden, schwarzen Hut hatte sie als Sonnenschutz gewählt. Als i-Tüpfelchen hatte Lisa wieder schweres Parfum aufgelegt.

Dem stand der distinguierte Bankier mit seinem bleistiftdünnen Oberlippenbart im dunkelblauen Anzug mit akkuratem Einstecktuch in nichts nach. Im Vorfeld hatte er zu Lisas Vermögensverhältnissen in der Schweiz Nachforschungen angestellt. Sie waren wenig ergiebig gewesen. Seine Kontakte waren dafür nicht gut genug. Er hatte weder die Bestätigung eines nennenswerten Vermögens erhalten, noch die Aussage, dass Lisa alles verdaddelt hatte. Als Vertriebler, der ständig auf der Suche nach Neukunden war, insbesondere wenn sie weiblich und attraktiv waren, hatte er sich nach der Recherche entschieden, Lisa als vermögend einzustufen.

Nach wechselseitigen Höflichkeitsfloskeln kamen die beiden schnell auf das Projekt in Paguera zu sprechen. Der Marqués setzte sein charmantestes Lächeln auf, holte weit aus und sagte Lisa endgültig ab. Sie gab ihre grenzenlose Enttäuschung zum Besten und versuchte es mit der Alles-oder-Nichts-Strategie. Doch der Bankier blieb standhaft. Er versprach, eine andere, lukrative Immobilieninvestition auf Mallorca zu finden und betonte nochmals sein Interesse, Lisa als Kundin für weitere Vermögensanlagen seiner Bank zu gewinnen. Sie bat um Bedenkzeit, bedankte sich für das Gespräch und verließ die Privatbank.

Auf der Dachterrasse eines angesagten Boutique Hotels in der Nachbarschaft bestellte sich Lisa einen Spritz, rief Nele an und fasste das Gespräch mit dem Marqués zusammen: »Ein Playboy, der sich verpisst, wenn's ernst wird. Dieses Weichei hat deine Schwester nicht umgebracht.«

KAPITEL 30
Sein Lebenswerk

Am Morgen hatte Javier die Mitteilung erhalten, dass er um Punkt Zwölf im Norden der Insel erwartet werden würde. Ungläubig hatte er den Kopf geschüttelt und vor sich hin gebrabbelt: »Warum schickt er mich in die Pampa, um mir dort ein Telefon in die Hand drücken zu lassen? Das geht auch auf dem Eroski-Parkplatz an der Ecke.«

Javier machte sich rechtzeitig auf den Weg. »Den Basken lasse ich besser nicht warten«, brummelte er.

Eine gute Stunde würde er mit dem Auto in die abgelegene Ecke brauchen. Als Immobilienexperte kannte er sich auf der Insel aus. Die Gegend um Colònia de Sant Pere war dünn besiedelt und wenn, handelte es sich um karge Fincas auf felsigem Boden, wo allenfalls Ziegen Nahrung fanden. Der Massentourismus Mallorcas lebte sich Lichtjahre davon entfernt aus. Über diese Ecke der Insel waren die Immobilienhaie noch nicht hergefallen.

Während der Fahrt malträtierte sich Javier mit der Frage, was der Baske von ihm wolle. Trotz der formidablen Klimaanlage liefen Schweißperlen über sein Gesicht. Seine Gedanken führten ein Eigenleben. Er hatte sie nicht im Griff. Eine Antwort fiel ihm nicht ein. Weil das letzte Telefonat mit der Verdopplung seines Anteils am Projekt in Paguera so positiv verlaufen war, hoffte der Bauunternehmer auf erfreuliche Nachrichten.

Am angegebenen Kilometerstein bog er von der Nationalstraße auf eine mit deftigen Schlaglöchern gespickte Schotterpiste ab. Die Mittagssonne hatte beinahe ihren Höchststand erreicht. Links und rechts des Feldwegs war das Gelände mit vertrockneten Dornenbüschen übersät. Zum ersten Mal in seinem Autoleben durfte der SUV auf der Schotterpiste zeigen, was in ihm steckte. Wie eine Postkutsche, die in wilder Fahrt durch die Wüste Arizonas vor einer Horde Banditen floh, zog er eine kolossale Staubwolke hinter sich her. Nach einem Kilometer ging es in Serpentinen steil einen Hügel hinauf. Da Javier eine Viertelstunde vor der verabredeten Zeit fast am Ziel war, parkte er im Schatten einer knorrigen Eiche, ließ die Klimaanlage laufen, wartete die Zeit ab und trocknete seine feuchten Hände mit einem Taschentuch.

Zwei Minuten vor Zwölf fuhr er weiter und erreichte nach einer Kurve ein Plateau, auf dem bereits ein dunkelgrauer Range Rover mit getönten Scheiben wartete. »Das muss die junge Frau mit der löchrigen Jeans sein.« Javier parkte daneben und stellte den Motor ab. Er war darauf vorbereitet, dass es gleich an seiner Scheibe klopfte.

Als es pochte, ließ er das Fenster herunter und streckte seine Hand hinaus. Doch statt eines Handys erhielt er eine Aufforderung: »Bitte steigen Sie aus.«

Javier erstarrte. »Der Baske«, schoss es ihm durch den Kopf. Er öffnete die Fahrertür und kletterte unbeholfen aus seinem Wagen. »Sie, Sie habe ich nicht erwartet.«

»Für Überraschungen bin ich immer gut.« Der Baske, ein gepflegter, grauhaariger, schlaksiger Mittfünfziger mit Dreitagebart, lächelte. Er trug einen weißen Leinenanzug mit einem offenen, hellblauen Hemd und genoss den Augenblick mit dem sichtlich verblüfften Bauunternehmer. Ein bulliger Zwei-Meter-Mann im grauen Anzug stieg aus der Fahrertür des Range Rovers, schob seine Sonnenbrille zurecht und blieb breitbeinig neben dem Wagen stehen. Der Baske nickte ihm kurz zu. Javier wurde unwohl. Dieser Zustand potenzierte sich, als das Gewitter über ihm hereinbrach und der Baske ohne Umschweife zur Sache kam.

»Ich habe mich über die Deutsche erkundigt«, eröffnete der Baske gemächlich, doch der Donner war im Anrollen. »Sie ist Steuerfahnderin!«

»Was heißt das?«

Diese Frage brachte das Fass zum Überlaufen. »Das ist in Deutschland die Finanzpolizei, knallharte Typen. Und du Trottel gaukelst einer abgebrühten Steuerspezialistin vor, dass du die Grundstücksurkunde und die Zusatzvereinbarung zurückhaben möchtest, um Steuern zu sparen, die man gar nicht rückgängig machen kann.« Der Baske kam in Fahrt und war entgegen dem letzten Treffen wieder ins knallharte Du gewechselt.

Am liebsten hätte der Bauunternehmer die Beine in die Hand genommen. Aber das zog er nicht ernsthaft in Erwägung.

»Danach lagen für Werners Schwägerin zwei Optionen auf dem Tisch. Entweder nimmt die Steuerfahnderin Witterung auf, weil die Sache stinkt, und beginnt nachzudenken oder sie hält uns für komplette Idioten. Such dir eine Alternative aus«, donnerte der Baske und fuchtelte mit einer Hand.

Da war er wieder, der Ton, der es Javier kalt den Rücken runter laufen ließ. Er zuckte mit den Schultern.

»So einen Scheiß reibt man doch keiner Steuerpolizistin unter die Nase«, brüllte der Baske.

»Sorry«, flüsterte Javier, sah betreten zu Boden und zitterte.

»Ich erkundige mich doch vorher, mit wem ich es zu tun habe.« Wütend ballte der Baske seine Faust.

»Mein Fehler. Was soll ich jetzt machen?«

»Runterspielen. Du rufst sie an und erzählst ihr, dass das Ganze ein Irrtum war. Die Unterlagen werden nicht benötigt. Sie kann die Suche einstellen. Du bedankst dich bei ihr für ihre Mühe. Ehrlich, aber nicht überschwänglich!« Der Baske kniff die Augen zusammen. »Versuche rauszukriegen, was sie weiß.« Er überlegte kurz. »Nein, lieber doch nicht. Du versaust es nur wieder. Wünsche ihr eine gute Rückreise.«

»Soll ich ihr Geld anbieten?«

»Niemals!« Eine Ader trat auf der Schläfe des Basken hervor. Er ruderte noch wilder mit seiner Hand herum. »Runterspielen. Schicke ihr ein opulentes Blumenbouquet, aber keine Rosen. Lade sie zum Essen ein, aber nicht aufdrängen. Wenn sie nicht will, lass sie endgültig in Ruhe.«

Der Bauunternehmer nickte wie ein Schuljunge, der beim Abschreiben erwischt wurde und auf seine Strafe wartete.

Der Baske fixierte seinen Geschäftspartner. Javier spürte den brennenden Blick. Für ihn schien die Zeit stehen zu bleiben. Nach endlosen Sekunden nickte der Baske dem Bodyguard zu. Der Zwei-Meter-Mann stapfte zum Kofferraum des Range Rovers und öffnete ihn. Der Baske trat an Javier heran und legte eine Hand auf dessen Schulter, was der Bauunternehmer empfand, als würde ein Schneidbrenner seine Haut durchtrennen. Er war auf alles gefasst.

»Das war ein blöder Fehler. Aber jetzt schauen wir nach vorn.« Der Baske hatte sowohl die Fassung als auch seine Höflichkeit wiedergefunden. Lächelnd schob er Javier zum geöffneten Kofferraum vor sich her. Überraschenderweise erblickte der Bauunternehmer dort einen Picknickkorb mit Gläsern und einer Flasche Prickelndes.

»Gleich stoßen wir auf das neue Projekt an. Genießen Sie den imposanten Ausblick. Im Nordwesten erkennen Sie Alcudia und Formentor. Gen Süden schauen Sie weit über die Inselmitte. Zu unseren Füßen liegt die Zukunft.« Mit der Hand deutete der Baske nach Norden in Richtung der Küste.

»Da unten?« Javier schaute ungläubig.

»Genau. Zwischen Son Sera de Marina und Colònia de Sant Pere.«

»Das ist Außengebiet und steht großteils unter Naturschutz.«

»Das wird mein Lebenswerk. Dagegen ist unsere Grundstücksentwicklung in Paguera nur eine Fingerübung.« Der Baske schaute verklärt auf den langen Strand hinter der verdörrten Ebene und deutete dorthin. »Keine Hochbauten wie in anderen Touristenzentren. Ökologischer, nachhaltiger Tourismus. Ein Luxusresort am Naturstrand mit Golfplatz. Ein Country Club für die Schönen und Reichen dieser Welt. Alles Bio. Statt Zimmern werden vierzig freistehende Chalets jeweils mit eigenem Infinity-Pool gebaut. Die Mindestmietzeit für eine derartige Luxusherberge wird einen Monat betragen. Über dreihundert Arbeitsplätze werden entstehen. Von der Tapasbar am Strand bis zum Drei-Sterne-Restaurant mit mallorquinischen Produkten. Später wird der Yachthafen vergrößert. Damit katapultiere ich mich in die Topliga der Nobelhotels auf der Welt.«

Javier kam aus dem Staunen nicht heraus. Er bemerkte den sonderbaren Tonfall, der signalisierte, wie ernst es dem Basken war. Breitbeinig stand der wie ein Feldherr mit ausgestrecktem Arm auf dem Plateau, entschlossen, seine Vision Realität werden zu lassen.

»Beim Baurecht könnten Schwierigkeiten auftauchen. Ich hatte mal eine Finca von da unten auf dem Tisch«, schob Javier vorsichtig ein.

»Das wird schon. Wenn die Kaufverträge unterschrieben sind, hauen wir auf's Blech. Dann wird Jeff das Projekt mit einem weltbekannten Architekten der Presse vorstellen. Ein Hollywoodstar, der eines der Chalets für zehn Jahre anmietet, wird auch eingeflogen. Details wie die eigene Klär- und die Photovoltaikanlage werden hervorgehoben. Das Projekt wird in aller Munde und das Highlight von Mallorca sein. Die Presse wird sich darauf stürzen. Dann werden die Behörden bei der Baugenehmigung nicht pingelig sein.«

Der Baske hatte sein Lebenswerk von langer Hand geplant und eine Menge Geld sowie noch mehr Energie hineingesteckt. Den Außenauftritt hatte Jeff Mendes übernommen. Er war die Idealbesetzung, da er als seriös galt, über beste Kontakte verfügte, als Fachmann angesehen war und mit spanischen Wurzeln den perfekten Stallgeruch für Mallorca besaß.

Der Baske trat nicht in Erscheinung. Dies überließ er Jeff. Mit seiner diplomatischen Art hatte der es fertiggebracht, mit dem ökologischen Vorzeigeprojekt bei der EU in Brüssel einen Fuß in die Tür zu bekommen. Die zuständige Tourismuskommissarin hatte das Hotelprojekt wohlwollend beurteilt und Fördergelder in Aussicht gestellt. Mit diesem Rückenwind war es Jeff gelungen, von der Regierung der Balearen nicht vor die Tür gesetzt zu werden. Auch dort hatten Arbeitsplätze und Nachhaltigkeit sowie die Wohnungen für die Hälfte aller Mitarbeiter auf dem Gelände gepunktet. Mit einem Stirnrunzeln war ihm unter den üblichen Vorbehalten vorsichtige Zustimmung signalisiert worden. Mit dem Hinweis auf noch nicht vollständig abgeschlossene Grundstückskäufe hatte es Jeff dabei geschafft, nie den genauen Standort der beabsichtigten Investition offenbaren zu müssen. Dafür glänzte er mit neuen, ganzjährigen Arbeitsplätzen und der ganzen Palette einer ökologischen Vorzeigehotelanlage. In dem für die Behörden eigens auf edelstem Papier angefertigten Hochglanzprospekt wimmelte es nur so von Nachhaltigkeit.

Parallel dazu hatte der Baske in den letzten zwei Jahren über Strohmänner bereits einige unbebaute Grundstücke, auf denen nur Olivenbäume neben Dornenbüschen wuchsen und Ziegen grasten, zu Spottpreisen erworben. Um das gesamte Areal, das für das ehrgeizige Hotelprojekt benötigt werden würde, zusammen zu bringen, mussten noch fünf weitere Immobilien angekauft werden. Davon waren vier Grundstücke stattliche Fincas mit Landhäusern und landwirtschaftlichen Gebäuden. Das zentrale Objekt für das Vorhaben war ein in die Jahre gekommenes, heruntergewirtschaftetes Landhotel, das über die unerlässliche Hotellizenz verfügte.

Mit diesen fünf Grundeigentümern hatten Strohmänner des Basken die Kaufverhandlungen diskret so weit vorange-trieben, dass alle Kaufverträge unterschriftsreif waren. Die Vertragsdetails einschließlich der Kaufpreise waren ausgehan-delt. Keiner der Verkäufer ahnte, dass auch die Nachbarn ver-kaufsbereit waren. Wenn einer der Veräußerer Wind davon be-kommen hätte, was in Wahrheit gebaut werden solle, hätte er seinen Verkaufspreis womöglich noch hochgetrieben. Deshalb war der Baske auf äußerste Diskretion bedacht.

In den letzten zwei Jahren war es ihm gelungen, wichtige Weichenstellungen vorzunehmen. Um beim Baurecht keine Widerstände wegen der Wassernutzung auf dem Golfplatz zu befürchten, hatte der Baske einen immensen Betrag für ein Gefälligkeitsgutachten eines der anerkanntesten spanischen Gutachter ausgegeben. Danach sei es unproblematisch, die Wasserquelle eines der noch zu erwerbenden Grundstücke zusätzlich zum Abwasser der Kläranlage für die Bewässerung des Golfplatzes zu nutzen.

Außerdem hatte der Baske einen Wissenschaftler der *Universitat de les Illes Balears* angeheuert, der aus Forschungsgründen Zugang zum Katasteramt hatte und sich dort bestens auskannte. Nunmehr fand sich in einer Grundbucheintragung aus den dreißiger Jahren des letzten Jahrhunderts der Zusatz, dass eines der Grundstücke, die der Baske schon erworben hatte, ein Wegerecht eingetragen war, das es erlaubte, einen direkten Weg vom künftigen Standort des Hotelkomplexes zum Naturstrand anzulegen. Für diese getürkte Eintragung war der Wissenschaftler mit einer Schachtel voller Bargeld entlohnt worden.

Für den Basken stand sehr viel auf dem Spiel. Einschließlich der fünf noch zu erwerbenden Grundstücke würde sein Investment einhundert Millionen Euro überschreiten. Die immensen Baukosten für Hotel, Golfplatz und Yachthafen waren dabei noch nicht berücksichtigt.

Das Hotelprojekt war für den Basken die zentrale Säule, um sein Imperium zu vollenden. Die Außenwirkung als Eigentümer eines ökologischen Nobelresorts, das die Attraktivität Mallorcas auf ein anderes Niveau heben würde, passte vorzüglich zum Bild, das er in der Öffentlichkeit Spaniens darstellen wollte. Durch seine großzügigen Spenden im Sozialbereich und sein Engagement für den bedeutendsten baskischen Fußballclub war er in dieser Region Nordspaniens bereits eine populäre Persönlichkeit. Nun hielt er den Zeitpunkt für gekommen, die letzte Stufe zu erklimmen, vor die Fassade zu treten und sich auf der Weltbühne im Kreis der Mäzene und Erfolgreichen zu sonnen. Davon versprach er sich wiederum, einen herausragenden Nimbus, eine Art Unantastbarkeit, zu erlangen, der es der spanischen Justiz erschweren würde, sich mit ihm anzulegen. Darüber hinaus sollte das Hotelprojekt als perfekte Tarnung für das Säubern und Durchleiten der Gewinne aus seinen kriminellen Aktivitäten fungieren.

Während der Baske auf dem Plateau die Vision vom künftigen Luxushotel mit Golfplatz am Naturstrand bildhaft schilderte, war er penibel darauf bedacht, Javier nur so viel zu erzählen, wie er für richtig hielt. Die gefälschte Grundbuchkorrektur, das gekaufte Wassergutachten und seine dunklen Aktivitäten erwähnte er nicht. »Der Startschuss erfolgt kurzfristig, sehr kurzfristig. Dann ist der Point of Return überschritten und es gibt kein Zurück mehr.«

»Was meinen Sie damit?«, hakte Javier nach.

»Die fünf Kaufverträge müssen ruck zuck unterschrieben werden. Wir sind verpflichtet, alles so schnell wie möglich abzuwickeln. Innerhalb von zwei Tagen. Schafft Ihr neuer Notar das?«

»Das klappt bis Freitag. Ich rede mit ihm.«

»Er soll bloß nicht anfangen, irgendetwas in den Verträgen zu ändern, nicht mal ein Komma. Die Kaufverträge wurden von renommierten Juristen vorbereitet. Der Notar soll vorlesen, unterschreiben und siegeln. Basta. Wenn's mit den Verträgen funktioniert, wird er zusätzlich zu dem stattlichen Honorar einen fetten Scheck einer Schweizer Bank in seinem Briefkasten finden. Sagen Sie ihm das.«

»Da geht nichts schief.«

Der Baske fixierte Javier mit festem Blick. »Wenn doch, ist es für mich nicht erbaulich und für Sie prekär.« Dann nickte er seinem Bodyguard zu. Der entkorkte die gekühlte Flasche, schenkte zwei Gläser ein und reichte sie den beiden.

Javier aktivierte seine letzten Kräfte, um die Drohung zu übertünchen. »Phänomenal! Der beste Zeitpunkt für ein derartiges Mammutprojekt. Während die Bevölkerung wegen Übertourismus und Wohnungsnot auf die Straße geht, zeigen Sie mit den Wohnungen für die Mitarbeiter und dem Trend zum Luxustourismus die Lösung auf.«

»Der eleganteste Cava. Vom Festland. Ich bin mir sicher, dort unten wird sich Großartiges entwickeln.« Wieder wies der Baske nach Norden. »Lassen Sie uns gemeinsam darauf anstoßen.«

Die beiden prosteten sich zu und Javier nahm einen tiefen Schluck. Er fühlte sich immer noch unwohl, zu viel war gerade auf ihn eingeprasselt.

Der Baske kniff die Augen zusammen und zeigte wieder zum Strand. »Ich hatte die richtige Nase. Heute ist Mallorca top. Woanders fallen die Immobilienpreise. Hier wurde durch COVID der Turbo gezündet. Selbst die Amerikaner zieht es hierher. Direktverbindungen aus den USA, vor Jahren noch undenkbar, schaufeln sogar Amis auf die Insel. Da unten wird Einzigartiges entstehen.«

Javier nickte unbewusst.

»Meine Getreuen werden auch daran partizipieren. Ihnen vertraue ich den Bau an. Da bleibt für Sie ordentlich was hängen.«

»Herzlichen Dank.« Javier fiel ein Stein vom Herzen.

»Der Marqués wird an der Finanzierung blendend verdienen. Einige der benötigten Mittel werde ich seiner Bank zur Verfügung stellen. Von dort werden sie als Kredit an meine Projektgesellschaft weitergeleitet.«

»Das kriegt der hin.« Javier leerte den Rest des Glases in einem Zug.

»Ach ja, ich werde auf Mallorca noch nicht in Erscheinung treten. Möglicherweise zu einem späteren Zeitpunkt. Denken

Sie bitte immer daran und geben Sie diesen eindringlichen Wunsch an den Notar und den Marqués weiter.«

Javier nickte.

»Ihr Ansprechpartner für das Tagesgeschäft wird Jeff Mendes sein. Er wird häufig auf der Insel sein.«

»Ich habe ihn schon kennengelernt. Auf Ihrer Yacht.«

»Jetzt eile ich zum Flughafen. Der Flieger, der mich heute Morgen von San Sebastian hierher gebracht hat, wartet.«

»Ich wünsche Ihnen eine gute Reise.«

»Und ich Ihnen einen erfreulichen Tag.« Der Bodyguard schlug die Heckklappe zu. Die beiden verließen das Plateau im Range Rover mit den abgedunkelten Scheiben und ließen einen Verdutzten mit einem leeren Champagnerglas in der glühenden Mittagssonne zurück.

Es dauerte eine Weile, bis Javier das Erlebte verarbeitet hatte. Regungslos saß er eine Viertelstunde in seinem SUV und starrte über die im Hochsommer ausgemergelte Ebene zum Meer. Sein keuchender Atem übertönte das gedämpfte Rauschen der Klimaanlage. Dann hatte er sein Urteil gefällt. Er war beschimpft worden und hatte einiges ins Pflichtenheft geschrieben bekommen. Es war seine Aufgabe, den Notar einzuorden und den Marqués einzuweihen. Das traute er sich zu. Dagegen standen die Verlockungen. Ruhm als Bauunternehmer für ein Prestigeobjekt und eine Stange Geld. Frohen Mutes startete er den Motor.

Auf der Rückfahrt machte sich Javier gleich ans Werk. Er rief Nele an und bedankte sich höflich für ihre Mitarbeit. Mit dem Hinweis, dass sich das beabsichtigte Immobiliengeschäft zerschlagen habe, zog er sein Interesse an der Zusatzvereinbarung zurück. Er bat Nele, die Suche danach einzustellen und entschuldigte sich für die Unannehmlichkeiten. Dann sprach er ihr nochmals sein Beileid zum Tod der Schwester aus und beendete das Telefonat.

Nele kamen sofort Zweifel. Sie grübelte. *Warum hat er das Interesse an der Zusatzvereinbarung verloren? Was steckt dahinter?*

KAPITEL 31
Mithörer

Eine halbe Stunde später hatte sich Nele in Schale geworfen, nestelte nervös im Mini ihrer Schwester den Zündschlüssel herum und schlug den Weg zum Schiffsmakler in Port Adriano ein. Sie wollte wissen, wie es um den Verkauf der Yacht und des Liegeplatzes stehe. Penibel vergewisserte sie sich unterwegs, dass ihr niemand folgte. Ihre Aufmerksamkeit galt mehr dem Rückspiegel, als dem Verkehr vor ihr, was um Haaresbreite zu einem Auffahrunfall führte und sie noch mehr flattern ließ. Ein paarmal fuhr sie rechts ran und ließ alle Fahrzeuge, die hinter ihr fuhren, vorbei. Aufgewühlt beäugte Nele präzise, welche Autos sie passierten. Verdächtiges war nicht zu erkennen. Sie wollte es nicht wahrhaben, aber ihr Puls schlug schneller, als er es bei ihrem aufregendsten Einsatz als Steuerfahnderin je getan hatte.

Im Parkhaus der Mittelmole stellte sie den Wagen ab und stieg die Treppe ins Freie hinauf, wo sie von feuchter Schwüle sowie unbarmherzigem Sonnenlicht erwartet wurde. Nele setzte ihre Sonnenbrille auf, verweilte einen Moment, hielt sich am Handlauf der Treppe fest und atmete ein paarmal tief durch. Danach schlenderte sie an den Boutiquen und Juwelieren vorbei, wobei ihr Blick flüchtig über die exklusiven Auslagen schweifte. Vor dem mondänen Showroom eines Immobilienmaklers mit weißen Lederstühlen und Glasschreibtischen hielt sie inne und studierte die Offerten. *Uff. Fünf Mio. Das sind gepfefferte Preise. Für Häuser, die mit dem meiner Schwester vergleichbar sind.*

Dann schritt sie zum nächsten Aufgang, um die obere Ebene zu erreichen. Als sie die halbe Treppe hinaufgestiegen war und das Büro des Schiffsmaklers in ihr Blickfeld geriet, erschrak sie und blieb stehen. Sie entdeckte, wie Igor und der Makler dessen Büro verließen. Nele wartete ab. Glücklicherweise spazierten die beiden zu einer anderen Treppe, stiegen zur mittleren Ebene hinab und steuerten einen leeren Liegeplatz im großen Hafenbecken an. Dort gestikulierte der Schiffsmakler und zeigte immer wieder auf den Platz zwischen zwei imposanten Yachten. Nele drückte sich im Halbschatten der Treppe an einen Betonpfeiler und spähte von ihrem Logenplatz. Ihr Puls beschleunigte nochmals.

Nach wenigen Minuten schlenderten die beiden weiter. Nele behielt ihre Deckung bei. Sie sah, wie das Paar die Mittelmole verließ, das alte Hafenbecken umrundete und schließlich vor Loreen stehen blieb. Sie betraten die Yacht und erschienen wenig später auf dem Achterdeck. Wieder gestikulierte der Schiffsmakler. Nele verstand nichts vom Gespräch, denn der Liegeplatz war zu weit entfernt.

Kurz darauf verabschiedeten sich die beiden und der Makler kehrte in sein Büro zurück. Danach verließ Nele ihre Deckung, betrat das Büro des gegelten Schiffsmaklers und erkundigte sich nach dem Sachstand. Letztlich erfuhr sie nichts Neues. Ihr Gegenüber prahlte mit seinen Kontakten, konnte bezüglich des Verkaufs von Loreen jedoch keine konkreten Kaufangebote vorweisen. Er behauptete, dass in den letzten zwei Wochen kein Interessent bei ihm aufgeschlagen sei.

Nele ging in die Offensive, klopfte auf den Busch und erkundigte sich, warum er ihr das Interesse des Maltesers unterschlagen habe. Sie registrierte, wie unsicher der Makler wurde und nach Ausflüchten suchte. Sie setzte nach und behauptete, dass die Polizei wegen der ungeklärten Todesfälle von Werner und Doreen ermittle, Loreen dabei eine zentrale Rolle spiele und der Schiffsmakler im Verdacht stehe, darin verwickelt zu sein. Nele war in ihrem Element, die abgeklärte Steuerfahnderin hatte übernommen. Ihre Körpersprache und Stimme ließen keinen Zweifel, dass sie es ernst meinte. Sie schob die Sonnenbrille in ihre Haare und runzelte die Stirn.

Das Dauerlächeln des Sonnyboys war verschwunden. Er wirkte nachdenklich. Augenscheinlich schien er sein Urteil über Nele zu revidieren.

»Wenn Sie mir nicht sagen, was Ihr maltesischer Besucher gerade eben gewollt hat, werde ich bei der Polizei behaupten, Sie hätten mir einen kriminellen Deal für den Verkauf von Loreen angeboten. Scheinrechnung zur Geldwäsche. Da bleibt an Ihnen was kleben. Garantiert. Ich bin sicher, dann werden Uniformierte demnächst Kartons voller Aktenordner aus Ihrem Büro tragen. Und sowas spricht sich schnell rum.« Sie zog die Augenbrauen hoch.

Der Schiffsmakler verstand die Welt nicht mehr, denn der Polizist Carlos hatte ihm vor wenigen Stunden ähnliches angedroht. Ihm schwante, dass er sich in Nele komplett getäuscht hatte und wunderte sich über ihre Beziehungen zur lokalen Polizei. Nach kurzem Überlegen knickte er ein. »Er möchte den Liegeplatz kaufen und hat Fragen zu Loreen gestellt.«

»Welche?«

»Das Übliche. Baujahr, Inspektionen und Betriebsstunden der beiden Motoren.«

»Sonst noch was?«

»Er hat absolute Diskretion verlangt. Die kann ich mir jetzt wohl abschminken.«

»Natürlich nicht. Wenn Sie meinen Besuch vergessen, behalte ich Ihre Informationen für mich. Bis bald und halten Sie mich wegen des Verkaufs bitte auf dem Laufenden.« Nele schob ihre Sonnenbrille wieder ins Gesicht, drehte sich um und verließ zackig das Büro.

»Mache ich gern«, warf ihr der verdutzte Makler hinterher.

Eine Stunde später war der Spezialist in seine Arbeit vertieft. Carlos hatte ihn zu Nele geschickt. Er war in einem unauffälligen Lieferwagen vorgefahren, wie ein Elektriker gekleidet und mit mehreren abgegriffenen Werkzeugkisten in die Villa gekommen. Ohne etwas zu sagen hatte er ihr bedeutet, nicht zu sprechen und sich still an die Arbeit gemacht.

Er war auf dem neuesten Stand der Technik und benutzte einen Detektor der letzten Generation, mit dessen Hilfe sogar abgeschaltete oder nicht aktiv sendende Wanzen geortet wurden. Damit und einem Scanner arbeitete er sich akribisch vom Keller bis zum Dach, Zimmer für Zimmer. Nele verzog sich derweil auf die Terrasse und döste.

Nach zwei Stunden war er fertig und bat Nele ins Haus. Auf dem Küchenblock hatte er die beiden Jagdtrophäen, augenscheinlich Abhörwanzen, ausgebreitet. Derartige Lauschinstrumente waren ihr nicht fremd. In ihrem Tagesgeschäft waren solche Hilfsmittel verboten, nur bei schweren Delikten kamen sie mit richterlicher Anordnung zum Einsatz. Sie nahm eine der Wanzen in die Hand, drehte sie zwischen den Fingern und inspizierte sie genau.

Der Polizist sprach immer noch nicht und bedeutete ihr, ihm auf die Terrasse zu folgen.

Dort brach er sein Schweigen. »Ich bin mir sicher, alles entdeckt zu haben. Trotzdem sollten Sie weiterhin vorsichtig sein. Eine Wanze habe ich im Wohnzimmer gefunden, die andere war in der Küche versteckt.«

Nele schaute auf die beiden Fundstücke in ihrer Hand. »Welches Fabrikat? Russisch?«

»Fehlanzeige. Asiatische Produktion. Die sind besser, preiswerter und leichter zu beschaffen. Ohne Stromanschluss sind sie mehrere Wochen in Betrieb.«

»Kameras?«

»Nein. Im Schlafzimmer habe ich genau hingeschaut, weil das der beliebteste Ort dafür ist.«

Nele wischte sich über die Stirn und seufzte.

»Carlos hat mir mitgeteilt, dass Sie den Täter gesehen haben.«

Sie nickte.

»Womöglich ist er überrascht worden und konnte seine Arbeit im Obergeschoss nicht vollenden.«

»Die Alarmanlage hat nicht reagiert.«

»Auf die habe ich auch einen Blick geworfen. Die vier Terrassentüren sind Schwachstellen.« Der Polizist deutete auf eine. »Wenn sie nicht fest verschlossen sind, schließt der Kontakt nicht und schaltet sich die Alarmanlage nicht ein. Einbrecher wissen das. Also, bitte immer richtig von innen verriegeln.«

»Danke für den Hinweis.«

Der Polizist streckte seine geöffnete Hand aus. »Nicht der Rede wert. Die beiden Wanzen nehme ich mit, weil ich offiziell hier bin. Sie kommen in unsere Sammlung.«

»Selbstverständlich. Nochmals vielen Dank für Ihr promptes Erscheinen und herzliche Grüße an den Comandante.«

»Richte ich aus.«

KAPITEL 32

Umzug

Wie verabredet trafen sich wenig später Nele und Sam am Meer. Es war wieder einer dieser bullig heißen Sommertage, an denen jeder nach Abkühlung lechzte. Sam hatte den Playa de Portals Nous, einen feinsandigen Strand neben dem mondänen Yachthafen, vorgeschlagen.

Nach einem ausgiebigen Bad lagen sie nebeneinander auf ihren Handtüchern und ließen sich von der Sonne trocknen. Schnell konzentrierte sich ihr Gespräch auf die Wanzen. Nach dem Abwägen aller Argumente waren sich die zwei einig, dass Igor hinter der Sache stecken müsse.

»Ich hatte dienstlich mit Wanzen zu tun. Ihre Reichweite ist nicht bombastisch. In jedem Fall reicht sie aber bis ins Nachbarhaus zu Igor«, fasste Nele zusammen. »Wohl fühle ich mich im Haus meiner Schwester nicht mehr.« Sie stand auf und bürstete sich ihr Haar. »Die Zusatzvereinbarung geht mir nicht mehr aus dem Kopf. Warum hat Javier auf einmal das Interesse daran verloren? Beim ersten Treffen im Sa Premsa suchte er nach einem von mehreren Originalen des Projekts in Paguera. Dann stellte sich heraus, dass es nur ein Original gibt. Und nun wissen wir, dass es um Werners Handyfoto geht, dass auf einmal völlig unwichtig ist. Sehr mysteriös! Eine Ansammlung seltsamer Zufälle.«

Nele und Sam schauten sich an. Sie glaubten beide nicht an Zufälle.

Sam erwischte sich dabei, wie er Nele in ihrem Badeanzug eingehend musterte, was ihr nicht entging.

»Erst wird mit fadenscheinigen Argumenten eine Menge Geld für eine Vereinbarung geboten, von der man annehmen kann, dass sie wichtig ist. Und nun soll alles ein Irrtum gewesen sein? Das macht mich nachdenklich.« Sam bemühte sich, gelassen zu bleiben, um Nele nicht zu ängstigen. Er stand auf. »Die Wanzen und deine Begegnung mit dem Einbrecher kann ich nicht links liegen lassen. Du solltest nicht zurück und allein im Haus der Schwester bleiben!«

Verdutzt schaute Nele auf Sam herab. »Was schlägst du vor?«

»Mir wäre wohler, wenn du gleich auf meiner Finca bleiben würdest, zumindest übergangsweise. Dort ist es sicherer.« Sam stand auf und ergriff ihre Hand.

Nele war erleichtert, so etwas hatte sie erhofft. Sie lächelte ihn an. »Vielen Dank für dein Angebot. Im Haus meiner Schwester fühle ich mich momentan nicht wohl. Wenn es bei dir passt, fahre ich heute nochmal ins Haus. Dann kann ich in Ruhe die wichtigen Dinge einpacken. Und morgen komme ich dann mit meinen Sachen zu dir.«

»Du kannst gern sofort umziehen.«

»Morgen ist besser.«

»Einverstanden. Dann lass uns jetzt nebenan zum Essen gehen. Suche du ein Restaurant aus. Die Auswahl ist gewaltig.«

Nele und Sam wählten eine Tapasbar im Innenhof aus und genossen den bezaubernden Abend.

Danach fuhr jeder in seinem Auto nach Hause. Sam verzichtete diesmal auf Musik. Das Hula Hula Mädchen auf dem Armaturenbrett tanzte trotzdem während der Fahrt, auch ohne musikalische Unterstützung. Sam grübelte. Er hatte Nele nicht alles erzählt, um sie nicht zu verängstigen. Er hatte das Gefühl, als hätten sie in ein Wespennest gestochen. In ihm stiegen Instinkte auf, er fühlte sich in eine Schlacht zurückversetzt.

Erleichtert packte Nele in der Villa ihrer Schwester zusammen. Ein Stein war ihr vom Herzen gefallen. Sie entschied sich, nicht ihr gesamtes Gepäck mitzunehmen. Das erschien ihr zu aufdringlich zu sein.

Im ersten Stock sichtete sie im Arbeitszimmer ihres toten Schwagers mit den Schiffsbildern in Öl ihre akkuraten Stapel auf dem Eichenparkett und dem Schreibtisch. Einige der Unterlagen packte sie ein.

Längere Zeit stand sie vor dem Schlafzimmer ihrer Schwester. Es fiel ihr nicht leicht, einzutreten, die Schränke zu öffnen und die Wäsche auszusuchen, in der Doreen bestattet werden sollte. Immer wieder sank sie zusammen und setzte sich auf das Bett. Das Bild ihrer nackten Schwester im Leichensack ließ sie nicht mehr los.

Die CD mit dem Handyfoto wollte sie erst am nächsten Tag aus dem Versteck holen, um sie mit auf Sams Finca zu nehmen.

Im Schlafanzug schwante ihr beim Blick in den Badezimmerspiegel, dass eine Zäsur bevorstand. Erleichterung stieg in Nele auf, als sie realisierte, dass sie die Villa mit den garstigen Erinnerungen verlassen würde.

Am nächsten Morgen suchte Carlos das Büro des Kollegen auf. Im Gegensatz zu seinem peniblen Büro erwartete ihn dort ein Drunter und Drüber sowie jede Menge kalter Rauch.

»Die Schwester der Deutschen hat mich überzeugt, dass es im Umfeld der Toten Ungereimtheiten gibt. Der von allen nur Baske genannte taucht dabei auf. Es dreht sich um Gewinnabsprachen bei Immobilienprojekten. Das riecht nach Geldwäsche. Ich habe mit Vorermittlungen begonnen und deshalb einen Spezialisten in die Villa der toten Deutschen geschickt. Der hat prompt zwei Wanzen gefunden«, kam Carlos gleich auf den Punkt.

»Uff, das ist mal ne Neuigkeit.«

»Kannst du dir vorstellen, dass der irgendwas mit dem Tod der Deutschen zu tun hat? Ihre Schwester glaubt nicht an Selbstmord.«

Der Hagere grübelte. Einerseits schwante ihm mittlerweile, dass es kein Selbstmord war, andererseits wollte er seine beiden Kommissare wegen schlampiger Ermittlungen nicht bloßstellen. Deshalb drückte er sich diplomatisch aus: »Selbst, wenn man von einem Tötungsdelikt ausgeht, halte ich es für verwegen, den Basken ins Visier zu nehmen. Der Liebling des spanischen Boulevards würde sich wegen einer Ausländerin, die keinen Bezug zu kriminellen Großgeschäften hat, die Hände nicht schmutzig machen. Der agiert hinter der Fassade und hat seine Finger nur bei den ganz großen Deals im Spiel.«

»Das sehe ich ähnlich. Trotzdem bleibe ich dran. Denn bei dem dreht es sich häufig um Geldwäsche und das ist meine Zuständigkeit.«

Danach tauschen sich die beiden Comandanten noch über die aktuellen Fälle der letzten Tage aus.

Nachdem Carlos das Büro verlassen hatte, kramte der Hagere sein Notizbüchlein hervor und ging seine Aufzeichnungen durch. Je länger er grübelte, desto auswegloser fühlte er sich. Da half auch keine Filterlose. Er war schon einige Zeit überzeugt, dass Doreens Tod kein Selbstmord war. Es gab zu viele Widersprüche. Deshalb war er so schnell zur Stelle, als er vom Einbruch bei Nele gehört hatte. Offiziell ermitteln durfte er nicht. Das hätte einen Konflikt mit seinen beiden Kommissaren ergeben.

Also entschied er sich, weiterhin auf eigene Faust zu agieren, und zwar mit noch mehr Elan. »Was habe ich übersehen«, fragte er sich. Er begann noch mal von vorn. Zunächst schaute er sich nochmals die Aufzeichnungen der Verkehrskameras an den Kreisverkehren in der Todesnacht an. Doch auch diesmal fand sich nichts Verwertbares.

Dann sprang er auf, packte seine Sachen und fuhr die Fahrtroute, die der Mini in der besagten Nacht genommen hatte, komplett ab. Auch die steile Felsenküste in El Toro, wo Doreen im Wasser gefunden worden war, schaute sich der Hagere gründlich an. Über eine Stunde inspizierte er die Steilküste, Grundstücke und den angrenzenden Pinienwald. Dass Hemd und Hose in der Mittagshitze von Schweißflecken übersät war, nahm er nicht zur Kenntnis. Zu sehr war er in die Fährtensuche vertieft. Doch auch hier fiel ihm nichts Verwertbares auf. Missmutig drehte er den Zündschlüssel um. Dem Hageren ging die Energie aus. Er brauchte Zeit zum Abschalten und Überlegen.

Vor einem der mittelprächtigen Restaurants in der Hauptstraße von El Toro setzte er sich an einen Plastiktisch, zündete sich eine Filterlose an und sog den ersten Zug genussvoll ein. Hier störte sich keiner daran. Nach einer Stunde, in der die Gedanken ausschließlich um die tote Deutsche kreisten, bezahlte er seine zwei Roten sowie die hausgemachten Tapas und verließ mürrisch das Restaurant. Mittlerweile war er überzeugt, dass die Deutsche, wie er Doreen stets titulierte, Opfer eines Verbrechens geworden war und seine Mitarbeiter nicht gründlich genug ermittelt hatten. Allerdings fehlte es ihm an stichhaltigen Beweisen, einem Motiv und vor allem einem Täter. Das drückte seine Stimmung gewaltig, denn sein erster Mordfall als Chef der Mordkommission steckte in einer Sackgasse.

Auf der Rückfahrt durch das Villenviertel von Santa Ponsa stutzte er: »Moment mal.« Am nächsten Kreisverkehr nahm er die dritte Ausfahrt und fuhr wieder zurück. Am folgenden Kreisel wiederholte er die Prozedur und verlangsamte seine Fahrt auf Schritttempo. Vor einem Grundstück mit einem Baukran und einem Rohbau hielt er an. Er stieg aus und betrachtete das Reklameschild des Bauträgers. Seine Konzentration galt der Überwachungskamera, die er im Vorbeifahren im Augenwinkel erspäht hatte. Sie war vom hinteren Teil des Grundstücks auf den Rohbau ausgerichtet und erfasste dadurch im Hintergrund auch die Straße, wo sein verbeultes Auto parkte. Dem Comandante schoss eine Idee durch den Kopf.

Am frühen Vormittag des nächsten Tages rief der Hagere beim Bauträger an und erkundigte sich nach der Überwachungskamera. Der Inhaber der Immobilienfirma war überaus entgegenkommend. Sofort entschuldigte er sich dafür, dass zur fraglichen Zeit eine im öffentlichen Raum unzulässige Kamera installiert worden war, die unter anderem über besondere Nachtsichteigenschaften verfügte. »Sorry, auf dieser Baustelle sind wir permanent bestohlen worden, insbesondere nachts. Deshalb hatte ich eine Militärkamera installiert. Ich weiß, das hätte ich nicht tun sollen. Aber seitdem die Kamera zuverlässig ihren Dienst tut, ist nichts mehr geklaut worden. Die Abschreckung hat wohl gereicht. Gibt's ne Anzeige?«

»Nee, nee. Deshalb rufe ich sie nicht an. Tauschen Sie die Kamera aus und die Sache ist erledigt. Ich bin an den Aufnahmen interessiert. Haben Sie die noch?«

»Selbstverständlich. Die hätten wir doch gebraucht.« Der Bauträger versprach die gespeicherten Aufnahmen der besagten Nacht herauszusuchen und dem Hageren umgehend zukommen zu lassen.

Am Nachmittag trudelten die Aufzeichnungen der fraglichen Stunden beim Kriminalpolizisten per Mail ein. Neugierig stürzte er sich sofort darauf und erkannte schon bei den ersten Bildern, dass die Straße, wo er sein Auto geparkt hatte, gut zu erkennen war. Die Aufnahmen starteten um Zwanzig Uhr in der fraglichen Nacht. Nach einer halben Stunde akribischer Auswertung war der Hagere bei Mitternacht angekommen und hatte nichts Auffälliges gesehen. Nach einer kurzen Pause mit einer Filterlosen am offenen Fenster setzte er seine Recherche fort. Für ihn war das keine langweilige Routine, sondern Polizeiarbeit im besten Sinne und nach einer weiteren halben Stunde wurde er fündig.

Der Hagere erkannte, wie ein dunkler Mini mit einer Blonden am Steuer das Grundstück passierte. Die Aufnahmen waren zu unscharf, als dass man die Fahrerin deutlich erkennen konnte. Nach fünfzehn Sekunden folgte ein dunkler Van, der die Aufmerksamkeit des Hageren auf sich zog. Bei genauerem Hinsehen durch seine silberne Nickelbrille kam auf dem Lieferwagen eine kaum wahrnehmbare Beschriftung zutage. So sehr er sich bemühte, er vermochte nicht zu erkennen, ob es sich um ein Bild oder eine Aufschrift handeln könnte. Deshalb folgte der für ihn nächste logische Schritt. Der Hagere kopierte die wichtige Minute, zog den Stick aus seinem Laptop und brachte sie persönlich in den Keller zur Kriminaltechnik. Dort versprach man ihm, sich die Aufnahmen umgehend anzuschauen. Auf dem Rückweg in sein Büro flüsterte er sich zu: »Das kann ein Volltreffer werden.«

Die nächsten Stunden nestelte der Hagere an seinen Fingern herum und qualmte noch mehr als sonst. Am späten Nachmittag erreichte ihn der erlösende Anruf der Kriminaltechnik. »Der Van muss mit einer dunklen Folie überklebt gewesen sein, weshalb er höchstwahrscheinlich einfarbig wirkt. Wegen der speziellen Nachtsichtkamera kann die darunterliegende Beschriftung aber sichtbar gemacht werden. Die Aufschrift weist auf eine Reinigungsfirma in Palma hin.« Der Hagere notierte sich die Daten und bedankte sich mit einem »Tolle Arbeit von euch, das könnte der Durchbruch werden.« überschwänglich bei den Kollegen. In dieser Sekunde hatte er Witterung aufgenommen und hetzte der Spur wie ein Jagdhund hinterher.

Am Nachmittag war Carlos mit seiner Familie auf die Finca der Schwiegereltern eingeladen worden. Die Schwiegermutter feierte ihren Siebzigsten. Auf pünktliches Erscheinen legte sie großen Wert. Ihre Familie, Verwandte, Nachbarn und Freunde waren zahlreich erschienen.

Als die ersten Geschenke überreicht wurden, vermisste die Frau von Carlos ihren Cousin. »Mit seinem Pünktlichkeitsspleen nervt der sonst nur. Hast du ihn heute schon gesehen?«, fragte sie ihren Ehemann.

Als der Cousin später eintraf, lief er als erstes Carlos über den Weg. »Du bist spät. Das habe ich bei dir noch nie erlebt, und dann an einem so besonderen Tag.«

»Genau, weil du selten pünktlich bist«, grummelte der Cousin missmutig.

»In meinem Job geht's halt nicht immer. Aber zu dir ins Steueramt dringt keine Hektik durch. Da hilft als Ausrede nur der Dauerstau auf dem Autobahnring.«

»Ist klar. Wir Sesselfurzer sitzen uns die Ärsche platt, während der mallorquinische James Bond ohne Rücksicht auf sein Leben rund um die Uhr das Böse von der Insel fegt.«

»Genau!« Carlos beugte sich nach vorn und hob die Hände. »Was ist passiert?«

»Heute war echt was los. Ein Notar hat fünf Kaufverträge persönlich vorbeigebracht.«

Carlos feixte: »Fünf auf einen Streich. Da haben bei euch die Wände gewackelt.«

»Brauchst gar nicht zu grinsen. Der Notar hat Druck gemacht. Die Bescheide sollen brutal kurzfristig erlassen werden, damit die Steuern umgehend bezahlt und die neuen Eigentümer schnellstens im Grundbuch eingetragen werden können. Das war heute Nachmittag noch zu erledigen.«

Carlos legte eine Hand auf die Schulter des Cousins seiner Ehefrau. »Lass uns zu den anderen gehen und das Fest genießen. Ein eiskaltes Feierabendbier erwartet uns.«

Während die beiden in den Garten schlenderten, schüttelte der Cousin den Kopf. »Komisch das Ganze.«

»Schalte ab. Du bist nicht mehr im Steueramt.«

Gedankenversunken murmelte der Cousin: »Fünf verschiedene Käufer, unterschiedliche Erwerber, knackige Verkaufspreise, alle Grundstücke in einer Ecke.«

Bei Igor klingelte das Telefon.

»Ich habe Nele im Blick behalten. Sie hat ihre Sachen gepackt und ist zum Amerikaner auf die Finca gezogen. Sie ist extrem vorsichtig geworden. Wann soll ich es machen?«, wollte der Weißrusse wissen.

»Zügig. Am besten nachts.«

KAPITEL 33

MASH

Zur gleichen Zeit waren alle Teilnehmer des MASH-Festivals eingetroffen und der Prolog gelangte zur Aufführung. Dafür hatte Eitelfritz sein Haus, das im ersten Stockwerk zur Disco und in der oberen Etage zum Kinosaal mutierte, bereitwillig zur Verfügung gestellt.

Ben, Eitelfritz, Sam und Lisa hatte die Vorbereitung einiges abverlangt. Um perfekte Gastgeber zu sein, hatten sie sich mächtig ins Zeug gelegt.

Für die Bar im ersten Stock wurden zwei auf der Insel bekannte Barmixerinnen engagiert. Fürs leibliche Wohl war ein angesagtes Restaurant aus der Nachbarschaft zuständig. Tapas und andere Köstlichkeiten wurden permanent aus der dortigen Küche angeliefert. Ein Gast war ein Arzt, der in London unter seinem Künstlernamen als DJ bekannt war. Er übernahm die Beschallung, wobei das Repertoire durch die Musik des Films und der Fernsehserie vorgegeben war: Jimi Hendrix hieß die Gäste mit *Hey Joe* willkommen, Janis Joplin wünschte sich einen Mercedes Benz und die anderen Hits des Woodstock-Festivals waberten durch die erste Etage.

Routiniert übernahm Sam die Begrüßung, da er die Rolle vom Oberst als Leiter des Feldlazaretts und damit ranghöchstem Offiziers im Film vorzüglich ausfüllte. Als er mit dem Statement »Wir folgen der Botschaft des Films: Stoppt alle Kriege!« seine kurze Ansprache beendete, brach ein Sturm der Jubelschreie aus, der den Passanten auf dem Bürgersteig vorm Haus einen gehörigen Schreck einjagte.

Da sich die Geladenen untereinander nicht kannten, stellte sich jeder der Gäste in launigen Worten vor und erklärte, in welche Rolle er geschlüpft war. Alle waren entsprechend der Filmausstattung ihrer Figur kostümiert. Angeklebte Oberlippenbärte und ausladende Koteletten sowie Uniformjacken der US-Army kombiniert mit Bermuda Shorts beherrschten bei den Männern das Bild.

Lisa, Cleo und Nele waren wie verabredet in Schwesternuniformen geschlüpft, jedoch unterschiedlich interpretiert. Während Nele eine keusche Variante gewählt hatte, lieferten sich Lisa und Cleo einen Wettstreit um das knappste Outfit, den Lisa mit einem funkelnden Rot-Kreuz-Stirnreif im Haar und mördertiefem Dekolleté hauchdünn für sich entschied.

Der Abend nahm zügig Fahrt auf. Dem Lieblingsgetränk der Protagonisten des Films folgend, wurden Martinicocktails aus großzügig gefüllten Cocktailgläsern geschlürft. Die Barmixerinnen kamen mit dem Nachschub kaum hinterher.

Lisas »Ich bin hauptberufliche Witwe.« schreckte einen Zahnarzt aus Paris nicht im Geringsten ab. Im Gegenteil. Er ließ nicht mehr von ihr ab.

Durchgeschwitzt und beschwipst benötigten Nele und Sam zwischendurch eine Pause. Auf der Dachterrasse fanden sie eine ruhige Ecke.

»Wie wirkt das alles auf dich? Mal ehrlich, ist das Klamauk?«, interessierte es Sam.

»Ich bin total überrascht. Ich kannte den Film nicht. Wir standen damals auf der anderen Seite des Zauns. Bis gestern dachte ich, ihr lebt euren Spleen aus. Oberflächlich betrachtet, mag man das auch so sehen. Jetzt weiß ich, welche Botschaft dahinter steckt.«

»Glaube mir, ich habe genug gesehen. Kriege sind grausam. Das sollte jedem bewusst sein. Gerade in der heutigen Zeit, wo Drohnen die Schlacht entscheiden. Der Film trägt dazu bei, dass dieses ernste Thema präsent bleibt. Dabei bedient er sich der Ironie.«

»Die Botschaft ist aktueller denn je.« Nele trat dichter an Sam heran und legte ihre Hand auf seine Schulter.

Sam öffnete sich. »Kindheit, Erziehung in einer Offiziersfamilie, Schule, Militärakademie. Überall wurde mir Disziplin und Gehorsam eingetrichtert. Ich war überzeugt, für das Gute zu kämpfen. Und heute? Ich zweifle, ob ich mein Leben seinerzeit für das Richtige riskiert habe.« Sam schluckte.

»Ich ahne, an welchem Scheideweg du damals gestanden hast.«

»Es hat mich innerlich zerrissen, zumal mir bewusst war, was es für die Familie bedeuten würde. Trotzdem habe ich die Army verlassen. Rückblickend bin ich überglücklich, damals diesen Mut aufgebracht zu haben.«

Vorsichtig streichelte Nele Sams Schulter.

»Zu einigen Kameraden, die noch bei der Army sind, habe ich intensiven Kontakt. Von denen weiß ich, dass sie sich mehr denn je fragen, wofür sie in der heutigen Zeit einstehen und ihr Leben riskieren.«

Nele spürte, dass es besser war, zu schweigen. Sam verließ seine vertraute Halbdistanz und riskierte Nähe. Sie umarmten sich und verharrten fest umschlungen.

Mit einer altersschwachen mit Kaffee gefüllten Thermoskanne und zwei Zigarettenschachteln proviantiert kauerte der Hagere am frühen Samstagmorgen in einer bescheidenen Wohnlage Palmas hundert Meter von einem dreistöckigen Wohnhaus entfernt in seinem Auto. Aufgrund der verdeckten Beschriftung des Vans war es nicht schwer gewesen, die Firma samt Anschrift zu ermitteln. Auffälligkeiten konnte er auf die Schnelle über das Unternehmen nicht entdecken. Auf diese Reinigungsfirma waren einige Fahrzeuge, aber nur ein Van zugelassen. Der schwarze Van parkte wie mehrere mit dem Firmenlogo beschriftete Kombis auf einem eingezäunten Grundstück vor dem Wohnhaus. Der Hagere hatte sich auf ein Wochenende mit ausgiebiger Warterei eingestellt und machte es sich bequem, so gut es hinterm Lenkrad ging.

Nach einer Stunde Warterei zog der Comandante sein zerknittertes Notizbüchlein hervor und ging seine Aufzeichnungen durch. Während er auf dem Bleistift kaute, bemühte er sich, die einzelnen Mosaiksteine zu einem Ganzen zu arrangieren. Als Resümee hielt er fest, dass sich vieles, was Nele ihm an den Kopf geschmissen hatte, als richtig erwiesen hatte und er seinen Fokus auf Igor richten sollte.

Für diesen Tag hatte das Organisationskomitee einen noblen Beach Club zwischen Palma und Arenal komplett gemietet. Als Erstes trafen dort drei trinkfeste Skandinavier ein. Gegen 6:00 Uhr hatten sie bei Eitelfritz die letzte Runde ausgetrunken, waren durch die Altstadt zum Hotel getrödelt, hatten ihre Badesachen eingepackt, unterwegs eine Riesenportion Coffee to go in sich hineingeschüttet und waren mit einem Taxi zum Beach Club gefahren. Dort ließen sie sich auf Liegen im Schatten nieder und schliefen bis Mittag.

Nach und nach trudelten alle Teilnehmer ein und machten es sich auf einer der Liegen um den Pool bequem. Schnell kamen

Gespräche in Gang. Neben dem Spleen für MASH waren fast alle Ärzte, weshalb gemeinsame Anknüpfungspunkte auf der Hand lagen.

Cleo, Lisa und Nele hatten ihre Liegen in einer schattigen Ecke zusammengestellt. Zwischen Dösen und Abkühlung im Pool war Platz zum Blödeln. Nele berichtete, man kann auch sagen beichtete, dass sie aus Sicherheitsgründen für einige Tage zu Sam gezogen sei, was Lisa umgehend kommentierte: »Soso, wegen der Sicherheit! Darling, den lässt du hoffentlich nicht mehr von der Angel.«

Nele wollte gerade antworten, als der Pariser Zahnarzt auf der Bildfläche erschien. »Was darf ich den hinreißenden Krankenschwestern zur Abkühlung servieren?«

»Drei gespritzte Weißweine«, entschied Lisa spontan für alle.

Als der Dentist auftragsgemäß zur Bar verschwand, revanchierte sich Nele: »Demnächst wirst du uns vorschwärmen, über welche Fähigkeiten Pariser Zahnärzte verfügen«, kicherte Nele.

»Akrobatische?« feixte Cleo.

Am Abend trudelten die Teilnehmer in ihren uniformierten Eigenkreationen wieder bei Eitelfritz ein. Um elf Uhr begaben sich alle in das obere Stockwerk. Dort erwartete sie ein Heimkino der Extraklasse. Als die Satire gegen den Krieg startete, war es mucksmäuschenstill. Gebannt starrten die Zuschauer auf den Vorspann, den fast jeder der Anwesenden mit geschlossenen Augen hätte herbeten können. Diese Anspannung, wie beim Tiger vor dem Sprung, löste sich bei der ersten Szene, als die Dialoge einsetzten. Fast im Chor wurden sie vom Auditorium mitgesprochen. Einzelne, die denjenigen verkörperten, der in diesem Augenblick auf der Leinwand agierte und sprach, standen auf und intonierten besonders laut. Die meisten erhoben sich, wenn Captain Piers, der Protagonist des Films, an der Reihe war. Neben Ben waren noch fünf andere in die Rolle der Hauptfigur geschlüpft. Lediglich Lisa hatte ihre Figur exklusiv. Keiner machte ihr die weibliche Hauptrolle als Major Margaret Hot Lips Houlihan streitig.

Zum Ende des Films steigerte sich die Stimmung im Heimkino ins Unermessliche. Es wurde gesungen, umarmt, geküsst, getanzt, geschwitzt und tüchtig gezecht. Als sich die Zuschauer danach auf die Dachterrasse und in die Disco verteilt hatten, blieben Nele und Cleo in ihren Schwesternkostümen im Saunadampf des Heimkinos sitzen. Sichtlich beeindruckt kommentierte Nele: »Vor vielen Jahren war ich mal in München in dem Kino, wo die Rocky Horror Picture Show immer noch läuft. Eine Freundin hatte mir das Spektakel empfohlen. An der Kasse kaufte ich ein Set mit den Utensilien des Films. Auch dort wurden Dialoge mitgesprochen, Geräusche an der richtigen Stelle imitiert und kiloweise Reis in die Luft geworfen. Deshalb war ich halbwegs vorbereitet. Aber gegen das, was hier abgelaufen ist, war die Rocky Horror Picture Show der reinste Kindergeburtstag. Diese Performance werde ich mein Leben lang nicht vergessen.«

Den nächsten Tag ließ es das Festkomitee ruhiger angehen. Erfahrungsgemäß waren einige leicht angeschlagen. Gegen elf trafen sich die Teilnehmer in der Bar Bosch, schlenderten die dreihundert Meter zum Hafen hinunter und bestiegen ein gechartertes Segelschiff.

Nach dem Ablegen kühlte der Fahrtwind die Passagiere und sie genossen die blendende Aussicht auf die Bucht von Palma. Der Segeltörn war eine prächtige Gelegenheit, sich untereinander besser kennenzulernen. Waren sie beide Tage vorher noch tief in MASH eingetaucht, wirkte die Truppe nun wie der Betriebsausflug einer internationalen Rechtsanwaltskanzlei. Keine Militärjacken oder Dienstabzeichen, alle trugen Zivil.

Lisa, Nele und Cleo standen mit alkoholfreien Getränken an Bord zusammen.

»Der Bestatter hat mich wegen der Beerdigung angerufen. Ich habe ihn vertröstet«, berichtete Lisa.

»Morgen fahre ich bei ihm vorbei und vertraue ihm die Kleidung für meine Schwester an. Das Bild, wie sie nackt im Leichensack liegt, will ich verdrängen.« Lisa nahm Nele in den Arm. »Ich bin überzeugt, dass Doreen umgebracht wurde. Dafür wird Igor zur Rechenschaft gezogen werden. Vorher kann ich meine Schwester nicht beerdigen.«

»Du bist umgezogen?«, lenkte Cleo ab.

»Es tut mir gut, dass ich bei Sam eingezogen bin. Er ist äußerst rücksichtsvoll und ich kann offen mit ihm reden.«

Cleo manövrierte das Gespräch in eine andere Richtung. »Echt geile Party gestern. Dagegen ist die Silvesterfeier am Brandenburger Tor die reinste Dunkelflaute.« Als Nele und Lisa nicht reagierten, legte Cleo mit den ersten Eindrücken über ihren neuen Job los. Sie kam nicht weit, denn der Pariser Zahnarzt sprengte die vertrauliche Runde.

Eine Stunde später stieg die Reisegesellschaft an der Mole in einen bereitstehenden Reisebus und begab sich in die Inselmitte nach Llubi. Dort hatte das Festkomitee ein angesagtes Restaurant in der Dorfmitte gemietet, das für seine regionale Küche berühmt war. Neun Gänge lang genossen sie Mallorcas Spezialitäten. Während des Essens wurden launige Trinksprüche insbesondere auf das Festkomitee zum Besten gegeben.

Eitelfritz wies darauf hin, dass die in der Einladung aufgeführten Fachthemen wie in jedem Jahr aus Zeitgründen leider ausgefallen sind, was mit großem Applaus der Gäste quittiert wurde.

Nahezu alle Teilnehmer baten darum, im nächsten Jahr wieder berücksichtigt zu werden. Besonders wurde Ben bejubelt, als er für seine Rolle als Captain Hawkeye Piers zum besten Darsteller gewählt wurde und ihm eine Art Oscar überreicht wurde.

Nebenbei wurden von den Teilnehmern so großzügige Spenden, die vom Festkomitee auf bedürftige Organisationen Mallorcas verteilt werden sollen, zugesagt, dass Lisa bei ihrer Dankesrede mit Tränen zu kämpfen hatte.

Frustriert nestelte der Hagere am Autoschlüssel herum. Während die halbe Insel bei hochsommerlichen Temperaturen mit Familie und Freunden eine fabelhafte Zeit am Strand verbrachte, schwitzte er sich am Samstagvormittag und Sonntagnachmittag im unbequemen Fahrersitz aus Kunststoff den Arsch ab. Doch nichts war passiert. Kein Mitarbeiter hatte am Wochenende das Haus der Reinigungsfirma oder den Parkplatz mit den Firmenkombis und dem Van betreten. Er sehnte sich nach einer Dusche und einem ruhigen Abendessen in seinem neuen Stammlokal. Eine halbe Stunde wollte er noch dranhängen.

Hochkonzentriert fixierte er den Firmenparkplatz. Seine Filterlosen waren im Dauereinsatz. Er bemerkte nicht, wie seine gelben Rauchfinger hektisch auf das Lenkrad trommelten.

Plötzlich war er hellwach. Ein bulliger Endvierziger mit schwarzen Haaren näherte sich dem Van, stieg ein und verließ zügig das Firmengelände. Miguel warf seine Kippe aus dem Fenster, wendete und fuhr hinterher. Nach vierhundert Metern hielt der Van vor einem Café an und der Fahrer schlurfte hinein. Der Comandante parkte kurz dahinter und setzte sich auf einen Plastikstuhl vor das Café, von wo er hineinschauen konnte. Der Fahrer des Vans hatte bereits seine Bestellung abgegeben und wartete geduldig in der Schlange. Miguel zog sein Handy heraus, drückte die Aufnahmetaste für Videos, richtete die Kamera auf den Bürgersteig vor dem Café, steckte einen Lautsprecher ins Ohr und tat so als würde er mit einem Freund telefonieren. Niemand schöpfte Verdacht. Auch nicht der bullige Endvierziger als er mit seinem Kaffee und einer Ensaimada das Café verließ, den Van ansteuerte und sofort losfuhr. Der Hagere verzichtete auf eine weitere Verfolgung. Das, was er wollte, hatte er im Kasten. Zufrieden schaute er sich das Video des Verdächtigen an.

Am liebsten wäre er sofort ins Präsidium gefahren, um mit der Recherche zu beginnen. Doch es erschien ihm zu auffällig, wenn der Leiter der Mordkommission allein am Sonntagabend Nachforschungen im Polizei-Computer anstellt. Das Getuschel darüber wollte er sich ersparen.

Froh gelaunt erreichten Nele und Sam am Abend die Finca. »Das MASH-Festival war ein voller Erfolg«, fasste Nele zusammen. »Ich konnte mir nichts drunter vorstellen und bin überwältigt. Ich war darauf vorbereitet, in eine Veranstaltung von Überdrehten zu geraten. Doch das Gegenteil war der Fall. Echt coole Typen. Die großzügigen Spenden haben mich schwer beeindruckt.«

Nach einem letzten Drink im Kerzenlicht auf der Terrasse verabschiedeten sie sich mit einem Kuss auf die Wange und verschwanden nach dem anstrengenden Wochenende in ihren Zimmern. Für mehr war die Zeit noch nicht reif.

Gegen drei Uhr wälzte sich Sam im Halbschlaf in seinem Bett. Die vielen Drinks des Wochenendes forderten ihren Tribut. Doch plötzlich war er hellwach. Ein Geräusch hatte das Gehirn alarmiert. Regungslos lag er da. Die vollständige Aufmerksamkeit galt seinem Gehör. Die eingedrillten Mechanismen liefen automatisch ab.

Zwei Minuten lang herrschte Stille. Jeder Durchschnittsbürger wäre in dieser Zeit wieder eingeschlafen. Doch der fronterfahrene Einzelkämpfer blieb wachsam und nahm abermals ein Knarren wahr. Lautlos glitt er aus dem Bett, schlich zur Tür und öffnete sie. Dort verharrte er und vernahm wieder Geräusche. Sam ortete sie im Musikzimmer. Behutsam huschte er die Treppe hinunter, auf der er mit jeder Stufe vertraut war. Unten angekommen, griff er vorsichtig in den Schirmständer und zog zwischen den Regenschirmen einen Baseballschläger heraus.

Sam schloss die Augen, kontrollierte seinen Atem und ordnete die Geräusche ein. Ihm wurde klar, dass sich jemand im Musikzimmer an den Schallplatten zu schaffen machte. Deshalb schlich er dorthin und erspähte im Dunklen eine Person mit einer Stirnlampe, die etwas suchte.

Dieser Eindringling hatte Pech. Für Sam war es nicht nur ein Heimspiel, der Nahkampf war ihm eingetrichtert worden. Er schlich sich an und die antrainierten Reflexe liefen instinktiv ab. Ein präziser Schlag von hinten auf den rechten Oberarm und ein weiterer auf die linke Rückenseite ließen den Einbrecher aufschreien und nach vorne sinken. Als sich der Eindringling umdrehte und nochmals erhob, krachte mit einem »Fuck you« unbarmherzig eine Faust in sein Gesicht, wobei die Stirnlampe vom Kopf flog.

Routiniert tastete Sam den sich am Boden krümmenden Einbrecher nach Waffen ab, schaltete das Licht an, eilte in die Küche, kam mit Kabelbindern zurück, verschnürte damit den Eindringling und durchsuchte die anderen Zimmer.

In diesem Augenblick erschien Nele mit aufgerissenen Augen im Nachthemd. »Was passiert hier gerade?« Ihre Stimme zitterte und der Körper bibberte. Ihr rechtes Auge flackerte.

Sam ging sofort auf sie zu und nahm sie fest in den Arm. »Alles gut. Ohne meine Einwilligung wollte sich jemand Schallplatten bei mir ausleihen. Frechheit.«

Sogleich fühlte Nele sich geborgen und in Sicherheit. Sam hatte es im Handumdrehen geschafft, sie zu beruhigen.

Danach informierte Sam die Polizei.

Während sich Nele im ersten Stock umzog, verarztete Sam den Einbrecher und versuchte dabei, irgendetwas aus ihm herauszukriegen. Doch der Eindringling weigerte sich standhaft. Er antwortete nichts. Da Nele bereits wieder im Musikzimmer erschienen war, verzichtete Sam, die Befragung auf drastischere Weise fortzusetzen.

»Kennen Sie den Einbrecher?«, wollte der alarmierte Polizist einige Minuten später wissen.

»Nein, mir völlig unbekannt.«

»Können Sie schon absehen, ob etwas gestohlen wurde? Möglicherweise waren sie zu zweit?«

»Ich bin überzeugt, er war allein. Ich kann nicht erkennen, dass was fehlt. Schleierhaft, was der bei meinen Platten gesucht hat.«

»Wir nehmen das verschnürte Paket erst mal mit. Sie schauen in Ruhe, ob was gestohlen wurde und melden sich bitte in den nächsten Tagen in der Jefatura de Policia. Dort müssen Sie das Protokoll unterschreiben.«

Nachdem die beiden Polizisten mit dem Einbrecher das Grundstück verlassen hatten, saßen die zwei mit einem heißen Kaffee in der Küche, während sich draußen die ersten Sonnenstrahlen ihren Weg ertasteten. Der Geruch von brutzelndem Speck hing in der Luft.

»Wenn du im Polizeipräsidium das Protokoll unterschreibst, komme ich mit und knöpfe mir den Kommissar vor. Er muss Igor endlich verhaften.« Neles Entschlossenheit war unverkennbar.

KAPITEL 34

Das Megaprojekt

Comandante Miguel López war am Montagmorgen einer der ersten in seiner Dienststelle. Dort überspielte er das Video und gab ein Bildausschnitt mit dem Kopf des Verdächtigen in den Polizeicomputer ein. Binnen Minuten spukte die Bilddatei einen Namen zu dem bulligen Endvierziger aus. »Volltreffer. Jorge, ein alter Bekannter der Kollegen auf dem Festland. Der hat einiges auf dem Kerbholz.«, jubelte er. Tatsächlich listete die Akte etliche Vorstrafen des Spaniers auf.

Für den Hageren wäre es ein Leichtes gewesen, den Verdächtigen aufzuspüren, zu verhaften und in die Mangel zu nehmen. Doch irgendwas störte ihn, es passte nicht so recht zusammen. Bisher war Jorge als Einzelgänger mit Raub und schwerer Körperverletzung aufgefallen. Doch der Tod der Deutschen in El Toro war ein anderes Kaliber. Die Indizien sprachen für Mord, eine sorgfältig geplante Aktion, die eine exzellente Planung erforderte. Davon war der Comandante mittlerweile überzeugt. Und genau hier lag für ihn das Problem. Dieses Muster entsprach nicht dem Profil des Verdächtigen. Deshalb entschied er sich für keine voreilige Aktion, vielmehr galt es die Hintermänner zu überführen. »Jorge läuft mir nicht weg. Im Gegenteil, der führt mich hinter die Fassade«, sprach er sich Mut zu.

Zur gleichen Zeit stand Carlos im Steueramt dem Cousin seiner Ehefrau gegenüber. Der war sichtlich überrascht. »Haben wir am Freitag zu viel von dem übriggebliebenen Kuchen mitgenommen? Ich schwöre, nur für den Eigenverbrauch, kein Diebstahl.«

»Nee, nee. Mehr dienstlich.«

»Also mit Handschellen«, grinste der Cousin.

Das Gespräch der beiden hatte Carlos am Wochenende nicht mehr losgelassen. »Das, was du mir am Freitag über die fünf Grundstücke erzählt hast, schaue ich mir mal an.«

Carlos ließ sich vom verdutzten Cousin die fünf Kaufverträge aushändigen, setzte sich in eine Ecke des stickigen Amtszimmers und begann sofort zu lesen. Mit jeder Seite, die er durcharbeitete, verstärkte sich sein Verdacht.

Nach einer halben Stunde legte er sein Ergebnis auf den Tisch. »Fünf unterschiedliche Verkäufer und fünf verschiedene Gesellschaften als Käufer. So weit, so gut. Aber ein Notar? Zufall? Alle Grundstücke liegen in der gleichen Gegend, grenzen teilweise aneinander. Ab hier hört der Zufall auf!«

»Da kauft einer was zusammen.«

»Aber zu welchem Preis? Die Verkäufer haben sich für das Brachland im Norden eine goldene Nase verdient.«

»Das kommt schon mal vor.«

»Ich kopiere die Verträge. Einen Gefallen kannst du mir noch tun.«

»Was soll ich machen?«, wollte der Cousin wissen.

»Du kannst nachprüfen, von welchen Banken die Kaufpreise geflossen sind.«

»Kein Problem. Das dauert ein bisschen. Diese Unterlagen sind woanders im Haus.«

»Ganz großer Dank. Bitte rufe mich an, wenn du die Ergebnisse hast.«

»Erledige ich. Übrigens, war Freitag wieder eine bombige Feier. Großmutter hat sich riesig gefreut.«

»Sehe ich genauso. Habe zu viel gegessen.« Carlos, der untersetzte Schwarzhaarige mit Vollbart, schaute auf seinen Bauch. »Nächstes Wochenende sehen wir uns eh am Strand.«

Zu Fuß machte sich Carlos durch Palmas Zentrum auf den Weg in sein Büro. Gedanken schossen ihm durch den Kopf. Er hatte einen Verdacht auf Geldwäsche, mehr nicht. Was sich tatsächlich hinter der Fassade verbarg, ahnte er nicht.

Dies änderte sich schlagartig, als eine halbe Stunde später sein Handy vibrierte, sich der Cousin seiner Ehefrau meldete und das Ergebnis der Nachprüfung bekannt gab. »Alle Käufer haben ihr Konto bei derselben Bank, der größten Privatbank Mallorcas.«

Nun war aus dem Instinkt, den Carlos gespürt hatte, ein heftiger Verdacht geworden. Er war elektrisiert.

Mit großem Pomp wurde das Hotelprojekt am Nachmittag der Öffentlichkeit auf der Dachterrasse eines exquisiten Boutiquehotels in Palmas Altstadt vorgestellt. Hierfür hatte der Baske ein imposantes Modell des geplanten Projekts einschließlich Golfplatz und vergrößertem Jachthafen anfertigen lassen. Der Baske war weder anwesend noch tauchte sein Name irgendwo auf.

Viele Journalisten waren der Einladung gefolgt, weil sie eine Sensation witterten. Radioreporter, die wichtigsten Inselzeitungen und ein Fernsehsender vom Festland unterstrichen die Erwartungen.

Jeff stellte sich als Repräsentant einer Investorengruppe, die das spektakuläre Entwicklungsprojekt realisieren werde, vor und sparte dabei nicht mit Superlativen, was oftmals mit einem Raunen der Zuhörer quittiert wurde.

»Ist die Finanzierung gesichert?«, lautete die erste Frage eines Journalisten.

»Ein Drittel der geplanten Investitionssumme wird durch Eigenkapital der Investorengruppe dargestellt. Für den Rest liegt eine Kreditzusage der größten Privatbank der Balearen vor.«

»Müssen noch Grundstücke erworben werden?«, wollte ein Radioreporter wissen.

»Nein, das gesamte Areal befindet sich bereits im Besitz der Investorengruppe.«

»Liegen schon Baugenehmigungen vor?«, hakte ein Zeitungsreporter nach.

»Noch nicht. Die entsprechenden Bauanträge werden kurzfristig eingereicht. Nicht ohne Grund sitzt eine Vertreterin der Regierung der Balearen neben mir. Ich bin mir sicher, sie wird etwas dazu sagen.«

Eine untersetzte, gut gekleidete, gepflegte, schwarzhaarige Dame stand auf. »Uns ist dieses Projekt vor einiger Zeit avisiert worden. Dabei wurden der fortschrittliche Umweltaspekt mit Photovoltaikanlage, eigenem Klärwerk zur Nutzung des Abwassers auf dem Golfplatz und einem nur für das Luxusresort zuständigen Umweltmanager hervorgehoben. 250 Ganzjahresarbeitsplätze stehen für sich. Ich versichere Ihnen, dass die Regierung der Balearen dem Prestigeprojekt positiv gegenübersteht, wenn sich die von mir angesprochenen verheißungsvollen Aspekte in einer entsprechenden Bauanfrage wiederfinden. Durch dieses Hotelprojekt wird Mallorca auf die Weltkarte der exklusivsten Hotelanlagen emporsteigen.«

»Wollen Sie die Wohnungsnot noch vergrößern?«, rief ein Journalist dazwischen.

»Das werden wir genau nicht. Im Gegenteil. Für die Hälfte aller Mitarbeiter werden wir Wohnungen auf dem Gelände errichten.« Jeff genoss die Wirkung, die seine Worte bei den Journalisten erzielten, und legte nach: »Zuletzt noch ein besonderes Schmankerl. Als Erstes hat sich ein wohlbekannter amerikanischer Schauspieler, Weltstar und Oscar-Preisträger dazu entschlossen, eine der Casitas für zehn Jahre anzumieten. Der Vorvertrag ist bereits unterzeichnet. Einen besseren Startschuss hätten wir uns für das ehrgeizige Projekt nicht wünschen können. Bitte verstehen Sie, dass ich noch keinen Namen nennen darf. In Kürze werden wir Sie wissen lassen, wer unser Aushängeschild sein wird. Und zum Abschluss erlauben Sie mir den Hinweis, dass auch die EU dieses einzigartige Projekt positiv begleiten wird.«

Am nächsten Tag hatte die Insel nur ein Gesprächsthema. Nicht nur die regionale Presse berichtete ausführlich über das mondäne Hotelprojekt, auch überregional fand das Highlight breite Resonanz und wurde als »Mekka für die Schönen und Reichen« und »Nobelhotel für den Jet Set« tituliert.

Der Hagere saß weit vor der Dienstbesprechung am Arbeitsplatz und fütterte seinen Computer mit Anfragen zu Igor. Doch der spuckte nichts Brauchbares aus, was den Comandante noch mehr anstachelte. Für ihn passten Igor als Strippenzieher und Jorge als Mann fürs Grobe perfekt zusammen. Lediglich die Verbindung fehlte noch. Dafür war der Hagere bereit, ganz tief zu graben, sowohl im Innenministerium in Madrid als auch bei Europol.

Er hörte nicht zu, als bei Dienstbeginn die wichtigsten Vorfälle der Policia National innerhalb der letzten Woche besprochen wurden. Mit seinen Gedanken war er bei Igor, als ein Kollege unter anderem von einem Raubüberfall auf einen Amerikaner in einer Finca berichtete. Auch als der Polizist süffisant schilderte, wie der Ami mit Einzelkämpferausbildung und Kriegserfahrung den Einbrecher zur Strecke gebracht hatte, war der Hagere nicht bei der Sache. Als der Kollege beiläufig erwähnte »Täter: Jorge, Berufsverbrecher vom Festland.«, haute es den Comandante fast aus dem Stuhl. Eilig beendete er die Sitzung und bat seine beiden Kommissare in sein Dienstzimmer. Dort erläuterte er ihnen die Situation. Offen kritisierte er ihre schlampigen Untersuchungen zum Tod von Doreen und schilderte die eigenen Ermittlungen. Die Kommissare ahnten, was auf sie zukommen würde.

Doch ihr Chef überraschte sie. »Wir formulieren gemeinsam den Antrag auf Haftbefehl gegen Jorge wegen Mordes an der Deutschen. Allerdings unterschreiben nur Sie.« Ungläubig schauten sich die beiden Kommissare an. Sie waren sich nicht sicher, ob sie verarscht wurden. »Es ist Ihr Fall. Sie sind immer noch die ermittelnden Beamten. Deshalb ist es Ihr Erfolg. Damit ist die Vergangenheit für mich erledigt.«

Die Kommissare verstanden und nickten verdattert.

»Nur eins noch. Das erste Verhör mit Jorge führe ich allein.«

Nachdem der Papierkram erledigt war, ließ der Hagere den Verdächtigen in ein schwüles Verhörzimmer im Polizeipräsidium bringen und dort eine Stunde lang schmoren. Als der Comandante den Raum betrat, erblickte er einen durchgeschwitzten Delinquenten mit einem zugeschwollenen Auge und einer Augenbraue, die mit Klammerpflastern verarztet worden war.

»Ich bin beim Bruch erwischt worden, unterschreibe das Protokoll und bin in einer Stunde draußen«, schüttelte Jorge lässig aus dem Ärmel.

Der Hagere ging darauf nicht ein, sondern gleich in die Vollen. »Das mit dem Van war dein Fehler.« Mit nüchternen Worten führte er aus, weshalb Jorge ins Fadenkreuz der Ermittlungen geraten war. Doch der Berufsverbrecher blieb cool und stritt alles ab, wobei ihm die Schmerzen der angebrochenen Rippe beim Reden deutlich anzumerken waren.

Daraufhin schaltete Comandante Miguel López einen Gang höher. »Wir werden DNA von dir auf der toten Deutschen finden!«, pokerte der Hagere.

Wie beiläufig schüttelte Jorge seinen Kopf.

»Außerdem rollen wir den Tod ihres Ehemannes wieder auf. Dieselbe Bucht kann kein Zufall sein. Bei deinen Vorstrafen bleibt vor Gericht davon was an dir kleben.« Der Hagere kniff die Augen zusammen und sein Zeigefinger deutete auf Jorge. »Und zur Sicherheit packen wir noch irgendwas mit Drogen dazu. Wahrscheinlich finden wir in deiner Behausung bei nochmaligem Hinsehen ein cleveres Versteck, voll mit der neuen Partydroge, die auf der Insel bei Jugendlichen große Schäden anrichtet. Das kommt bei Eltern mit Heranwachsenden nicht gut an und ich werde persönlich dafür sorgen, dass eine Richterin mit Kindern im gefährdeten Alter über dein Schicksal entscheidet.«

»Das darfst du nicht!«, polterte Jorge.

»Du willst gar nicht wissen, was ich alles nicht durfte.« Der Hagere zündete sich mit seinen braunen Fingern eine Filterlose an. Wie zufällig ließ er die Zigarettenschachtel auf dem abgegriffenen Resopaltisch vor sich liegen. Er blies Jorge den Rauch ins Gesicht.

»Ich brauch auch ne Kippe.«

»Hier ist Rauchverbot, zumindest für dich. Ich will den Malteser. Du bist nur Beifang.«

»Von welchem Malteser faselst du?«

»Ich will Igor bei den Eiern kriegen, sein Geschäft zerschlagen und den Besitz konfiszieren. Wenn du mir dabei hilfst, sitzt du ein paar Jahre. Wenn nicht, kommst du nie mehr raus. Nenne mir deinen Auftraggeber und packe aus.«

»Vier Jahre?«

»Fünf!«

»Kronzeugenregelung«

»Nee, aber sowas Ähnliches.«

»Ich überlege es mir ein paar Tage.«

»Ganz falsch. Morgen früh bin ich wieder da. Und dann entscheidest nur du, ob du im Knast vergammelst. Mein großzügiges Angebot gilt nur bis dahin. Den Namen der Fahrerin des Minis brauche ich auch. Versau deine letzte Chance nicht!« Wortlos schob der Comandante die Zigarettenschachtel über den Tisch, stand auf und ließ einen verdatterten Untersuchungsgefangenen im vollgequalmten Verhörraum zurück. Der Hagere ahnte nicht, dass er am folgenden Tag der Verdutzte sein würde.

Am nächsten Morgen machten sich Nele und Sam auf den Weg ins Polizeipräsidium, um das Protokoll zu unterschreiben und Igors Verhaftung ins Rollen zu bringen.

Als sie dort eintrafen, warteten sie erstmal, denn der Comandante saß Jorge im Verhörzimmer bereits gegenüber.

»Hast du die Entscheidung zwischen im Knast zu vergammeln oder fünf Jahre abzusitzen getroffen?«, kam der Hagere sofort auf den Punkt.

»Vorher brauche ich noch die Zusage eines Richters für die Kronzeugenregelung.«

»Ein letztes Mal für dich Blödmann!« Miguel trommelte mit den Fingern auf den Tisch. »Du lässt die Hosen runter und beichtest alles, was du über Igor, den Malteser weist. Dafür bist du nach fünf Jahren wieder frei. Das ist der Deal.«

»Mit Kronzeugenregelung.«

»Spinnst du? Bei deinen Vorstrafen und drei Toten schmeißt mich jeder Richter damit raus. Und überhaupt. Schau dich mal mit der verhauten Visage und angebrochener Rippe an. Lässt sich von einem Ami so zurichten!«

»Ich soll mich nur auf Ihr Wort verlassen?«

Behutsam beugte sich der Comandante weit vor und flüsterte Jorge ins Ohr: »Genau. Dein Berufsrisiko.«

»Dafür brauche ich Bedenkzeit.«

Der Hagere nahm einen tiefen Zug aus der Filterlosen, stand bedächtig auf, schlurfte zum geöffneten Fenster, drückte die Kippe auf dem Fenstersims aus, schritt weiter zur Tür, fasste die Klinke an und drehte sich um. »Abgelaufen. Jetzt gehe ich in unsere Asservatenkammer, suche ein paar Drogen aus und durchsuche deine Behausung.« Er drückte die Türklinke herunter.

»Schon gut, schon gut. Habe verstanden. Wir machen den Deal.« Jorge wischte sich den Schweiß von der Stirn.

Der Hagere setzte sich wieder auf den schmuddeligen Plastikstuhl und kramte das zerknitterte Notizbüchlein und den angekauten Bleistift hervor. »Dann mal los!«

»Also, das mit der Deutschen, das war ich, aber eigentlich nicht. Ich habe nur im Auftrag gehandelt.«

»Wieso die Deutsche?«

»Sie war geldgierig und hat versucht, mit dem Handyfoto irgendeiner Vereinbarung Kohle zu erpressen. Zwei Millionen. Deshalb habe ich den Auftrag erhalten, sie zu überwachen. Dabei habe ich gesehen, wie sie zweimal zur Polizei gegangen ist. Da sind bei meinem Auftraggeber alle Sicherungen durchgebrannt. Wie Rumpelstilzchen ist der rumgehüpft. Für mich nachvollziehbar, weil man mit einer Erpresserin niemals nie Geschäfte macht. Schon wegen des Risikos, weiter erpresst zu werden. Außerdem stand für meinen Auftraggeber wohl mächtig viel Kohle auf dem Spiel.«

»Sie wollte den Badeunfall ihres Mannes untersuchen lassen.«

Jorge schüttelte den Kopf und hob die rechte Hand wie zum Schwur. »Damit habe ich nichts zu tun. Ehrlich! Das muss ein Unfall gewesen sein. Und überhaupt, wieso drei Leichen?«

»Da ist noch ein mysteriöser Autounfall mit einem Sportwagen, der Fragen aufwirft.«

»Den sollte ich für meinen Auftraggeber auch überwachen, weil der wohl zu viel herumposaunt hat, wenn Alkohol im Spiel war. Wir haben ihn nur etwas erschrecken wollen. Dass der besoffen im Regen nicht mit dem Sportwagen umgehen konnte, war seine Schuld!«

»Kann man so sehen. Wie ist das mit der Deutschen abgelaufen?«

»Meinem Auftraggeber war das Handyfoto wahnsinnig wichtig. Sonst hätte er nicht so knallhart reagiert. Der Kontakt mit der Polizei war ihr Todesurteil. Es sollte wie Selbstmord aussehen. Ich habe einen Kumpel vom Festland einfliegen lassen. Ein Spezialist. Sowas mach ich nicht. Arbeitsteilung. Das Raserfoto, seine Idee.«

»Zu dem kommen wir später.«

»Wir haben sie betäubt. Mit einer satten Dröhnung Morphium. War auch sein Einfall. Sollte wie Abschied aussehen. Dann hat sich mein Kumpel eine blonde Perücke aufgesetzt und die Sache auf dem Golfplatz mit ihrem Mini gemacht.«

»Weshalb?«

»Sollte aussehen, als wäre sie durchgedreht. Vorschlag vom Kumpel. Ab Santa Ponsa bin ich mit ihr im Lieferwagen hinterher gefahren. Den habe ich mir von einem Spezi mit einer hiesigen Reinigungsfirma mehrfach ausgeliehen.« Jorge atmet tief durch. »In El Toro hat mein Kumpel sie dann aus dem Van getragen und den Rest erledigt, während ich im Auto gewartet habe.«

»Distanzierte Wahrnehmung für einen Mord.«

»Mehr war nicht, ich schwöre.«

»Hast du vielleicht noch einige Kleinigkeiten zu ergänzen?«

»Die Schwester der Deutschen hat zu viele Fragen gestellt. Außerdem war nicht klar, ob sie das Handyfoto hat.«

»Deshalb also der Einbruch bei ihr und der Wanzeneinbau.«

»Genau. Die Wanzen hat ein anderer Spezialist vom Festland eingebaut. Sowas kann ich nicht. Arbeitsteilung halt. Über die Terrassentür ist er rein.«

»Und der Einbruch auf der Finca am Sonntag?«

»Das war ich, wie man sieht.« Jorge deutete auf sein zerbeultes Gesicht.

»Mein Auftraggeber ist hundsmäßig penibel! Ich sollte nachschauen, was die Schwester dorthin mitgenommen hat. Insbesondere nach dem Handyfoto suchen.«

»Sowas erledigt man doch besser, wenn niemand zuhause ist.«

»Hätte ich auch gemacht, aber wenn mein Auftraggeber sofort sagt, dann meint er das so.« Jorge riss die Augen auf und nickte mit dem Kopf.

»Zum Schluss habe ich drei Fragen. Hast du irgendwas Wichtiges vergessen?«

»Nein. Ich schwöre. Nur bei der Deutschen habe ich mitgewirkt.«

»Wieder fein formuliert. Was machst du nach fünf Jahren?«

»Weil es keine Kronzeugenregelung gibt, bin ich sofort weg, weit weg.«

»Verstehe. Südamerika oder so. Und nun die wichtigste Frage. Würdest du unterschreiben und beeiden, dass dich Igor damit beauftragt hat?«

»Wer ist hier der Blödmann? Ich lasse mir nichts unterschieben«, polterte Jorge und sprang auf.

Der Hagere war baff. »Wieso unterschieben?«

»Linke Nummer, aber nicht mit mir! Ich kenne weder einen Igor noch einen, der Malteser genannt wird.« Jorge haute mit einer Hand krachend auf den Tisch.

»Wer ist dein Auftraggeber? Raus damit.«

Jorge grübelte, dann murmelte er leise: »Die Öffentlichkeit kennt ihn als Basken.«

Dem Hageren stand die Überraschung ins Gesicht geschrieben. Er atmete tief. »Der Baske? Und das würdest du auch beeiden?«

»Sicher«

Als der Hagere eine Stunde später in seinem Büro auf die wartenden Sam und Nele traf, war ihm die Überraschung noch immer ins Gesicht geschrieben.

»Wir sind sicher, dass Igor, der Nachbar meiner Schwester, ihr Mörder war. Sie müssen ihn verhaften, bitte. Unter dem Druck der Indizien wird er gestehen!«, überfiel ihn Nele.

Der Hagere ließ sich in den quietschenden Bürostuhl fallen. Die bereitliegende Filterlose würdigte er mit keinem Blick. Regungslos schaute er durch seine Besucher hindurch. Sam und Nele sahen sich wortlos an, zuckten ihre Schultern und warteten still ab.

»Der Mörder ihrer Schwester wird derzeit auf dem Festland verhaftet. Sein Helfer hat gestanden. Deshalb wird der Auftraggeber für alles in einigen Stunden festgenommen werden.«

»Wieso erst dann? Sie sollten sich ins Auto setzen und Igor sofort verhaften, bevor er die Insel im Privatjet verlässt.«

»Das werden die Kollegen in San Sebastian mit einem Rollkommando in Kürze erledigen und den ganzen Laden auseinandernehmen, denn nicht Igor, sondern der Baske ist für den Tod Ihrer Schwester verantwortlich.«

Epilog

Nach der Aufklärung des Falles sprachen sich Igor und Nele aus.

Igor erläuterte Nele, dass er genau wissen wollte, wer ihm das nasse Grundstück angedreht hatte. Er fühlte sich verschaukelt und in seiner Ehre gekränkt. Er begann zu recherchieren, merkte, dass etwas nicht stimmte und beauftragte den Weißrussen mit weiteren Nachforschungen. Der hatte unter anderem herausgefunden, dass Doreen ihren Namen in Bianca geändert hatte.

Als Nele nebenan eingezogen war, fand Igor Gefallen an dem Versteckspiel.

Die beiden konnten sogar darüber lachen, dass jeder versucht hatte, den anderen mit seinen Sprachkenntnissen zu täuschen.

Als Nele immer misstrauischer wurde, hatte der Weißrusse empfohlen, einen Peilsender an Doreens Mini anzubringen. Im Telefonat hatte Igor dafür nachts vorgeschlagen.

Nele versprach Igor, dass er der Erste sein werde, dem sie die Villa ihrer Schwester zum Kauf oder zur Miete anbieten würde, sobald sie sich entschieden habe.

Comandante Miguel López überließ den Großteil des Ruhms wegen der Verhaftung des Basken seinen beiden Kommissaren. Intern sickerte bald durch, wie es sich tatsächlich zugetragen hatte. Danach war er tatsächlich auf Mallorca angekommen und einer von ihnen.

Nach weiteren Ermittlungen konnte Carlos dem Basken zusätzlich Geldwäsche, Bestechungen und Urkundenfälschungen nachweisen. Auch für Carlos ein großer Erfolg.

In der Folge wurde der Baske wegen Mordes und anderer Delikte angeklagt. Sein Vermögen einschließlich der auf Mallorca gekauften Grundstücke wurde konfisziert. Kein Politiker regte eine Hand für ihn.

Gegen Javier wurde wegen Beihilfe zur Geldwäsche ermittelt. Aufgrund seines direkten Kontakts zum Basken wurde er in der Presse als »Rechte Hand des Paten« tituliert. Das reichte aus, um ihn von einem auf den anderen Tag aus der distinguierten Gesellschaft Mallorcas auszuschließen. Es war absehbar, dass damit auch das Ende seiner unternehmerischen Tätigkeit eingeläutet wurde. Die Freunde vom Sonntagsclub legten ihm nahe, aus gesundheitlichen Gründen zumindest für ein Jahr auf den Besuch des Frühschoppens zu verzichten.

Nuria hielt zu ihrem Mann. Sie gewann dem Unglück Positives ab, denn künftig wird Javier mehr Zeit mit ihr verbringen. Sie wird dafür kämpfen, dass ihr Sohn das Familienunternehmen weiterführen kann.

Gegen den Banker wurde wegen Geldwäsche beim Hotelprojekt ermittelt. Um seinen Ruf zu schützen und eine möglichst geringe Bestrafung zu erhalten, versuchte der Marqués, sich als kleines Licht darzustellen und packte aus. Er behauptete, von Javier übertölpelt worden zu sein, was ihm aber nicht abgenommen wurde. Eine deftige Bewährungsstrafe war die Quittung.

Die Regionalregierung distanzierte sich unverzüglich von dem geplanten Hotelprojekt. Sie wies entschieden darauf hin, dass schon der Naturschutz ein derartiges Projekt in dieser Gegend verbiete und die Leiterin des Baureferats auf der Pressekonferenz ihre private Meinung geäußert habe.

Die EU bekräftigte, dass bisher kein Antrag auf Förderung der Hotelanlage vorliege und sie schon deshalb gar keine Zusagen abgegeben haben könne.

Die Grundstücksverkäufer durften ihren Reibach behalten, denn sie wussten nichts vom Plan des Basken.

»Fliegen Sie auch nach Hause?«

Die banale Frage ihres Sitznachbarn auf dem Flug von Palma nach Leipzig löste wie beim ersten Dominostein, der fällt, in Neles Kopf eine Kettenreaktion aus.

Wo ist mein Zuhause?

Mona, die nette Kollegin aus dem zweiten Stock im Finanzamt, hat letztes Jahr einen Portugiesen geheiratet und ist mit ihm an die Algarve ausgewandert. Sie hat alles stehen und liegen gelassen. Die üppige Beamtenpension ging dabei flöten. Mona hat sich als Steuerberaterin bestellen lassen, Portugiesisch gepaukt und betreut erfolgreich deutsche Residenten in Faro.

Sowas kann ich auch. Ich bin noch jung genug. Als Spezialistin für deutsch-spanische Steuerfragen kann ich auf Mallorca Fuß fassen. Diese Herausforderung werde ich meistern.

Ich definiere mich nicht mehr über Beurteilungen meiner Vorgesetzten oder Mehrsteuern, die ich eingetrieben habe. Ich werde frei sein und Verantwortung für mich tragen. Davor habe ich keine Angst, es ist Erfüllung.

Mit Sam kann es was werden. Nein, es wird. Ich kann mir nichts Schöneres vorstellen, als mein Leben mit ihm zu verbringen. Ich nehme sein Angebot an. Das Timbre seiner Stimme fehlt mir schon jetzt.

Nele kramte ihr Smartphone hervor und tippte, damit die Nachricht gleich nach der Landung in Leipzig abgeschickt werden konnte:»Ich freue mich riesig darauf, bei dir einzuziehen. Bin bald wieder da. Muss nur alles kündigen.«

»Nein. Nur eine Stippvisite in der alten Heimat«, lächelte Nele ihren Sitznachbarn an. Ihr rechtes Auge flackerte nicht mehr.

***